कुछ अनसुनी फौजी कहानियाँ

कुछ अनसुनी फौजी कहानियाँ के बारे में अग्रिम प्रशंसा

"'युद्ध एवं शांति' के वातावरण में सैनिकों की जिंदगी पर आधारित कहानियों का यह एक सुंदर संकलन है। रचना बिष्ट रावत के भीतर एक असाधारण प्रतिभा है, जिसके जरिए वे एक सैनिक के मन की बातों, उनकी हरकतों और विशिष्ट परिस्थिति में उस स्थिति से मुकाबला करने की क्षमता का बखूबी वर्णन कर सकती हैं। भारत के हर नागरिक को उनकी लिखी इस पुस्तक को अवश्य पढ़ना चाहिए, खासकर अभी, जब तनाव के समय में हमारे जाँबाज देश की सीमाओं पर मजबूती से खड़े हैं।"

—**मेजर जनरल इयान कारडोजो**, *ए.वी.एस.एम., एस.एम.*

•

"रचनाजी की कहानियों में सियाचिन, कश्मीर, गढ़वाल और अरुणाचल के स्थानीय लोगों की कहानियों का एक अच्छा मेल है। उनकी कहानियों की भाषा, विवरण एवं उपमा अतुलनीय है। वे अपनी कहानियों के चरित्रों को उनकी जिंदगियों और सेना के साथ उनके संबंधों को बखूबी पेश करती हैं। सेना के हर सैनिक एवं उनके पति-पत्नी स्वयं को पुस्तक की हर कहानी से बखूबी जोड़ पाते हैं। कहानियों के इस गुलदस्ते में हौसले, त्रासदी, शौर्य, मजाक, यहाँ तक कि क्रूरता का भी वर्णन है। अपनी ऐसी ही एक कहानी में वे लिखती हैं—'कहानियाँ दिल से पैदा होती हैं, कहानियों के बीज लोगों द्वारा चुपचाप बोए जाते हैं और वे उन परिस्थितियों से धीरे-धीरे और चुपके से निकलकर बाहर आते हैं, वे उन कहानियों को बहुत अच्छी तरह से लिख सकती हैं और उन कहानियों के जरिए आपके गले रुँध सकते हैं।' ये कहानियाँ हमारे दिल से निकलती हैं और उन कहानियों को वही लिख सकता है, जो सेना का एक अभिन्न हिस्सा रहा हो।"

—**जनरल वी.पी. मल्लिक,** *पी.वी.एस.एम., ए.वी.एस.एम., पूर्व सेनाध्यक्ष*

•

"लेखिका की भाषा बहुत ही सरल, स्पष्ट एवं जोड़कर रखनेवाली है। पुस्तक में 'साथी' नामक कहानी में आर्मी पोस्ट के दोनों तरफ के दुश्मन सैनिकों के बीच के संबंध में, युद्ध के बारे में पता चलता है। लेखिका का सेना से जुड़ाव और उससे उनके संबंधों का पता कहानियों के जरिए चलता है।"

—**बाला चौहान**, द *न्यू इंडियन एक्सप्रेस*

•

"ये कहानियाँ मजाक एवं हौसलों से लबरेज हैं। युद्धक्षेत्र की जाँबाजी से रचनाजी थोड़ा दूर ही रहती हैं तथा अपनी पूर्व की पुस्तकों की तरह वे देश में हर जगह फैले हरे-भरे कैंटोनमेंट के बारे में अपने खट्टे-मीठे अनुभव साझा करती हैं। सैनिकों की जिंदगी के अनकहे किस्से, उनके परिवारों और उनके बीच फैले भाईचारे के बारे में वे जीवंत कहानियाँ पेश करती हैं। रचनाजी की कहानियों में आशा एवं भय दोनों का ही बराबर-बराबर हिस्सा होता है और उनकी सीधी-सपाट कहानियाँ इस बात को बयान करती हैं। जो लोग सेना की वरदी के रंग के बारे में जानने को इच्छुक हैं, वे इन कहानियों को अवश्य पढ़ें।"

—**दीपा एलेक्जेंडर**, द *हिंदू*

कुछ अनसुनी फौजी कहानियाँ

रचना बिष्ट रावत

प्रकाशक
प्रभात प्रकाशन प्रा. लि.
4/19 आसफ अली रोड, नई दिल्ली–110002
फोन : 011–23289777 • हेल्पलाइन नं. : 7827007777
इ–मेल : prabhatbooks@gmail.com ❖ वेब ठिकाना : www.prabhatbooks.com

संस्करण
2026

अनुवाद
शिप्रा पांडेय

पेपरबैक मूल्य
चार सौ रुपए

मुद्रक
श्री साई प्रिंटर्स, साहिबाबाद

———— ★ ————

KUCHH ANSUNI FAUZI KAHANIYAN
by Smt. Rachna Bisht Rawat
(Hindi translation of 'INSOMNIA')

Published by **PRABHAT PRAKASHAN PVT. LTD.**
4/19 Asaf Ali Road, New Delhi-110002
by arrangement with Penguin Random House India

ISBN 978-93-90900-30-5

₹ 400.00 (PB)

यह पुस्तक
मेरी सुंदर सी **माँ श्रीमती सुशीला बिष्ट**
को समर्पित है,
जो हंमेशा यह चाहती थीं कि मैं कहानियाँ लिखती रहूँ।

आमुख

'कुछ अनसुनी फौजी कहानियाँ' मेरी ही उन कहानियों का एक संग्रह है, जो मैंने दस साल पहले फिरोजपुर के अलसाए-से माहौल में लिखी थी। यह शहर पंजाब नामक राज्य में स्थित है, जहाँ भारत-पाकिस्तान का बॉर्डर है। मैं अपने बगीचे में बाँस की झाड़ियों के बीच अपने लैपटॉप के साथ बैठती, जहाँ ठंडी हवाओं के झोकों के साथ 'गुरबाणी' के शब्द पीली सरसों के खेतों से होते हुए मेरे कानों में शहद घोलते थे।

चूँकि मेरी कहानियाँ कहीं प्रकाशित नहीं हो रही थीं, तो ये मेरी जिंदगी में कुछ और अर्थ डाले जा रही थीं। अभी हाल ही में जब मैंने इस पुस्तक का एक हिस्सा लॉकडाउन के उस खाली समय में लिखा, जिस समय महामारी के कारण मैं दुनिया से कट गई थी और अचानक ही सबकुछ बदल गया था। मैं दिल्ली के अपने फ्लैट में सोफा में पीठ पीछे करके आराम से काम करती थी और चाय के अपने पहाड़ी प्रेम को साथ लेकर मैं पूरा कप भरकर बैठती थी, साथ में हमारा प्रिय दुलारू गोल्डन रिट्रीवर हुकुम भी बैठता था, जो काफी बोर हो चुका था, वह मेरे पैरों को चाटता था, ऐसा लगता था कि उसके लंबे रेशमी बालोंवाले कान जमीन को साफ कर रहे हों। ये कहानियाँ मेरे अंदर की उदासी को कुछ हद तक बाहर निकालने में मेरी मदद कर रही थीं, जो अपनी पूर्व की पुस्तक 'कारगिल' लिखते समय मैंने मानव जीवन की क्षति को देखते एवं महसूस करते हुए लिखी थी।

इस पुस्तक की मिली-जुली कहानियाँ आपको सेना की ओलिव रंग की वरदी की उस दुनिया में ले जाएँगी, जहाँ सिर्फ हीरो ही नहीं होते; वहाँ ऐसे चरित्र भी देखने को मिलेंगे, जो हमारे सामाजिक तानेबाने में से ही कहीं-न-कहीं से

आते हैं और हम जैसे ही होते हैं। उनमें से कुछ मजबूत होते हैं, कुछ कमजोर होते हैं, कुछ के भीतर चारित्रिक सबलता होती है और कुछ दुष्ट एवं उलझाऊ होते हैं। क्या ऐसा ही वास्तविक दुनिया में नहीं होता?

इन कहानियों में से एक, जिसमें भारतीय सेना के एक अल्हड़ मेजर, जो एक युवा पैराट्रूपर थे और जिन्हें मैं जानती हूँ, के बारे में लिखने में मुझे बहुत आनंद आया। आप पाएँगे कि वे और उनकी कंपनी के मस्त सैनिक कश्मीर एवं सियाचिन की अपनी पोस्टिंग के दौरान किसी की परवाह नहीं करनेवाले लोग थे। उनके (अ)साहसिक कारनामे आपको इस बात की झलक भी दिखलाएँगे कि सेना में वास्तविक जिंदगी कैसी होती है, जब युवा लड़के सीधे कॉलेज से निकलकर लाइन ऑफ ड्यूटी में सबकुछ किनारे रख होंठों में गीत सजाए और अपने मस्तिष्क में खुराफाती विचार लिये सेना में आते हैं।

इस किताब में आपको कई ऐसे घटनाक्रम देखने को मिलेंगे, जो सच्ची घटनाओं पर आधारित हैं और कहानी में बहुत सारे चरित्र मैंने अपनी जान-पहचान के लोगों को ध्यान में रखकर लिखे हैं, पर उनमें से अधिकांश, जिसे हमारी लेखनी की दुनिया में क्रिएटिव लाइसेंस कहते हैं, वह स्वतंत्रतापूर्वक मैंने लिखे हैं।

उनमें से अधिकांश कहानियाँ मैंने तब लिखी हैं, जब प्रकाशन समूह के लोगों से मेरा कोई संपर्क भी नहीं था। मैंने ये कहानियाँ स्वयं को यह वादा कर लिखीं कि अभी नहीं तो सौ साल के बाद ही सही, एक दिन मैं इन सारी कहानियों को एक किताब की शक्ल में छपवाऊँगी। उन दिनों यह एक असंभव काम था, पर ऐसा लगता है कि सौ वर्षों का सफर पलक झपकते ही खत्म हो गया। सच में, सपने सच भी होते हैं। अपनी पुस्तक के माध्यम से मैं आपको उन्हीं दिनों में वापस ले जाना चाहती हूँ, इसलिए खूब अच्छे सपने देखिए! मैं आशा करती हूँ कि आपको पुस्तक पढ़ने में भी आनंद आएगा।

अनुक्रम

हौसला

साँझ ढल चुकी थी। क्रिकेटर बुला रहे थे। निर्मल-स्वच्छ चाँद पेड़ों के बीच छिपता, आकाश में धीरे-धीरे ऊपर की ओर चढ़ता जा रहा था और वह ऐसा प्रतीत होता था, जैसे कि डरा हुआ कोई बच्चा जानबूझकर किसी अँधेरे कमरे में घुसे जा रहा हो और उसे यह पता ही नहीं है कि बिजली का स्विच कहाँ है। शाम थमी हुई थी और मौसम में मानसून के बाद की नमी सी थी। बिष्ट ने आदतन अपने हाथ गरदन पर रगड़े और उसे पसीने से भरा पाया। 'छिह !' चेहरा बनाते हुए उसने अपने हाथ फिर पैंट के दोनों तरफ रगड़ लिये। अब कपड़े बदलने का समय नहीं था। असल में बदलने का उसका कोई मन भी नहीं था। वह अपने घर भी नहीं गया। कुछ देर के लिए तो उसे याद भी नहीं था कि उसने दिन में खाना खाया भी था अथवा नहीं। उसे याद आया कि वह मैस में तो गया था। वह उस डाइनिंग टेबल पर अकेला बैठा था, जिस पर बैठकर अठारह लोग एक साथ खाते थे, जहाँ चम्मच हमेशा दाएँ, पर फोर्क बाईं ओर और खाना खाने के बाद मीठा खानेवाली चम्मच हमेशा सामने लगी होती थी। मैस के वेटर ने जल्दी खाना लगाया। पोर्सिलिन की कटोरियाँ, जिसमें नीले रंग का पैरा रेजिमेंट लोगो एकदम सही मिलिटरी सूक्ष्मता के साथ लगा था। चावल, दाल, चिकन करी, सलाद आदि आकार के अनुसार सजाकर रखे गए थे। उसे ऊपर देखने की भी जरूरत नहीं थी। उसे बुधवार का मेन्यू कंठस्थ याद था।

अचानक से बिष्ट ने अपनी कुरसी को लकड़ी के पैनल वाले फर्श पर पीछे की ओर किया, तभी मैस का वेटर गरमागरम रोटियाँ लेकर वहाँ आया। तभी उन्होंने कहा, "मनोहर, मुझे खाना नहीं खाना, प्लेट हटा दे।" उन्होंने बगल की

मेज से अपनी टोपी व कार की चाबी उठाई और निकल लिये। उनके खाली पेट से गड़गड़ाहट की आवाज आ रही थी।

लेफ्टिनेंट कर्नल रजनीश बिष्ट, सेना मेडल, छोटे व मोटे और टूटी हुई बॉक्सर नाक वाले व्यक्ति थे, जिनका स्वभाव बहुत ही कड़क था, जिस कारण उनके कनिष्ठ अधिकारी उनके साथ बहुत इज्जत से पेश आते थे। उन्होंने अपने कंधों को चौड़ा किया और पुरानी इमारत में प्रवेश किया। ब्रिटिशों के जमाने में वह एक स्कूल हुआ करता था, पर अब वह भारतीय सेना का एक बेस अस्पताल था। उस इमारत के मटमैले पत्थरों पर डूबते हुए सूरज की नारंगी आभा पड़ रही थी। उन्होंने पहली बार उस इमारत की लाल छत देखी थी, जिसके चुंबकीय मेहराब थे और उन बेरंग पत्थरों पर चढ़ते सफेद बोगेनवेला के फूल बहुत सुंदर लग रहे थे तथा वे अपनी ओर सारा ध्यान खींच रहे थे। पर आज, उन्होंने उस ओर नहीं देखा। सीढ़ियों पर तेजी से चढ़ते हुए, वे लंबे, खाली पड़े कॉरिडोर पर चल रहे थे, जिनके लटकते लाइट बल्ब हरे टिन शेड पर ऐसे लग रहे थे, जैसे वे चीनी मछुआरों की टोपियाँ हों और उनकी वरदी में पीला रंग, उन्हें पीतल-सा लग रहा था और उनके कंधों पर लगे स्टार बहुत चमक रहे थे।

> ***पंद्रह दिनों से भी ज्यादा हो गए थे, वे अपने ऑफिस से समय निकालकर वहाँ हर दिन, दिन में दो बार आते थे, अगर हो सके तो तीन बार भी। वे आई.सी.यू. के सामने एक संकेत के सामने रुक गए, जिसमें लिखा हुआ था—'इस बिंदु के बाद कोई भी आगंतुक का प्रवेश वर्ज्य', वे दरवाजे के आयताकार शीशे के पैनल से अपनी गरदन को उचकाकर अंदर की ओर देख रहे थे।***

उनके पैर इंटेसिव केयर यूनिट की ओर सहसा चले जा रहे थे और वे अकेले उन जटिल बातों को याद कर रहे थे। पंद्रह दिनों से भी ज्यादा हो गए थे, वे अपने ऑफिस से समय निकालकर वहाँ हर दिन, दिन में दो बार आते थे, अगर हो सके तो तीन बार भी। वे आई.सी.यू. के सामने एक संकेत के सामने

रुक गए, जिसमें लिखा हुआ था—'इस बिंदु के बाद कोई भी आगंतुक का प्रवेश वर्ज्य', वे दरवाजे के आयताकार शीशे के पैनल से अपनी गरदन को उचकाकर अंदर की ओर देख रहे थे। उन्हें पता था कि वे क्या देख रहे हैं। ऐसा लग रहा था कि पंद्रह दिन पहले किसी फिल्म ने जिंदगी का कोई लम्हा कैद कर लिया हो। दरवाजे के दूसरी तरफ सफेद बिस्तर में उनकी कंपनी के सेकेंड-इन-कमांड, मेजर अभय सिंह राठौड़, शौर्य चक्र, सेना मेडल स्थिर एवं बेजान से पड़े हुए थे। वे वेंटिलेटर पर थे। बिष्ट उन्हें चुपचाप देखते रहे, जैसे वे उन्हें हर दिन देखते थे। ऐसा लग रहा था कि उनके गले का पिंड भारी हो गया हो।

डॉक्टर उनके साथ स्पष्ट थे। राठौड़ की स्थिति पहले की अपेक्षा खराब ही थी। अगले बारह घंटे तक भी उन्हें सँभालकर रखना बहुत मुश्किल था। डॉक्टर ने बिष्ट से कहा, "उनके माँ-बाप के साथ रहिए, उन्हें आपकी जरूरत होगी।"

वह एक लंबी रात होनेवाली थी। बिष्ट शीशे से देखते रहे, वे राठौड़ के सुंदर से चेहरे को देख डॉक्टर से विस्तार में बात करते रहे कि कैसे उनके चेहरे का रंग उतर गया है, उनके गालों की हड्डियाँ पहले की अपेक्षा ज्यादा स्पष्ट सी दिख रही हैं, उनके होंठ पीले और खून रहित से दिख रहे हैं।

वह एक लंबी रात होनेवाली थी। बिष्ट शीशे से देखते रहे, वे राठौड़ के सुंदर से चेहरे को देख डॉक्टर से विस्तार में बात करते रहे कि कैसे उनके चेहरे का रंग उतर गया है, उनके गालों की हड्डियाँ पहले की अपेक्षा ज्यादा स्पष्ट सी दिख रही हैं, उनके होंठ पीले और खून रहित से दिख रहे हैं। राठौड़ की आँखें बंद थीं, उनका सिर सफेद पट्टियों से लिपटा हुआ था और पारदर्शी ट्यूबस उनके नाक व मुँह में घुसी हुई थी। उनका बाकी बचा हुआ लंबा, पतला शरीर सफेद चादर में लिपटा हुआ था और कभी-कभार वह चादर शरीर से निकलकर लटक जाया करती थी। वह आदमी अपनी जिंदगी में कभी स्थिर नहीं रहा था। 'राठौड़, अगर तुम स्वयं को ऐसे देख लो न, तो तुम्हें खुद पर शर्म आने लगेगी। उठो घटिया आदमी, हमें तुम्हें जिंदा देखना है।' बिष्ट

बहुत सोचते रहे और उनकी आँखें आँसुओं से भर गईं।

बिस्तर के दोनों तरफ राठौड़ के माँ-बाप बैठे हुए थे—पतले, सफेद बालोंवाले ब्रिगेडियर जी.एस. राठौड़ सेनामेडल, विशिष्ट सेवामेडल एक तरफ बैठे हुए थे, जो बहुत थके हुए लग रहे थे और वहीं दूसरी ओर बिखरी हुई सी श्रीमती विमला राठौड़ थीं। उन दोनों ने अभय के हाथों को जोर से पकड़ा हुआ था, ऐसा लग रहा था कि ऐसा करके वे उसकी जिंदगी को जकड़कर रखेंगे, क्योंकि सर्जन ने यह कह दिया था कि वह अब किसी भी समय जा सकता है। एक समय तो बिष्ट ने अंदर जाने की सोची, पर फिर खुद को रोक लिया और उन वृद्ध दंपती को उनके निजी समय में परेशान करना ठीक नहीं समझा, जिसमें वे अपने इकलौते बेटे की जिंदगी के आखिरी समय को उसके साथ अकेले बिताएँ।

पिछले कुछ दिनों से वे बमुश्किल ही सो पाए थे। हर बार जब वे आँख बंद करते, उनकी आँखों के सामने राठौड़ के चेहरे की दर्जनों छवियाँ सामने आ जातीं, जिससे उनकी आँखों की नींद उड़ जाती।

अपनी थकी हुई आँखों पर हाथ फेरते हुए, बिष्ट आई.सी.यू. के बाहर लकड़ी के बेंच पर बैठकर इंतजार करने लगे, उन्होंने अपनी दोनों बाँहें मोड़कर उन्हें धीरे से अपने सीने के पास टिका रखी थीं। उन्हें माइग्रेन अटैक का अहसास हो रहा था, इसलिए उन्होंने अपना सिर पीछे की ओर टिका दिया। ऐसा लग रहा था कि वह सख्त लकड़ी उनकी गरदन की गुद्दी को दबा रही थी, वह ऐसी जगह थी, जहाँ उनके सिर के पीछे के बाल खत्म होते थे और कमीज की कॉलर शुरू होती थी। पिछले कुछ दिनों से वे बमुश्किल ही सो पाए थे। हर बार जब वे आँख बंद करते, उनकी आँखों के सामने राठौड़ के चेहरे की दर्जनों छवियाँ सामने आ जातीं, जिससे उनकी आँखों की नींद उड़ जाती। पहले तो उन्होंने खुद को इससे अलग करने की कोशिश की, पर जब उन्हें इससे कोई मदद नहीं मिली तो उन्होंने सोचना ही छोड़ दिया। अब वे अपने आते-जाते विचारों को ऐसे देख रहे थे, जैसे कि वे ध्यान में हों। अब अंतर सिर्फ यह रह गया था कि हर बार जब ऐसे विचार

आते, ऐसे लगता था कि वह उनकी आत्मा को चाकू से चीरे जा रहे हों, उन्हें भेद रहे हों, और ऐसा लगता था कि वे किसी शारीरिक दर्द से होकर गुजर रहे हों।

उस बार उन्होंने राठौड़ को कश्मीर में देखा था—उसकी ठुड्डी में थोड़े से बाल, चेहरे में दुर्बलता की लकीरें थीं, क्योंकि पैक किए हुए राशन के सहारे उन्होंने कड़क चट्टान पर कई दिन बिताए थे और गिरी हुई बर्फ को खुरच-खुरचकर चाटकर उनका मुँह सूख गया था। मैला-कुचैला मुख अभी भी सुंदर लग रहा था। बिष्ट ने बुझे मन से सोचा और मुसकराने लगे, 'अबे, मॉडल बनना था ना तुझे, साले फौज में क्यों आ गया मरने।' राठौड़ एक कड़क चेहरे के सामने कुटिल मुसकान लिये हुए थे, उनकी गहरी आँखें चमक रही थीं और ऐसा लग रहा था कि वे कह रहे हों, 'जलते हो सर, मेरे सुंदर से चेहरे से मुझे मालूम है।'

हर एक दिन मेरी आँखों के सामने उसकी यादें सामने आ रही थीं। एक दिन राठौड़ ने झुककर अपने जूते के फीते बाँधे और कहा, 'सर, मैं दुश्मनों की बुलेट से डरता नहीं हूँ।' फिर वह उठा और मुसकराकर अपना ज्ञान बाँटने लगा। 'किसी एक बुलेट पर मेरा नाम तो लिखा ही होगा। दूसरी बुलेट से क्यों घबराना? बुजदिल सौ बार मरते हैं, बहादुर बस एक बार मरता है।' बिष्ट अपनी आँखें चारों ओर घुमाने लगे। 'पापा, ऐसा कहते हैं, सर। उन्होंने 1965 की लड़ाई लड़ी, फिर 1971 की भी। वे हर बार सुरक्षित घर वापस लौटें। एक गोली तो जरूर होगी, जिस पर मेरा नाम लिखा होगा, पर बाकी से मैं नहीं डरता।'

हर एक दिन मेरी आँखों के सामने उसकी यादें सामने आ रही थीं। एक दिन राठौड़ ने झुककर अपने जूते के फीते बाँधे और कहा, 'सर, मैं दुश्मनों की बुलेट से डरता नहीं हूँ।' फिर वह उठा और मुसकराकर अपना ज्ञान बाँटने लगा।

ऐसा लगा कि बिष्ट के गले में खट्टी डकार आ रही हो और फिर उन्हें उलटी आनेवाली हो। इस बार उन्हें बहुत जोर का माइग्रेन अटैक आया, जो काफी तेज था और एक अच्छे बॉक्सर की तरह उनके लिए वह अप्रत्याशित था। उन्होंने अपने माथे पर अपना हाथ उठाकर रखा और अपनी उँगलियों से इतना तेज दबाया कि ऐसा लगा, वे उनके दिमाग में घुस जाएँगी।

❖

पिछले कुछ दिनों से आई.सी.यू. में अकेले दौड़-भाग करने से बिष्ट की आँखों के सामने राठौड़ से जुड़ी हर एक यादें तैर रही थीं। कुछ यादें तो उन्हें आश्चर्य से भर रही थीं, क्योंकि वे समय के साथ इतनी गहराई से दब गई थीं कि वे लगभग भुला दी गई हों।

राठौड़ आठ साल पहले लेफ्टिनेंट के रूप में यूनिट में शामिल हुए थे—पतले-दुबले दिखनेवाले वे सुंदर से व्यक्ति थे और उनके भीतर जो अजीब सा जीवट था, वे अन्य युवा अफसरों में देखने में अकसर ही मिलता था। अपने उत्तर-पूर्व की तैनाती के समय राठौड़—आतंकवादियों से पूछताछ करते थे, करडन और सर्च ऑपरेशन का नेतृत्व करते थे। वे बेखौफ और इस तरह से जोखिम उठानेवालों में से थे, जिसे कोई अनुभवी सैनिक कभी नहीं उठाता। कारगिल युद्ध के समय वे ढीठ एवं लापरवाह थे, अपनी जान को देश के लिए न्योछावर करने के लिए हमेशा लालायित रहनेवाले थे। हमेशा दरारों में बैठनेवाले और अपने पास में हमेशा राइफल रखनेवाले, पाँच दिन पुरानी सूखी पूरियाँ खानेवाले और इस बात का यह कहकर मजाक करनेवाले कि वह पूरियाँ उनकी मम्मी के हाथ की पूरियों से बेहतर हैं। हर मुश्किल भरे ऑपरेशन में अपनी निस्स्वार्थ सेवा देनेवाले, एक ऑपरेशन से वापस आकर वह बिष्ट को इस बात के लिए जोर देते थे कि वे उनके साथ दूसरे ऑपरेशन में भी चलेंगे और इसके बाद चोटी नं. 5412 में—अपनी उन आँखों से जो नींद के अभाव में लाल हो गई हैं, सूरज की किरणों के कारण जले से अपने चेहरे और हवा के ठंडे थपेड़ों के कारण जिस चेहरे से हमेशा त्वचा निकलती रहती है, उसे देख घुसपैठिये अपने आप ही भाग खड़े होंगे।

राठौड़ आठ साल पहले लेफ्टिनेंट के रूप में यूनिट में शामिल हुए थे—पतले-दुबले दिखनेवाले वे सुंदर से व्यक्ति थे और उनके भीतर जो अजीब सा जीवट था, वे अन्य युवा अफसरों में देखने में अकसर ही मिलता था। अपने उत्तर-पूर्व की तैनाती के समय राठौड़—आतंकवादियों से पूछताछ करते थे''

'पापी राठौड़, तुम थक गए हो। तुम हमारे साथ नहीं आ सकते, वहीं रुको।'

राठौड़ ने कहा, 'नहीं थका, सर। मैं आपको अकेले जाने ही नहीं दूँगा।'

उस दिन के आक्रमण में हमारे जवानों ने तहलका मचा दिया, जवानों ने दुश्मनों द्वारा कब्जे में ली गई पोस्ट पर विजय हासिल कर ली, चार दुश्मनों को मार गिराया और एक को कैद कर लिया। हमारे जवान अपने हथियार एवं राशन छुपाकर लाए थे, हमारी ओर से एक भी नुकसान नहीं हुआ था, इसके साथ ही रेजिमेंट की जीत एक सम्मान और साथ में एक सेना मेडल दोनों ही हम हासिल कर पाए।

इस तरह अंतत: राठौड़ युद्ध से वापस आया और उसने अपने अजेय होने का जश्न शहर के सबसे उम्दा पाँच सितारा रेस्तराँ दमपख्त के बार (मयखाना) में मनाया, जहाँ रूसी लड़कियाँ नाच रही थीं और वह अन्य युवकों के साथ इन सबका आनंद ले रहा था।

इन कुछ सालों के भीतर ही राठौड़ ने अपनी एक कभी न भुलानेवाली छवि बना ली थी। वह हमेशा सामने से लड़ा, अपने आदमियों के साथ रहा और उसने युद्धक्षेत्र में भी हमेशा खुद को शांति में पाया। कारगिल युद्ध के दौरान वह अपनी पीठ पर एक जवान को सुरक्षा के लिहाज से लादकर लाया, जिसका एक पैर लैंडमाइन में उड़ गया था। आगरा में उसने अपने डिफेंस सर्विसेज ऑफिसर्स प्रोविडेंट से सारा पैसा निकाला और उस जवान को यह कहकर दे दिया, 'जब होंगे, तब लौटा देना', और उसी शुक्रवार को उसकी बहन की शादी होनी थी।

फुटबॉल टीम का कप्तान बन वह इंटर रेजिमेंटल फुटबॉल कप हर सालाना टूर्नामेंट में घर लेकर आता था। इसके साथ ही उसका हाथ एक बार अभ्यास करने के दौरान टूट गया गया था, फिर भी वह प्लास्टर लगे हाथ में दर्शकों के साथ खड़ा रहा और चिल्ला-चिल्लाकर अपनी टीम की जीत पर जश्न मना रहा था।

फुटबॉल टीम का कप्तान बन वह इंटर रेजिमेंटल फुटबॉल कप हर सालाना टूर्नामेंट में घर लेकर आता था। इसके साथ ही उसका हाथ एक बार अभ्यास करने के दौरान टूट गया गया था, फिर भी वह प्लास्टर लगे हाथ में दर्शकों के साथ खड़ा रहा और चिल्ला-चिल्लाकर अपनी टीम की जीत पर जश्न मना रहा था।

वह अधिकतर लंगर की गपों में भी दिख जाया करता था। जब वह अपने

से उम्र से कहीं अधिक बड़े जवानों के साथ गाली-गलौच के शब्दों के साथ मजाक कर रहा होता था, तो वह जवान अपने बीच पनपे अपनेपन के मुरीद हो जाते थे। रेजिमेंटल बड़ा खाना में, लोग उसकी प्लेट पकड़कर रखते थे और उसके लिए मीट का सबसे अच्छा टुकड़ा लेकर आते थे। वह उसके बड़े से रम के गिलास को एक के बाद एक भरकर रखते थे और सुनिश्चित करते थे कि वह अपने घर पूरी तरह से नशे में और सीटी बजाते हुए जाएँ। जवान उन पर मरते थे और इस बात पर अपने दिमाग में जोर लगाते थे कि जब वे यूनिट की कमांड सँभालेंगे तो क्या वे उन्हें खाना परोसने के लिए भाग्यशाली होंगे।

जब पोस्टिंग के समय वे यूनिट छोड़कर गए, तो दो सालों में वापस आने का वादा करके गए, चार्ली कंपनी के जूनियर कमिश्नड ऑफिसर ने दिल छू लेनेवाला भाषण दिया। उन्होंने कहा कि कैसे कंपनी के हर आदमी की 'एक आँख में सुख के आँसू, एक आँख में दुःख के आँसू हैं, क्योंकि साहब प्रमोशन पर जा रहा है, पर हमें छोड़कर जा रहा है।'

जब पोस्टिंग के समय वे यूनिट छोड़कर गए, तो दो सालों में वापस आने का वादा करके गए, चार्ली कंपनी के जूनियर कमिश्नड ऑफिसर ने दिल छू लेनेवाला भाषण दिया। उन्होंने कहा कि कैसे कंपनी के हर आदमी की 'एक आँख में सुख के आँसू, एक आँख में दुःख के आँसू हैं, क्योंकि साहब प्रमोशन पर जा रहा है, पर हमें छोड़कर जा रहा है।' उन्होंने इस बात पर भी बल दिया कि कैसे राठौड़ हर किसी के लिए एक उदाहरण है। 'साहब, एक नमूने की तरह रहा।' हँसते हुए राठौड़ ने ये सारी बातें स्वीकार कीं और उन्हें वादा किया कि वह जल्द ही वापस आएँगे।

रेजिमेंट में आठ साल के काल में राठौड़ कश्मीर में दो साल रहा और उस बीच दो गैलेंट्री सम्मान हासिल किए। जब रेजिमेंट कश्मीर से शांतिकाल में वापस भेजी गई, तो इस बात की चर्चा हुई कि ब्रिगेड कमांडर एक ऐसे ऑफिसर की खोज में हैं, जो नई आनेवाली यूनिट के लिए गाइड की तरह

काम कर सके। उस व्यक्ति को नई बटालियन के लिए उस क्षेत्र में एक ऐसे व्यक्ति के रूप में काम करना पड़ेगा, जिसे उस स्थान के बारे में सबकुछ पता हो और वह वहाँ गाइड के रूप में रह सके। किसी को भी इस बात पर हैरानी नहीं हुई कि जब राठौड़ का नाम सामने आया। राठौड़ को कोई शिकायत नहीं थी। उसने चुटकी लेते हुए कहा, 'लड़कियों का दिल टूट जाएगा। उन्हें बता देना कि मैं जल्दी वापस आऊँगा।' उसने बिष्ट से विदाई ली, अपनी जोंगा जीप में सवार वे श्रीनगर में सैनिकों के दल का नेतृत्व करनेवाले थे, जहाँ से वे फिर अपने घर वापस जानेवाले थे।

कुछ दिन उन गाँवों का दौरा करने के बाद जो आक्रमणकारियों की गतिविधियों के अड्डे थे, नए खबरियों की टीम से मिलने के बाद राठौड़ का काम प्रभावी रूप से खत्म हो जाना था। वे समय बीतने का इंतजार कर रहे थे, पर जिस दिन उन्हें वह जगह छोड़कर जानी थी, उसी सुबह यह खबर आई कि संदिग्ध आतंकवादी एक नजदीकी गाँव में आनेवाला है। गाँव को घेरकर खोज करने का ऑपरेशन शुरू करने का आदेश दे दिया गया। चूँकि राठौड़ उस स्थान को बहुत अच्छे से जानते थे, तो उन्हें दो सैनिकों के साथ नेतृत्व करने का आदेश दे दिया गया।

कुछ दिन उन गाँवों का दौरा करने के बाद जो आक्रमणकारियों की गतिविधियों के अड्डे थे, नए खबरियों की टीम से मिलने के बाद राठौड़ का काम प्रभावी रूप से खत्म हो जाना था। वे समय बीतने का इंतजार कर रहे थे, पर जिस दिन उन्हें वह जगह छोड़कर जानी थी, उसी सुबह यह खबर आई कि संदिग्ध आतंकवादी एक नजदीकी गाँव में आनेवाला है।

एक सिंगल फाइल में चलते हुए वे तीनों उस संदिग्ध झोंपड़ी के पास पहुँचे। अचानक एक शॉट चला और वह बुलेट राठौड़ के गले को चीरते हुए निकल गई। उन्होंने अपना गला पकड़ लिया, अपने हाथ को खून से सना देखकर वह परेशान हो गया, क्योंकि इस बात का अहसास ही नहीं हुआ कि उन्हें गोली लगी है। राइफलमैन लक्ष्मणदास उनके ठीक पीछे थे, वह भी बिना कुछ कहे ही नीचे गिर गया। वह गोली राठौड़ के गले से लगकर लक्ष्मण के दिल को चीर गई। तीसरे सैनिक ने जल्दी ही प्रतिक्रिया की और आतंकी को

मार गिराया, जो एक सेकंड के कुछ हिस्से में खिड़की से दिखाई दिया था। जमीन में पीछे गिरने से पहले राठौड़ पीछे मुड़े और सैनिक को 'शाबाश!' कहा, उनके गले से निकलते हुए खून से मिट्टी लाल रंग की हो गई।

दास तो उसी जगह पर शहीद हो गए और शरीर से तेजी से निकलते हुए खून के कारण राठौड़ को चंडीगढ़ भेज दिया गया। डॉक्टर यह बात जानकर हैरान थे कि बुलेट ने उनकी साँस की और खाने की नली को छुआ तक नहीं है। राठौड़ बच गए और रेजिमेंट में हीरो की तरह वापस आए। वह जब रेलवे स्टेशन पर पहुँचे, तो उनका उनके प्रशंसकों द्वारा बहुत गर्मजोशी के साथ स्वागत हुआ। यूनिट बैंड ने एक गाने को बजाने का बहुत अभ्यास किया, जो उनके वादन की लिस्ट में शामिल भी नहीं था, वह गाना उन्होंने रेलवे प्लेटफॉर्म पर बजाया, और वह गाना था—'पिया तू अब तो आजा…' ऐसा देखना अन्य यात्रियों के लिए किसी मनोरंजन से कम नहीं था। सैनिकों ने प्रसन्न राठौड़ का गेंदे की फूलों की माला पहनाकर स्वागत किया, उन फूलों की माला के भार से उनकी गरदन झुक गई थी। उन्हें रेलवे कोच से यूनिट के जवान ऑफिसरों ने अपने कंधे पर उठा लिया और वह अपने कमांडिंग ऑफिसर का बाहर इंतजार कर रही 'नंबर 1' जिप्सी पर लेकर गए। वे कंपनी कमांडर के ऑफिस में प्रवेश कर चुके थे, अपने बूटों की जानी-पहचानी टाप के साथ वहाँ पहुँच, उन्होंने अपने अधिकारी को जबरदस्त तरीके से सैल्यूट किया। 'जय हिंद सर! मेजर राठौड़ यूनिट में वापस रिपोर्ट कर रहा है, सर।' बिष्ट ने सिर उठाकर देखा और एक लंबी मुसकान बिखेरी…

डॉक्टर यह बात जानकर हैरान थे कि बुलेट ने उनकी साँस की और खाने की नली को छुआ तक नहीं है। राठौड़ बच गए और रेजिमेंट में हीरो की तरह वापस आए। वह जब रेलवे स्टेशन पर पहुँचे, तो उनका उनके प्रशंसकों द्वारा बहुत गर्मजोशी के साथ स्वागत हुआ।

राठौड़ की इतनी सारी यादें थीं और ऐसा लग रहा था कि बिष्ट का दिमाग कोई शफल की तरह खेल रहा हो। उनकी वह अंतिम बात, जो उन्हें याद आ रही थी, वह करीब पंद्रह दिन पहले की ही बात थी।

❖

लगातार बहुत देर से घंटी बजी जा रही थी और मैंने दरवाजा खोला तो पाया कि राठौड़ सामने खड़ा था, उसने बहुत ही फेड जींस, सफेद इजिप्शियन कॉटन शर्ट पहनी थी, जिसमें वह हैंडसम, मुसकराता और चेहरे पर महँगा आफ्टरशेव लगाया हुआ था। उसने गहरे लाल रंग के फूलों का गुलदस्ता मैम के लिए हाथों में पकड़ा हुआ था और साथ ही बच्चों के लिए चॉकलेट का एक बॉक्स भी था। 'आप इसे घूस भी कह सकते हैं, पर आज मैं रात का भोजन आप लोगों के साथ करूँगा। मैस के रसोइए के हाथ की भिंडी, जो पानी वाली होती है और लौकी की सब्जी खा-खाकर मैं थक गया हूँ।'

लगातार बहुत देर से घंटी बजी जा रही थी और मैंने दरवाजा खोला तो पाया कि राठौड़ सामने खड़ा था, उसने बहुत ही फेड जींस, सफेद इजिप्शियन कॉटन शर्ट पहनी थी, जिसमें वह हैंडसम, मुसकराता और चेहरे पर महँगा आफ्टरशेव लगाया हुआ था।

'आ जा, आ जा। आज हमारे घर में भी कद्दू बना है।' बिष्ट की पत्नी ने हँसते हुए उससे कहा।

राठौड़ ने रोती हुई आवाज निकालते हुए सदमे वाले चेहरे से कहा, 'नहीं मैम, आप मेरे साथ ऐसा नहीं कर सकतीं।'

वे सब बगीचे में तारवाली कुरसियों में देर रात तक बैठे हुए थे, राठौड़ के जूते घास में पड़ी ओस की बूँदों के कारण नीचे से गीले हो चुके थे, वह ओल्ड मोंक की एक बोतल साथ में लिये हुए थे, साथ में राठौड़ की कस्तूरी खुशबू और सिगरेट की खुशबू चमेली की ताजी सुगंध के साथ मिल रही थी। इसके बाद, उन्होंने उस आधी बोतल को सप्ताहांत में खत्म करने की सोची और रात के खाने के लिए चले गए। राठौड़ आधी रात के करीब चला गया और साथ बिष्ट की पत्नी के हाथों के खाने की यह तारीफ करते हुए गया कि उसने अभी तक का सबसे अच्छा डिनर खाया है। उसने उनकी बेटी के बालों में हाथ रखकर कहा, 'उसे अब सोने जाना है। गुडनाइट सर, फायरिंग रेंज में मेरी सुबह की ड्यूटी है।'

~❖~

बिष्ट ने अपना भारी सिर उस कठोर बेंच से हटाया। अपनी आँखों से नींद हटाने की कोशिश की और अपनी घड़ी पर नजर डाली। एक घंटे से अधिक का समय बीत चुका था। वे उठे और आई.सी.यू. की तरफ एक और बार गए। राठौड़ की माँ उसका पतला सा हाथ अपने हाथों में लिये सो चुकी थीं। उनके मेहँदी के रंग वाले बाल जूड़े से खुल चुके थे, वे उनके आँसुओं से सने चेहरे में बिखरे पड़े थे। ब्रिगेडियर राठौड़ अपने बेटे के दूसरे हाथ को धीरे-धीरे दबा रहे थे और आकाश की ओर देख रहे थे। राठौड़ का चेहरा मरियल और दुबला लग रहा था, कमजोरी के कारण उसकी आँखें गहरा गई थीं। एक हफ्ते में ऐसा लग रहा था कि वह दस साल बड़ा हो गया हो। बिष्ट ने अपने डी.एम.एस. बूट्स निकाले, अपने मोजे उतारे, अपने हाथ में सैनिटाइजर की एक अच्छी परत का स्प्रे किया और अपने हाथ में सावधानी से स्प्रे करने के बाद उन्होंने धीरे से दरवाजे को खटखटाया और भीतर गए। राठौड़ उन्हें अजीब तरह से देख रहा था।

बिष्ट ने धीरे से अभिवादन किया, जिसे देखकर बूढ़े सैनिक ने सिर हिलाया। बिष्ट ने धीरे से फुसफुसाते हुए पूछा, "क्या मैं आपके लिए थोड़ी कॉफी ले आऊँ, सर?"

अपने बेटे के हाथ से हलके से हाथ हटाते हुए उन्होंने उसके ऊपर चादर डाली और बिष्ट के साथ बाहर कॉरिडोर पर गए। उन्होंने अपनी कमीज की जेब से एक सिगरेट निकाली और कहा, "अभय की मम्मी दो दिन के बाद सोई हैं। मैं उन्हें परेशान नहीं करना चाहता।"

ब्रिगेडियर ने अपना सिर हिलाया और बिष्ट को यह संकेत दिए कि वे सिगरेट पीने के लिए बाहर जाना चाहते हैं। अपने बेटे के हाथ से हलके से हाथ हटाते हुए उन्होंने उसके ऊपर चादर डाली और बिष्ट के साथ बाहर कॉरिडोर पर गए। उन्होंने अपनी कमीज की जेब से एक सिगरेट निकाली और कहा, "अभय की मम्मी दो दिन के बाद सोई हैं। मैं उन्हें परेशान नहीं करना चाहता।" सिगरेट जलाते हुए वह बिष्ट के साथ बेंच में बैठ गए। "अगर तुम्हें बुरा नहीं लगे तो बेटा, क्या तुम एक बार फिर से बता सकते हो कि उस दिन क्या हुआ था?" उनकी थकी हुई आँखें सिगरेट के अंतिम किनारे तक टिकी रहीं।

❖

बिष्ट ने बताया, "सर, राठौड़, मेरा मतलब अभय उस दिन फायरिंग प्रैक्टिस का इंचार्ज था," ऐसा कहते समय उनकी आवाज साफ और भावना-शून्य थी। ब्रिगेडियर बहुत ध्यान से ये सब सुन रहे थे। उनकी आँखें बिष्ट के चेहरे पर अटकी हुई थीं और उनके रुके हुए हाथ जलती हुई सिगरेट को थोड़ी दूर पर रखे हुए थे। "दस सिपाहियों के दो सेक्शन एक ही रेंज पर शूटिंग कर रहे थे। एक राउंड की फायर पूरी हो चुकी थी, अभय ने उन्हें 'खाली कर' का कमांड दिया और निशाने पर जाकर उनकी परफॉरमेंस को रिकॉर्ड करने गए। जब वे वापस लौट रहे थे, एक राइफल पूरी तरह से उलटी चल गई, क्योंकि वह प्रभावी तरह से खाली नहीं हुई थी। बुलेट दीवार पर लगी और वापस टकराकर अभय के सिर के पीछे लग गई।" बिष्ट ने यह बात गंभीर आवाज में कही।

ब्रिगेडियर राठौड़ ने टकटकी लगाकर यह बात कही, "जिस व्यक्ति ने अभय पर गोली चलाई थी, क्या उसकी पहचान कर ली गई?"

"हाँ सर, उस राइफल को पहचान पाना बहुत मुश्किल होगा कि किस राइफल से फायर हुई है, पर वह व्यक्ति स्वयं से सामने आया है।"

ब्रिगेडियर राठौड़ ने टकटकी लगाकर यह बात कही, "जिस व्यक्ति ने अभय पर गोली चलाई थी, क्या उसकी पहचान कर ली गई?"

"हाँ सर, उस राइफल को पहचान पाना बहुत मुश्किल होगा कि किस राइफल से फायर हुई है, पर वह व्यक्ति स्वयं से सामने आया है।"

"तुम्हें किसी और बात की आशंका है?" ब्रिगेडियर ने पूछा।

"नहीं सर, वह जवान उसे बहुत प्यार करता है। वह एक दुर्भाग्यपूर्ण घटना है, पर हाँ, जाँच समिति गठित करने के आदेश दे दिए गए हैं।"

"जिस लड़के ने अभय को मारा है, वह अभी कहाँ है?"

"हो सकता है, वह अस्पताल के बाहर ही हो।" बिष्ट ने जवाब दिया। "वह उस दिन से हर रोज अस्पताल में हर शाम आता है। वह हिल चुका है।"

ब्रिगेडियर राठौड़ वहाँ कुछ देर के लिए चुप से बैठ गए, उन्होंने अपने हाथ बेंच के पीछे किए। अंततः उन्होंने कहा, "उसे यहाँ बुलाओ।" बिष्ट ने उस लंबे

कॉरिडोर में लंबे-लंबे कदम बढ़ाए और कुछ ही मिनटों के अंदर वे वापस आ गए। उनके पीछे एक पतला, हलके-फुलके डीलडौल वाला जवान लड़का सेना की वरदी में आया। वह बीस साल से ज्यादा का नहीं होगा। वह जवान उस बेंच तक मार्च करते हुए आया, जहाँ ब्रिगेडियर बैठे हुए थे, सावधान की मुद्रा में उसने बहुत तत्परता के साथ उन्हें सैल्यूट किया।

वह लड़का रुदन स्वर में रोते हुए कहने लगा, "मुझसे बहुत बड़ी गलती हो गई, साहब।"

उस बूढ़े आदमी ने अपनी सिगरेट बेंच के हत्थे पर बुझाई और खड़े हो गए। उन्होंने उस जवान के चेहरे पर लुढ़कती आँसुओं की धार देखी, उसकी आँखें रो-रोकर लाल हो गई थीं, उसके कंधे काँप रहे थे। तब ब्रिगेडियर थोड़ा आगे झुक गए और उसकी नेमप्लेट पढ़ने लगे। ब्रिगेडियर राठौड़ ने थोड़ा रुककर कहा, "केदार सिंह।" उन्होंने फिर अपने आप को सँभाला, उनका चेहरा भावना-शून्य हो चुका था। "पैराट्रूपर केदार सिंह, तेरी गलती नहीं है, बेटा। अपने आप को माफ कर दे।" उन्होंने एक कदम आगे बढ़ाया, उन्होंने रोते हुए जवान के कंधे पर हाथ रखा। "जा, घर जा। खाना खाकर सो जा और कल से ड्यूटी ज्वॉइन कर।"

ऐसा कहकर ब्रिगेडियर अपनी उन्हीं मायूस आँखें लिये पीछे मुड़ गए, उनके पीछे उनकी छड़ी सीधे खड़ी थी। "अभय कभी भी ऐसे मरना पसंद नहीं करता, पर उन मरदूत बुलेट्स पर उसका नाम लिखा हुआ होगा।" उन्होंने धीमे से ऐसा कहा और अपने भारी कदमों के साथ फिर से आई.सी.यू. के लिए चले गए। बिष्ट फिर से बेंच पर बैठकर आगे शून्य की ओर देखने लगे।

□

साथी

64 उत्तरी लाइट इंफेंट्री का लांस नायक जावेद अजीज उस सुबह अन्य दिनों की अपेक्षा बहुत अकेला महसूस कर रहा था। वह ग्लेशियर पर दो महीनों से ज्यादा समय से था। उस ठंडी, वीरान और अगम्य पोस्ट पर उसके घर से कोई एक भी चिट्ठी नहीं आई थी, वह पाकिस्तान-भारत की सीमा के आखिरी कोने में था; उसे अपनी जवान पत्नी और नवजात बेटी की बहुत याद आ रही थी, वह उनके बारे में इतना सोच रहा था कि सोचते-सोचते उसकी आँखों में आँसू आ गए। वह अपने आसपास की सारी चीजों को देख सकता था, उसके चारों ओर बर्फ का समुंदर था। सुंदर, पर वीरान सियाचिन, जो 19,000 फीट की ऊँचाई पर था, उसे दुनिया का सबसे उच्चतम युद्धक्षेत्र भी माना जाता है। अक्तूबर में वहाँ ठंडी हवाओं के थपेड़े चलते हैं, जिससे आदमी के चेहरे की खाल तक निकल जाए, इसी कारण सैनिक जब भी बंकर से बाहर निकलते हैं तो वह स्वयं को हमेशा पूरी तरह से ढके रहते हैं।

जावेद ने अपनी मंकी कैप नीचे की ओर खींची कि न सिर्फ उसका चेहरा, बल्कि उसकी भौंहें भी ढक जाए और गरदन और मुख के लिए भी मास्क का काम करे, सिर्फ उसकी नाक और आँखें बिना ढके थीं। वह फ्लोरोसेंट बैंगनी कॉर्टिना धूप के चश्मे के जरिए देख सकता था, जिसे वह पहने हुआ था। उसके 250 मीटर नीचे वह फाइबरग्लास की झोंपड़ी देख सकता था और उस ग्लेशियर पर भारत का अंतिम पोस्ट अंकित था। उसके एवं पोस्ट के बीच पाकिस्तान की बाउंड्री खत्म थी और भारत की बाउंड्री शुरू थी। उसकी तरह ही एक अन्य भारतीय सैनिक, जो गार्ड ड्यूटी पर था, वह अपनी झोंपड़ी के बाहर खड़ा था। वह भी मोटी परत के साथ भारी-भरकम स्नोसूट से लदा हुआ था और जावेद यह

जानता था कि इसे भालू सूट भी कहा जाता है, क्योंकि इसे पहनकर कोई भी बड़े फरनुमा भालू की तरह दिखता था। जावेद की ही तरह, वह भी ऊनी बालाक्लावा पहनता था और साथ में यूवी रे प्रोटेक्शन वाले धूप के चश्मे पहनता था।

ऐसी ठंडी और वीरान जगह में एक जैसे कपड़े में दोनों सैनिक हर दिन एक-दूसरे का आमना-सामना करते थे। उनका काम था—दुश्मनों की पोस्ट पर निगाह रखना और यह रिपोर्ट रखना कि उन्होंने कोई काररवाई देखी अथवा नहीं और साथ ही इस बात पर भी गौर करना कि दोनों देशों की आपसी सहमति में तय की गई बाउंड्री में किसी प्रकार की होनेवाली आवाजाही के बारे में बताना। उस जमाती सुबह में जब तापमान बहुत नीचे, अर्थात् शून्य से सत्रह डिग्री नीचे गिर गया था और ठंडी हवाएँ उनके चेहरे को चीरते हुए जा रही थीं—उस लंबी सी जगह में सफेद चादर में लिपटे सियाचिन में वही दो जीवित प्राणी नजर आ रहे थे। यही एक वजह थी, जिसके कारण लांस नायक जावेद अजीज अपने दुश्मनों तक पहुँच पाया।

30, कुमाऊँ रेजिमेंट का राइफलमैन सत्यपाल, जो महज बीस साल का था और यह उसकी दूसरी पोस्टिंग थी, ने अपना सिर उठाया और देखा कि वह आवाज कहाँ से आ रही है। उसे यह देखकर आश्चर्य हुआ कि पाकिस्तानी सैनिक अपना हाथ हिला रहा है।

बर्फ की एक सुरक्षित दीवार के पीछे से उसने 250 मीटर दूर खड़े सैनिक से चिल्लाकर कहा, "साथी।"

30, कुमाऊँ रेजिमेंट का राइफलमैन सत्यपाल, जो महज बीस साल का था और यह उसकी दूसरी पोस्टिंग थी, ने अपना सिर उठाया और देखा कि वह आवाज कहाँ से आ रही है। उसे यह देखकर आश्चर्य हुआ कि पाकिस्तानी सैनिक अपना हाथ हिला रहा है। सैनिकों को दुश्मन सैनिकों से बात करने की पूरी तरह से मनाही थी, इसलिए सत्यपाल ने पूरी तरह से उसे अनदेखा किया और वह किसी अन्य दिशा में देखने लगा।

"हमसे कुछ गुफ्तगू तो कर लो, मियाँ। माधुरी दीक्षित नहीं माँग रहे

आपसे।" पाकिस्तानी सैनिक की आवाज में एक चुटकी भरा अंदाज था।

अपने को सीमा में रखने के बदले सत्यपाल मुसकराने लगा। वह उस कड़कड़ाती ठंड में पिछले दो घंटों से खड़ा था। किसी अन्य गार्ड के ड्यूटी बदलने में अभी एक और घंटा बाकी था और दस बट्टा आठ फीट बंकर बाहर एक अन्य व्यक्ति उसके बदले ड्यूटी करने आता, उस बंकर के भीतर पाँच कॉमरेड्स और पोस्ट कमांडर पहले से ही मौजूद थे, जो वहाँ 24/7 घंटे (सातों दिन, चौबीसों घंटे) जल रहे मिट्टी के तेल के स्टोव की गरमी के कारण अन्य की अपेक्षा आराम में थे।

अपने कंधे में सबसे सुरक्षित जगह में अपनी राइफल शिफ्ट कर, उसने ऊँची ढलान से पाकिस्तानी सैनिक को देखा। अगर दुश्मन सैनिक ने अपनी राइफल उठाकर उस पर फायर किया, तो वह उसके लिए चौकन्ना और हर परिस्थिति से लड़ने के लेने के लिए तैयार था, साथ ही उसने जोर से कहा, "माधुरी दीक्षित के बारे में सोचना भी मत। तुम्हारे लिए हम धर्मेंद्र बैठे हैं यहाँ।"

"रख लो मियाँ, रख लो। हमारे पास हमारी बेगम हैं।"

एक अजीब सी हँसी सत्यपाल के कानों को सुनाई दी, जो दोनों युद्धरत देशों की सीमाओं के बीच से होकर आराम से गुजर गई। उस आवाज में कोई डर नहीं था, एक सैनिक की ओर से सिर्फ सौहार्द की भावना थी। उसे वह आवाज अच्छी लगी और उसने हाथ हिलाया। इस प्रकार नॉर्दन लाइट इंफेंट्री के लांस नायक जावेद अजीज और 30 कुमाऊँ रेजिमेंट के राइफलमैन सत्यपाल, जिन्हें एक-दूसरे का कट्टर दुश्मन बनना था, दुनिया के सबसे ऊँचे युद्धक्षेत्र में दोस्त बन गए।

एक अजीब सी हँसी सत्यपाल के कानों को सुनाई दी, जो दोनों युद्धरत देशों की सीमाओं के बीच से होकर आराम से गुजर गई। उस आवाज में कोई डर नहीं था, एक सैनिक की ओर से सिर्फ सौहार्द की भावना थी। उसे वह आवाज अच्छी लगी और उसने हाथ हिलाया।

❖

उन्होंने जल्दी ही यह महसूस किया कि वे दोनों गार्ड ड्यूटी शिफ्ट में सुबह 9 बजे से 12 बजे दोपहर की शिफ्ट में होते हैं। अपने अच्छे इंसुलेटेड बंकर, अपने कॉमरेडों के होने के बावजूद वे बाहर होनेवाली किसी गतिविधि को सुन नहीं सकते थे, उन्हें असल में इस बात की परवाह भी नहीं थी। उन दोनों तरफ के लोग जानते थे कि सियाचिन में असली दुश्मन तो मौसम ही है, कोई अन्य देश नहीं। इसलिए इस बात की कोई खास परवाह नहीं करता था कि दुश्मन देशों के बीच किसी प्रकार की बातचीत करने को कानूनों को तोड़ा गया है अथवा नहीं।

उन दोनों के पास बातचीत करने की खुली छूट थी, जिस कारण उनके दोनों के बीच का एकांकीपन कुछ देर के लिए दूर हो जाता था। जैसे ही सत्यपाल अपने बंकर से बाहर निकलता, वह पूछता, "कैसे हो, साथी?" वहीं दूसरी तरफ जावेद उसकी पहले से ही राह देखते रहता।

"वालेकुम अस्सलाम, साथी", जावेद बहुत गर्मजोशी के साथ उसका स्वागत करता और कहता, "खैरियत है।" फिर वे दोनों आपसी देशों के बीच नुकसान न होनेवाली बातों पर लग जाते, जैसे उन फिल्मों के बारे में बात करते, जिन्हें उन दोनों ने देखा है, उन लोगों को जिन्हें वे प्यार करते हैं और जिन सपनों को उन्होंने बुना है।

"वालेकुम अस्सलाम, साथी", जावेद बहुत गर्मजोशी के साथ उसका स्वागत करता और कहता, "खैरियत है।" फिर वे दोनों आपसी देशों के बीच नुकसान न होनेवाली बातों पर लग जाते, जैसे उन फिल्मों के बारे में बात करते, जिन्हें उन दोनों ने देखा है, उन लोगों को जिन्हें वे प्यार करते हैं और जिन सपनों को उन्होंने बुना है।

कभी-कभी वे दोनों दुश्मन पोस्ट एक-दूसरे पर फायर भी करते थे। वे दोनों साथी उस फायरिंग में शामिल होते। वे एक-दूसरे की पोस्ट पर रॉकेट लॉन्चरों से शूट करते और साथ ही तोपों और मोर्टार फायर से भी हमले होते, जिसमें बर्फ उड़ती और बर्फ से ढके पर्वत बंदूकों की आवाज से गूँजने लगते। फिर अगली सुबह वे दोनों अपनी ड्यूटी पर वापस आ जाते और अपनी सौहार्दपूर्ण बातों को आगे बढ़ाते।

❖

सत्यपाल ने एक दिन बंकर के अंदर लटके कैलेंडर में यह देखने के बाद कि उस दिन ईद है अथवा नहीं, जावेद से कहा, "ईद मुबारक, साथी। रोज गोलियाँ खिलाते हो, आज दिल बड़ा करो, बिरयानी खिला डालो।"

"आज ईद-ए-मिलाद है, साथी। बिरयानी नहीं, सेवइयाँ बनाई जाती हैं।" जावेद ने अच्छी तरह से उस बात का जवाब दिया। "कभी हमारे गाँव आइएगा, तो हम अपनी बेगम के हाथ की बनी खीर खिलवाएँगे। आप उँगलियाँ चाटते रह जाएँगे।"

"हाँ-हाँ, क्यों नहीं, पक्का आऊँगा।" सत्यपाल ने जवाब दिया, इस पर जावेद ने झट से गालिब का एक शेर अर्ज किया, उसने गालिब के बारे में सत्यपाल को बताया था कि वह उसके मनपसंद शायर हैं। 'तेरे वादे पर जिए हम तो ये जान झूठ जाना कि खुशी से मर न जाते, अगर ऐतबार होता।' सत्यपाल ने मुश्किल से ही एक टीवी सीरियल देखा था, जिसका नाम 'मिर्जा गालिब' था, पर उसे इस बारे में कुछ ही नहीं पता था कि वह व्यक्ति कौन है, पर वह असल में उनके बारे में जानने में थोड़ा भी उत्सुक नहीं था।

जावेद ने जवाब दिया, "मियाँ, तुम क्या सोचते हो कि हमारे पास पटाखे नहीं हैं ? अगर तुम लोग अपनी चूतड़ सुरक्षित रखना चाहते हो, तो यह सुनिश्चित करना कि अपने बंकरों से बाहर न निकलो।" हम लोग ऊँची जगह पर बैठे हुए हैं। हम तुम्हारी पूँछ में आग लगा देंगे।

"इंशा अल्लाह, दीवाली मुबारक हो, साथी। हम लोग पटाखे फोड़ने का इंतजार करेंगे।" जावेद ने सत्यपाल से दीवाली के दिन कहा।

"अरे हाँ, तुम लोग सावधानी बरतना।" सत्यपाल ने भी मजे लेते हुए जवाब दिया। "हम यह सुनिश्चित करेंगे कि हमारे रॉकेट तुम्हारी पोस्टों पर निशाना साधे।"

जावेद ने जवाब दिया, "मियाँ, तुम क्या सोचते हो कि हमारे पास पटाखे नहीं हैं ? अगर तुम लोग अपनी चूतड़ सुरक्षित रखना चाहते हो, तो यह सुनिश्चित करना कि अपने बंकरों से बाहर न निकलो।" हम लोग ऊँची जगह पर बैठे हुए हैं। हम तुम्हारी पूँछ में आग लगा देंगे। उसकी गहरी, दबी सी आवाज बर्फीले स्थान में गूँज रही थी और सत्यपाल उसे सुन मुसकरा रहा था।

❖

दुनिया के सबसे ऊँचे युद्धक्षेत्र में वे दोनों दुश्मन एक-दूसरे के भावनात्मक सहयोगी बन गए थे। जावेद अधिकतर सत्यपाल से अपनी छोटी सी बेटी के बारे में बात करता, जिसे उसने अभी तक देखा ही नहीं था। उसने सत्यपाल से कहा, "अगर मैं जिंदा रहा, तो मैं वापस जाऊँगा और उसे देखूँगा। शबाना लिखती हैं कि हमारी जैसी आँखें हैं उसकी।"

सत्यपाल ने भी जावेद को अपने बूढ़े, सेवानिवृत्त, सैनिक पिता के बारे में बताया कि उन्होंने ही सत्यपाल को सेना में भर्ती होने के लिए कहा था। "मैं कभी भी सैनिक नहीं बनना चाहता था, पर मैं पढ़ाई में अच्छा नहीं था, इसलिए बाऊजी मुझे भर्ती के लिए कोटद्वार रैली में ले गए। मैं वहाँ हवा की तरह तेज भागा था और पहले पाँच लोगों में मेरा स्थान था, पर मैं सुनने की क्षमता में निकाल दिया गया।"

"कैसी आँखें हैं आपकी, उत्सुक सत्यपाल ने पूछा।" अगर सत्यपाल अपनी दूरबीन से भी देखे तो उसे जावेद की आँखें दिखाई नहीं देंगी, यहाँ तक कि उसका चेहरा भी नहीं दिखाई देगा, वह सिर्फ उसकी कर्कश आवाज और तेज खुली हँसी से उसको पहचान सकता था।

जावेद ने गर्व से कहा, "बड़ी और भूरी।"

सत्यपाल जानना चाहता था कि ऐश्वर्या राय जैसी ?

जावेद ने जवाब दिया, "अरे नहीं, भाई। ऐश्वर्या की तो हरी हैं। हमारी आँखें भूरी हैं, ब्राउन।"

"आह! रानी मुखर्जी की तरह। बहुत अच्छे, सत्यपाल ने उच्छ्वास लेते हुए कहा। तुम्हारी बेटी भी एक फिल्म स्टार बनेगी···"

पर जावेद ने उसे बीच में ही रोका और कहा, "बिल्कुल नहीं, पढ़ा-लिखाकर डॉक्टर बनवाएँगे।"

सत्यपाल ने भी जावेद को अपने बूढ़े, सेवानिवृत्त, सैनिक पिता के बारे में बताया कि उन्होंने ही सत्यपाल को सेना में भर्ती होने के लिए कहा था। "मैं कभी भी सैनिक नहीं बनना चाहता था, पर मैं पढ़ाई में अच्छा नहीं था, इसलिए बाऊजी मुझे भर्ती के लिए कोटद्वार रैली में ले गए। मैं वहाँ हवा की तरह तेज भागा था और पहले पाँच लोगों में मेरा स्थान था, पर मैं सुनने की क्षमता में निकाल दिया

गया।" उसने जावेद से ईमानदारीपूर्वक कहा। "बाऊजी ने जिन ब्रिगेडियर साहब के नीचे काम किया था, उनसे मेरे लिए बात की। मेरी एक छोटी सी सर्जरी हुई और फिर मेरा चयन हो गया।"

उसने जावेद को बताया कि उसकी शादी दिसंबर में तय हुई है। लड़की पड़ोस के एक गाँव से है। उसने उसे अभी तक नहीं देखा है, पर बाऊजी ने जो अंतिम चिट्ठी भेजी थी, उसमें लिखा था कि वह आठवीं फेल है, गोरी एवं पतली है। उन्होंने बताया कि वह खेती का काम जानती है। माँ की मदद हो जाएगी।

जावेद ने उससे जानना चाहा कि क्या वह लड़की हमेशा गाँव में उसके माँ-बाप के साथ ही रहेगी। उसने पूछा, "क्या वह तुम्हारे साथ कैंटोनमेंट में रहने के लिए नहीं आएगी?"

सत्यपाल इस बारे में कुछ निश्चित नहीं था। "साथी, मुझे इसके बारे में कुछ नहीं पता है।"

"पूछा नहीं है बाऊजी से?"

जावेद ने कहा, "कोई बात नहीं। तुम उसे तब मिल लोगे, जब तुम छुट्टियों में घर जाओगे। वैसे ही सेना ड्यूटी के दौरान किसी प्रकार का कोई समय नहीं देती। पहाड़ी लड़कियाँ बहुत सुंदर होती हैं। मुझे पक्का विश्वास है कि तुम्हारी बेगम भी बहुत खूबसूरत होंगी।" उसने बहुत प्यार से सत्यपाल से यह बात मुसकराकर कही।

जावेद ने कहा, "कोई बात नहीं। तुम उसे तब मिल लोगे, जब तुम छुट्टियों में घर जाओगे। वैसे ही सेना ड्यूटी के दौरान किसी प्रकार का कोई समय नहीं देती। पहाड़ी लड़कियाँ बहुत सुंदर होती हैं। मुझे पक्का विश्वास है कि तुम्हारी बेगम भी बहुत खूबसूरत होंगी।"

कुछ दिन पहले ही सत्यपाल ने जावेद से एक भीतर छुपे डर के बारे में एक बात बाँटी थी। उसने कहा कि उसे ग्लेशियर से डर लगता है। उसके चारों ओर के ऊँचे-ऊँचे पहाड़ उसे डराते हैं। वह अपने पहाड़ की हरियाली के बीच घर वापस जाना चाहता है, जहाँ टिहरी गढ़वाल में चौड़े-चौड़े खुले, पीले सरसों के खेत हैं, पर अभी उसके पास कोई विकल्प नहीं है। उसने जावेद से कहा, "मुझे बर्फ में दबकर मर जाने से बहुत डर लगता है, साथी। बचपन में एक

"अरे, यह मत भूलो कि तुम्हारा दिमाग स्वतंत्र है, साथी।" जावेद ने उसे सलाह दी, "अगली बार जब भी तुम परेशान हो, अपनी आँखें बंद कर लेना और उस सुंदर पहाड़ी लड़की के बारे में याद करना, जो जल्द ही तुम्हारी बेगम बनेगी। एक दिन हम सबको मर जाना है। इस बारे में हर दिन क्यों घबराना है ? मौत का एक दिन मुअय्यन है, नींद क्यों रात भर नहीं आती।"

बार जब मुझे अँधेरे, बदबूदार गोठ (पशुओं के रहने की जगह) में बंद कर दिया गया था, तब से मुझे ऐसी जगहों से डर लगता है। इसलिए मैं हमेशा साहब से कहता हूँ कि मुझे गार्ड की ड्यूटी दे दिया करें। उस छोटी झोंपड़ी के अंदर बैठकर मुझे डर लगता है। मेरा दम घुटता है अंदर।"

"अरे, यह मत भूलो कि तुम्हारा दिमाग स्वतंत्र है, साथी।" जावेद ने उसे सलाह दी, "अगली बार जब भी तुम परेशान हो, अपनी आँखें बंद कर लेना और उस सुंदर पहाड़ी लड़की के बारे में याद करना, जो जल्द ही तुम्हारी बेगम बनेगी। एक दिन हम सबको मर जाना है। इस बारे में हर दिन क्यों घबराना है ? मौत का एक दिन मुअय्यन है, नींद क्यों रात भर नहीं आती।" ऐसा लग रहा था कि जावेद, फिर से गालिब का कोई शेर पढ़ रहा हो। सत्यपाल ने पहले से ही अपनी होनेवाली बीवी के बारे में एक धारणा बना ली थी, पर ऐसा करना आसान नहीं था, क्योंकि उसने उसे पहले कभी नहीं देखा था।

अगली सुबह, सत्यपाल ने जावेद से कहा कि वह अगले दिन गार्ड की ड्यूटी पर नहीं आएगा। वह और राइफलमैन रमेश को कम्युनिकेशन लाइंस की रूटीन चैक पर भेजा जा रहा है। हर दस दिनों में तीन सैनिकों को उन तारों की देखरेख के लिए भेजा जाता है, जो पोस्ट और कंपनी हेडक्वार्टर्स के बीच के टेलीफोन को ठीक रखते हैं और वह यहाँ से करीब दो किलोमीटर दूर हैं। पोस्ट एवं हेडक्वार्टर्स दोनों की यह जिम्मेदारी है कि वह एक किमी के कम्युनिकेशन लाइन को व्यवस्थित रखें—यह देखें कि तारें उसी तरह लगी हुई हैं और काम

कर रही हैं तथा कहीं वे टूटी तो नहीं हैं और न ही वह बर्फ में दबी हुई हैं। चूँकि उनकी जिंदगियाँ उन्हीं तारों पर आधारित होती हैं, इसलिए सैनिक उस काम को पूरी निष्ठा के साथ करते हैं।

पोस्ट तक खाली जैरी के कनस्तर में मिट्टी के तेल को लाने का काम किया जाता है और उनका इस्तेमाल करना अच्छा भी रहता है। उन्हें बर्फ से भर दिया जाता है, जो जल्द ही सख्त बर्फ में जम जाते हैं। फिर उन जैरी कैन को टेलीफोन लाइंस के सपोर्ट के रूप में इस्तेमाल किया जाता है और उन्हें उसके ऊपर बाँधा जाता है, जिससे कि तार भारी बर्फबारी के बाद दब न जाएँ।

"हमने सुबह आठ बजे तक जाने की सोची है और दोपहर तक वापस आ जाना है।" सत्यपाल ने जावेद से कहा और उसने अपना सिर हिलाया। सियाचिन में तैनात हर सिपाही जानता है कि दोपहर के बाद वहाँ मौसम अचानक पलट जाता है, इसलिए हर काम को इस तरह से प्लान किया जाता है कि सैनिक लंच के समय तक अपने बंकर में वापस आ जाएँ।

सत्यपाल ने जावेद से कहा और उसने अपना सिर हिलाया। सियाचिन में तैनात हर सिपाही जानता है कि दोपहर के बाद वहाँ मौसम अचानक पलट जाता है, इसलिए हर काम को इस तरह से प्लान किया जाता है कि सैनिक लंच के समय तक अपने बंकर में वापस आ जाएँ।

छुट्टी के बाद ड्यूटी पर वापस आए एक जवान ने जावेद को एक पत्र दिया। जावेद ने सत्यपाल को बताया कि उसकी बेटी की तबीयत ठीक नहीं है। उसने कहा, "मैं यहाँ पर रहकर अपने लोगों के लिए कुछ भी नहीं कर सकता। मैं बहुत असहाय महसूस करता हूँ।" वह उस सुबह बहुत निराश महसूस कर रहा था।

"साथी, तुम परेशान मत होना, वह जल्दी ही ठीक हो जाएगी। बच्चे, बचपन में बीमार पड़ते रहते हैं।" सत्यपाल ने उसे ढाढ़स बँधाते हुए कहा। इसके ठीक बाद, सत्यपाल ने जावेद से कहा कि अब वह उससे कल मिलेगा।

जावेद ने उससे कहा, "खुदा हाफिज साथी, अपना खयाल रखना।"

"आप भी अपना खयाल रखना जावेद भाई और अपनी बेटी के बारे

में ज्यादा चिंता न करिए। मुझे पक्का विश्वास है कि वह जल्द ही ठीक हो जाएगी।" सत्यपाल ने उसे आश्वासन दिया और हाथ हिलाकर उससे विदा ली और बंकर के अंदर घुस गया।

अगली दोपहर, अचानक हुए हिमस्खलन से सैनिक आश्चर्यचकित हो गए। बर्फीली हवाएँ उनके बंकर पर हिलोरें मार रही थीं, वे झट से बंकर के अंदर घुस गए, एक-दूसरे का साथ पाकर उन्हें बहुत आराम मिल रहा था और साथ ही मिट्टी के तेल के स्टोव की गरमी उन्हें आराम पहुँचा रही थी।

करीब दो बजे, जावेद अपने स्लीपिंग बैग के भीतर था और अपनी बीवी की चिट्ठी पढ़ रहा था। उस हफ्ते के लिए ड्यूटी पर तैनात रसोइए ओमर चावल के साथ मीट लंच के लिए बनाने की तैयारी कर रहा था। उनके अन्य चार सैनिक ताश के पत्ते खेल रहे थे और रेडियो ऑपरेटर राइफलमैन फैजल शरीफ उस शोरगुल के बावजूद आदतन चुप था और किनारे बैठा स्कर्दू रेडियो सुन रहा था। तभी समाचार वाचक ने कहा—"दो हिंदुस्तानी सिपाही सियाचिन ग्लेशियर की राणा पोस्ट में बर्फ के नीचे जिंदा दफन।" किसी भी सिपाही ने इस खबर पर ध्यान नहीं दिया, पर जैसे ही उन्होंने सियाचिन का नाम सुना, उन सबने उस खबर को गौर से सुनना शुरू कर दिया।

जो औरत उर्दू में खबरें पढ़ रही थी, ने उस बारे में कोई और जानकारी नहीं दी, पर उसने इस बात को अच्छी तरह से बताया कि इस दोपहर तीन भारतीय जवान उस हिमस्खलन में फँस गए हैं।

जावेद ने अपनी चिट्ठी तकिए के नीचे रख जोर से कहा, "रेडियो की आवाज ऊँची कर, फैजल।"

जो औरत उर्दू में खबरें पढ़ रही थी, ने उस बारे में कोई और जानकारी नहीं दी, पर उसने इस बात को अच्छी तरह से बताया कि इस दोपहर तीन भारतीय जवान उस हिमस्खलन में फँस गए हैं। हालाँकि एक जवान तो मिल गया है, पर दो जवान अभी लापता हैं। ऐसा माना जा रहा है कि हिमस्खलन के कारण वे उस बर्फ के अंदर दब गए हैं।

कुछ समय के लिए तो बंकर में भी खामोशी छा गई। फिर उनमें से ताश खेलनेवाला एक खिलाड़ी बोला, "अब हमारे पास लड़ने के लिए दो दुश्मन कम हो गए। हमसे पहले यह ग्लेशियर ही उन दुष्टों को खा गया। अच्छी खबर है। मियाँ, तुम पत्ते बाँटो।"

वे चारों आपस में जोर-जोर से चुहलबाजी कर रहे थे और फिर से खेल में व्यस्त हो गए। उन्होंने यह बात महसूस ही नहीं की कि जावेद के मुख पर उदासी छा गई है, पर फैजल उसे बहुत ध्यान से देख रहा था। उसने जावेद से कहा, "अपने नीचे वाली पोस्ट के बंदे लगते हैं। क्या वह राणा पोस्ट तो नहीं है ?" जावेद भाई आप तो बात करते हो न, उनमें से एक से ? फैजल बहुत ही चिंतित दिखाई दिया। जावेद ने अपना सिर हिलाया।

जावेद को याद आया कि सत्यपाल को जाना था और दिन में ही कम्युनिकेशन की लाइनें चैक करके आनी थीं, वह बेबस होकर यह आशा कर रहा था कि गायब हुए लोगों में वह न शामिल हो।

जावेद को याद आया कि सत्यपाल को जाना था और दिन में ही कम्युनिकेशन की लाइनें चैक करके आनी थीं, वह बेबस होकर यह आशा कर रहा था कि गायब हुए लोगों में वह न शामिल हो।

पूरी दोपहर फैजल भारतीय लोगों की ओर के लोगों के बारे में रेडियो के जरिए संदेशों के समझने की कोशिश कर रहा था, साथ ही जावेद भी उसी की बगल में बैठा हुआ था। उन दोनों खोए हुए सैनिकों के बारे में लगातार बातें हो रही थीं। हेडक्वार्टर से चार एवं राणा पोस्ट से चार जवानों को उनकी खोज के लिए भेज दिया गया था। सर्च पार्टी को बार-बार निर्देश दिए जा रहे थे कि ताजी बर्फ गिरने के कारण वे सावधानीपूर्वक काम करें और गड्ढों से बचकर रहें।

राणा पोस्ट में तैनात युवा ऑफिसर, जो वहाँ का जे.सी.ओ. इंचार्ज था, ने असहाय होकर कहा, "साहब, हमें समझ नहीं आ रहा कि हम कहाँ पर देखें।" पूर्व में सत्यपाल से हुई बातचीत के आधार पर जावेद उस सैनिक को जानता था। उस सैनिक ने कहा, "साहब, करीब तीन फीट बर्फ गिरी है और यह इलाका

फुटबॉल के मैदान की तरह फैला हुआ है। उन्हें यहाँ पर ढूँढ़ना ऐसा ही लग रहा है कि जैसे घास के मैदान में सुई ढूँढ़ना।"

सर्च पार्टी को रूट बाँट लेने के लिए कहा गया और उन्हें मेटल पोल्स के जरिए बर्फ में करीब दो फीट गहरा खोजने को कहा गया। युवा कप्तान ने त्वरितता दिखाते हुए कहा, "अगर तुम्हें लगे कि कोई बॉडी है, तो खोदना शुरू कर लेना। समय बहुत कम है। हम उन्हें मरने नहीं दे सकते साहब।" सर्च पार्टी ने जी.सी.ओ. इंचार्ज से कहा। जावेद को पता था कि भारतीय सेना अपने आदमियों को कभी नहीं छोड़ती और उसे पूरी आशा थी कि वे दोनों मिल जाएँगे।

सर्च पार्टी को रूट बाँट लेने के लिए कहा गया और उन्हें मेटल पोल्स के जरिए बर्फ में करीब दो फीट गहरा खोजने को कहा गया। युवा कप्तान ने त्वरितता दिखाते हुए कहा, "अगर तुम्हें लगे कि कोई बॉडी है, तो खोदना शुरू कर लेना। समय बहुत कम है। हम उन्हें मरने नहीं दे सकते साहब।"

उस दिन जावेद ने नमाज के लिए अपने घुटने मोड़े, सिर झुका लिया और अपने दोस्त के लिए प्रार्थना की, "अल्लाह, उसे उसके परिवार के पास वापस भेज दें।" जावेद ने बुदबुदाते हुए दुआ की। वह अभी भी घुटनों के बल था और उसका सिर सजदे के लिए झुका हुआ था। पर जैसे ही रात घिरने लगी, राहत का काम अगली सुबह के लिए टाल दिया गया और उसकी आशाओं पर पानी फिरने लगा। ग्लेशियर में पूरी रात खुले में निकलना बहुत मुश्किल था।

जावेद बहुत मुश्किल से ही पूरी रात सो पाया था। उस अँधेरे में हवाओं के थपेड़े उनके टेंट पर भी जोर मारे जा रहे थे, आसपास में खुला वातावरण होने के कारण तेज आवाजें आ रही थीं और वे बहुत डरावनी लग रही थीं। उसका दिमाग बार-बार उस जवान लड़के की ओर ही जा रहा था, जो भारत के एक छोटे से गाँव से था, जो बंद जगहों से डरता था, जिसका निकाह एक ऐसी लड़की से होनेवाला था, जिसे उसने अभी तक नहीं देखा था और वह सैनिक पूरे दिन भर के लिए उससे भावनात्मक रूप से जुड़ा रहता था।

उसने कल्पना की कि सत्यपाल हिमपात की परतों के भीतर दबा हुआ है और जो जल्द ही बर्फ में तब्दील हो जाएगी। उसने यही आशा रखी कि सत्यपाल उस सुंदर लड़की के बारे में सोच रहा हो, जिससे उसकी शादी होनी तय हुई है, न कि उस गोठ में, जहाँ उसे बच्चे में बंद कर दिया गया था। वह पूरे मन से यही आशा कर रहा था कि उसका साथी अगली सुबह तक फिर से बचाव कार्य शुरू होने तक अपनी जिंदगी को किसी प्रकार सँभालकर रख सके।

जब वह सुबह उठा, तो सवेरा होने को था। नींद पूरी न होने के कारण उसका सिर भारी था, उसने फैजल को उठाया और रेडियो सेट ऑन करने को कहा। भारतीय सैनिकों ने पौ फटने के साथ ही बचाव कार्य शुरू कर दिया था। फैजल ने प्रशंसात्मक स्वर में बुदबुदाते हुए कहा, "ये लोग अपने जवानों को ऐसे छोड़ते नहीं हैं।"

जब वह सुबह उठा, तो सवेरा होने को था। नींद पूरी न होने के कारण उसका सिर भारी था, उसने फैजल को उठाया और रेडियो सेट ऑन करने को कहा। भारतीय सैनिकों ने पौ फटने के साथ ही बचाव कार्य शुरू कर दिया था। फैजल ने प्रशंसात्मक स्वर में बुदबुदाते हुए कहा, "ये लोग अपने जवानों को ऐसे छोड़ते नहीं हैं।"

जावेद सुबह के दैनिक कार्यों से निवृत्त होने के लिए बाहर निकला, उसके हाथों में गरम पानी का एक मग था। जब वह वापस लौटा तो अन्य सैनिक अभी भी सो रहे थे। फैजल का चेहरा उतरा हुआ था, उसने बहुत धीमे से कहा, "जावेद भाई, उन्हें दोनों मृत शरीर मिल गए हैं, ठंड के मारे उन दोनों के शरीर जम गए थे।"

जावेद के मन में अभी भी थोड़ी आस बची हुई थी। उसका दिल घबराहट के मारे जोरों से धड़क रहा था, उसने पूछा, "क्या उन्होंने नाम बताए?"

फैजल ने कहा, "हाँ, उनके नाम हैं—रमेश कुमार और सत्यपाल।" जावेद की आँखों से आँसुओं की बरसात होने लगी और उसके गाल गीले हो गए। फैजल उसे देखता रह गया, पर तुरंत ही उसने अपनी आँखें वहाँ से हटा लीं और सोचा कि उसे अकेले में शोक मना लेने दिया जाए।

❖

उस घटना के बहुत दिनों के बाद जावेद ने पहरेदार की ड्यूटी चुनी। वह कभी अपने अन्य जवानों के लिए खाना बनाता, तो कभी वह रखरखाव का काम करता, उसमें वापस बंकर जाने का और फिर से भारतीय पोस्ट की ओर देखने का साहस नहीं था। उस समय, वह बहुत ही कम खाता और अपने आप में ही रहता, अपने अकेलेपन में दु:खी रहता और अपने खोए हुए दोस्त के बारे में सोचता रहता। वह हर दिन कुरान पढ़ता। अधिकांश रातों में वह अपने स्लीपिंग बैग में ही गश खाए रहता और सुबह देखता तो उसका तकिया गीला पड़ा हुआ मिलता।

वह अपने उस दोस्त के बारे में सोच रहा था, जिसे उसने सामने से कभी नहीं देखा था, पर अब वह नहीं रहा, उसने भारतीय खेमे की ओर देखा। वहाँ एक अन्य प्रहरी खड़ा हुआ था। वह भी उसी तरह पूरी तरह से भालू सूट में ढका हुआ था। जावेद ने अपना मुँह मोड़ लिया और दूर कहीं और देखने लग गया और उसकी आँखों से आँसू गिरे जा रहे थे।

वह अपने विचारों में हिमस्खलन वाले दिन में वापस चला जाता। वह उस ठंड के, उस बेदर्द बर्फ के बारे में सोचता, जिसमें दफन होकर उसके दोस्त सत्यपाल की दर्दनाक मौत हो गई। उसे वे आवाजें सुनाई देतीं कि सत्यपाल मदद के लिए चिल्ला रहा है और वह उस बर्फ के कफन से निकल ही नहीं पाया, जिसके अंदर वह फँसकर रह गया था। उसने प्रार्थना की कि ज्यादा परेशानी के बगैर ही उसका दोस्त जल्द ही मर गया हो! उसने सोचा कि मरने से पहले सत्यपाल के अंतिम विचार मृत्यु के बारे में नहीं, अपितु अपने गाँव की पीली चमकती सरसों की बालियों वाले खेत रहे हों।

फिर महीनों बाद एक सुबह जावेद ने एक सुबह अपनी पहरेदारी की ड्यूटी पर वापस जाने की सोची। उसके पैर स्नोसूट के अंदर फिसल गए, जो उसने अपने ऊनी टाइट्स और बनियान के ऊपर पहने हुए थे। अपने बर्फवाले जूते पहनकर, वह अपनी ऊनी टोपी निकाली। उसने अपना चश्मा निकाला और इंसुलेशन ग्लव्स के अंदर अपनी उँगलियाँ घुसा लीं। फिर अपनी एके-47 राइफल को अपने कंधे पर डाला और फिर वह अपने फाइबरग्लास वाली झोंपड़ी से बाहर निकला। वह बहुत ही सुंदर सुबह थी, सूरज सिर पर आ चुका

था, पर वह बर्फ में अकेला खड़ा रहा तथा उसे बहुत उदासी महसूस हो रही थी और इतने दिनों में पहली बार उसे पूरी तरह से अकेलापन महसूस हो रहा था।

वह अपने उस दोस्त के बारे में सोच रहा था, जिसे उसने सामने से कभी नहीं देखा था, पर अब वह नहीं रहा, उसने भारतीय खेमे की ओर देखा। वहाँ एक अन्य प्रहरी खड़ा हुआ था। वह भी उसी तरह पूरी तरह से भालू सूट में ढका हुआ था। जावेद ने अपना मुँह मोड़ लिया और दूर कहीं और देखने लग गया और उसकी आँखों से आँसू गिरे जा रहे थे।

फिर उसके कानों में एक अनजानी सी आवाज वापस गूँजी, "साथी!"

गार्ड ड्यूटी पर खड़े गार्ड ने भारतीय पोस्ट से चिल्लाकर उसे पुकारा, पर जावेद ने उसे पूरी तरह से अनसुना कर दिया।

"वालेकुम सलाम साथी, सानिया मिर्जा को वापस नहीं माँगेंगे। बात तो कर लो हमसे।" जावेद भारतीय जवान की आवाज में वह खुशी सुन पा रहा था। उसने अपने गालों में जमा होते आँसुओं को अपने दस्ताने के पीछे की ओर से पोंछा और उस अनजान चेहरे और अनजान नाम वाले दुश्मन के सामने फिर से अपना हाथ लहराया।

□

इनसोमनिया

वे आवाजें फिर से सुनाई दे रही थीं। वे अँधेरे में उन्हें वापस से सुन पा रहे थे। "मत मारो साहब। हमारा कोई कसूर नहीं। वे हमें गाँव से उठाकर ले गए थे।" बिना किसी शक के वह कश्मीरी आवाज ही थी। आवाज से लग रहा था कि मार खानेवाला व्यक्ति कोई जवान लड़का है, जिसकी अभी नई-नई आवाज बदली हो, साथ ही में झेलम नदी (कश्मीरी इसे जेहे-लम कहते हैं) में खिलते कमल के फूल के पास शिकारे की आवाज आ रही थी। यह बहुत अजीब सा था कि इतने सालों के बाद भी उसे वे सारे चेहरे याद थे। वही तीखी नाक, पारदर्शी त्वचा, वही हरे और ग्रे रंग की आँखें। उस पर वह गुटमुट हुए नीले चैक की कमीज उन्हें अभी भी याद थी, जिसके ऊपर का बटन खुला हुआ था और उसकी गरदन दिखा रही थी कि उसने ढीला फिरन पहना हुआ है। वह सारी छवि हीरे की तरह साफ थी।

फिर उस पर उनकी पत्नी यह झल्लाहट दिखाती कि उसे अल्जाइमर है। यह सिर्फ इसलिए कि उन्हें कभी-कभी यह याद नहीं रहता था कि उन्होंने कार की चाभी कहाँ रख दी है या छड़ी कहाँ रखी है, जिसे वह सब्जियों के बाग में बंदर भगाने के लिए इस्तेमाल करते थे। वह बहुत ज्यादा किटकिट करने लग गई थी। पर अभी यह बहुत ही तसल्ली की बात थी कि वह इन दिनों अन्य कमरे में सो रही थीं (वह कहती थी कि उनके बार-बार टॉयलेट जाने से नींद हमेशा टूट जाया करती थी, इसलिए वह हमेशा अपने में ही रहना पसंद करते।)

❖

जनरल ने अपना पढ़नेवाला लैंप जलाया और अपना हाथ बढ़ाया, जो अलार्म क्लॉक को ढूँढ़ने के लिए हिल रहा था। उन्होंने क्लॉक के टॉप को दबाया तो स्क्रीन जल उठी, जिस पर लिखा दिखा—01:30। अपनी साँसों को रोककर उन्होंने अपनी आँखें बंद कर लीं और अपने सिर को तकिए पर फिर से रख लिया। उस रात की बिना रोक-टोक वाली नींद को लेकर वे क्या करें! पंद्रह साल पहले जब वे सेवा से रिटायर हुए थे, तब से वे ऐसे ही कर रहे थे। पर यह कश्मीरी दुष्ट ऐसा होने ही नहीं देते। उन्होंने अल्प्रॉक्स वाला अपना भारी सिर उठाया और अपने पैरों को जमीन पर रखा, बिस्तर के किनारे उन्होंने अपने पैर दरी पर रखे। जनरल धीरे से उठे, अपनी चप्पलें पहनीं और बाथरूम की ओर जाने लगे, बहुत समय से पैर नहीं फैलाने के कारण उनके घुटने जम गए थे।

जनरल ने अपना पढ़नेवाला लैंप जलाया और अपना हाथ बढ़ाया, जो अलार्म क्लॉक को ढूँढ़ने के लिए हिल रहा था। उन्होंने क्लॉक के टॉप को दबाया तो स्क्रीन जल उठी, जिस पर लिखा दिखा—01:30। अपनी साँसों को रोककर उन्होंने अपनी आँखें बंद कर लीं और अपने सिर को तकिए पर फिर से रख लिया।

जैसे ही उन्होंने टॉयलेट में फ्लश किया, तो उन्हें बहुत अफसोस हुआ। उनकी पत्नी की नींद बहुत कच्ची थी। जैसे ही पानी जाने की आवाज सुन लेंगी, तो उन्हें यह महसूस हो जाएगा कि ब्रिगेडियर उठ गए हैं। फिर वह उसके बारे में अगली सुबह बातें बनाएगी। वह कुछ देर के लिए शांत हो गए और कुछ सुनने लगे। उनके सोने के कमरे से कोई आवाज नहीं आ रही थी, पर उन्हें भी पता था कि अब उन्हें पहले की अपेक्षा उतना नहीं सुनाई देता है। (वह भी कुछ मामलों में एक आशीर्वाद ही था, क्योंकि अब वह उनके बकवास टीवी सीरियलों की आवाज सुन नहीं सकते थे) उन्होंने धीरे से टॉयलेट का दरवाजा बंद कर यह सुनिश्चित किया कि दरवाजा जोर से बंद न हो और फिर वह धीरे से बिस्तर पर आ गए। कुछ देर के लिए उन्होंने अपने पैर लटका दिए। फिर उन्होंने अपने पैर ऊपर कर लिये और अपने सीने तक कंबल को चढ़ा लिया, लैंप बंद कर दिए और अँधेरे में आँखें बंद कर फिर से सोने की कोशिश की।

सूखी खाँसी ने रात की चुप्पी को फिर से तोड़ दिया। जनरल की आँखें फिर से खुल गईं। इस समय उन्हें बूढ़े आदमी की आवाज सुनाई दे रही थी, उनकी आवाज में थकान थी और वह उस बच्चे की जिंदगी की भीख माँग रहे थे—"मत मारो साहब, बच्चा है, आपको दुआ देगा।" उन्हें पता था कि वे पाँच लोग थे। हर रात उनके सोने के कमरे के बाहर अँधेरा होता था, उसने गंदा अस्त-व्यस्त सा फिरन पहना हुआ था और उसमें कंगड़ी के अंगारों के उड़ने के कारण छेद हो गए थे और उसी कंगड़ी के कारण वह शून्य से कम तापमान में भी जिंदा थे, वे थके हुए, भूखे, रोते, गिड़गिड़ाते बदतमीज लोग थे। जनरल ने रम पीकर सोने की जो कोशिश की थी, उस नींद से इन बदतमीज लोगों ने उन्हें जगा दिया। इस बात को पचास साल बीत गए थे, पर अभी तक ये सारी बातें दिमाग से जाती नहीं थीं।

सूखी खाँसी ने रात की चुप्पी को फिर से तोड़ दिया। जनरल की आँखें फिर से खुल गईं। इस समय उन्हें बूढ़े आदमी की आवाज सुनाई दे रही थी, उनकी आवाज में थकान थी और वह उस बच्चे की जिंदगी की भीख माँग रहे थे—"मत मारो साहब, बच्चा है, आपको दुआ देगा।" उन्हें पता था कि वे पाँच लोग थे।

जनरल का दिमाग फिर से वापस उसी समय में चला गया। उन्हें इस बात का अहसास हो रहा था कि कश्मीर की ठंड उसकी नाक लाल कर देगी, अपने गले में मोटे डेनिसन लबादे को ओढ़े उन्हें अपने पुराने हरे रंग के हेलमेट की याद आ रही थी, वह ठंडा सा धातु का हेलमेट उनकी खोपड़ी को दबाए रखता था। और उसकी सुगंध··· चीड़ के पेड़ों की धुएँ सी खुशबू, उनके अनधुले कपड़ों की बदबू से मिल जाती थी। और लहसुन··· उस लहसुन की बदबू तो सहने लायक ही नहीं होती थी। उन्होंने वह बदबू उस लड़के के मुँह में सूँघी थी। ऐसा लगता था कि भूखे चूहे ने लहसुन चबाया हो। उस खाली, वीरान पड़ी चोटियों में उस पापी को लहसुन कहाँ से मिला होगा? वह बदबू नाक को इतनी परेशान करनेवाली थी कि उन्हें वहाँ से अपना सिर हटाना पड़ता और सिगरेट खोजनी पड़ती थी।

❖

इससे पहले जब वह अस्पताल गए थे, तब एक पतले-दुबले से दिखनेवाले श्वास रोग विशेषज्ञ ने उन्हें सिगरेट छोड़ देने को कहा था और कहा था कि अगर जीना चाहते हो तो अब कभी सिगरेट का अगला डिब्बा मत खरीदना। "सर, चेन स्मोकिंग करके आपके फेफड़ों का एक बड़ा हिस्सा खराब हो गया है। अगर आप ऐसे ही करते रहोगे, तो जल्द ही मर जाओगे।" जनरल को इस बात का पहले से ही पता था। एक समय ऐसा भी था, जब उन्हें पैदल चलना बहुत पसंद था। पर अब वह हर जगह कार लेकर जाते हैं। चाहे बाजार हो, बैंक हो, नाई की दुकान हो, चाहे वह बिजली का बिल जमा करने जा रहे हों या किसी एक्स-सर्विसमैन लीग में जा रहे हों, जहाँ वह स्वैच्छिक रूप से कोई काम करते थे, चाहे पेंशन लेने जाना हो या सेवानिवृत्त सैनिकों का जमीन संबंधी कोई मुद्दा हो, वह हमेशा कार में ही जाते थे। वह अब थोड़ा भी पैदल चलने से उनकी साँस उखड़ने लगती थी।

हर सुबह उन्हें खाँसी हो जाती थी। बाद में तो बाथरूम के सिंक में थूकते हुए खून भी निकलने लगा था (उन्होंने अपनी पत्नी को यह नहीं बताया था)। जिस दिन उन्होंने पहली बार उस सफेद सिरेमिक में खून की पहली बूँद देखी थी, वह डर के मारे जम गए थे और उन्होंने अपना मुँह बहुत ज्यादा खोलकर देखा कि कहीं दाँत साफ करते हुए उनके मसूड़े छिल तो नहीं गए।

हर सुबह उन्हें खाँसी हो जाती थी। बाद में तो बाथरूम के सिंक में थूकते हुए खून भी निकलने लगा था (उन्होंने अपनी पत्नी को यह नहीं बताया था)। जिस दिन उन्होंने पहली बार उस सफेद सिरेमिक में खून की पहली बूँद देखी थी, वह डर के मारे जम गए थे और उन्होंने अपना मुँह बहुत ज्यादा खोलकर देखा कि कहीं दाँत साफ करते हुए उनके मसूड़े छिल तो नहीं गए। पर ऐसा नहीं था, खून शरीर के भीतर से आया था। वह गले में एक थक्के के रूप में जमा हो गया था, जो उनकी खाने की नली के लिए बाधा बन रहा था और जब वह जोर से खाँसे, तब वह बाहर आ गया, जिससे उनकी जीभ में नमकीन, धातुयी स्वाद बना रह गया और कितना भी कुल्ला कर लो, वह स्वाद जा ही नहीं रहा था। फिर तो यह हर दिन की ही बात हो गई, और इसे देखना

भी उनके लिए यह रोज की बात हो गई थी। वह नल खोलते, बेसिन में लगे उस लाल दाग को अपनी गीली उँगलियों से साफ कर देते। उन्होंने पढ़ा था कि सी.ओ.पी.डी. की अंतिम स्टेज में आदमी इसी तरह डूबने सा लगता है। दम घुटने के कारण मरीज की दर्दनाक मौत हो जाती है। पर उन्होंने कभी उस पर ध्यान नहीं दिया। उन्होंने कश्मीरी बदमाश के मुँह से आती लहसुन की बदबू सूँघने से अच्छा, वह निकोटीन की मिठास सूँघते हुए ही मर जाना पसंद किया।

साहबजी, साहबजी··· ओ साहब! ये आवाजें तेज होती गईं। वह खिड़की के पास तारों के जाल तक आ चुके थे, उनके चेहरे शॉल की छाया में छिपे हुए थे, उनके सिर और कंधे शॉल से लिपटे हुए थे। अब वे कुरान पढ़ रहे थे। जनरल को ऐसा लग रहा था कि अब वे परदों को खींच लें, अपनी नाक शीशे में चिपका लें और फिर बाहर की ओर देखें, पर उन्होंने स्वयं को रोक लिया। उन्होंने बहुत बार पहले ऐसे किया था, पर वहाँ कोई नहीं होता था। उस अँधेरे में वहाँ अल्फांसो आम के पेड़ की छाया होती, जो एक छोटे पौधे से इतना बड़ा वृक्ष बन गया था, कई साल पहले उनकी बेटी ने रत्नागिरी से वह पौधा उन्हें भेजा था। उन्होंने अपनी दो नाली राइफल देखी, जिसकी नोजल में रुई ठूँसकर रखी हुई थी और वह दरवाजे के पीछे दीवार के सहारे लटकी हुई रखी थी। वह राइफल उनके पास उनके बच्चों के जीवन से पहले से थी, यहाँ तक कि उनकी पत्नी के आने से भी पहले। एक दिन, उन्होंने अपने आप से वादा किया कि वह खिड़की खोलेंगे और उन दुष्ट लोगों को आवाज देंगे और क्योंकि उन्हें पता था कि वह हर रात कहाँ पर छिपते हैं और जैसे ही वे अपने गंदे, बदबूदार चेहरे किनारे से दिखाएँगे, तभी वे उनके सिर पर गोलियाँ मार देंगे।

जनरल को ऐसा लग रहा था कि अब वे परदों को खींच लें, अपनी नाक शीशे में चिपका लें और फिर बाहर की ओर देखें, पर उन्होंने स्वयं को रोक लिया। उन्होंने बहुत बार पहले ऐसे किया था, पर वहाँ कोई नहीं होता था।

❖

पचास साल पहले…वे पाँच लोग थे। सामने ग्रे बिंदु (डॉट्स) बने हुए थे। वह बिंदु प्रकृति से मेल खा रहे थे। यह वह आंदोलन था, जो उन्होंने शुरू किया था। अगर वह दुष्ट वहाँ वैसे ही स्थिर रहते तो उन्हें इस बात का अहसास ही नहीं होता कि वे वहाँ छिपे हुए हैं, पर उन्होंने ऐसा नहीं किया। उन्हें पता था कि मेजर को इस बात की जानकारी है।

गुरेज के चट्टानी निर्जन स्थान में चूहे-बिल्ली का खेल चल रहा था। अपनी उँगलियों में सिगरेट रखे, दूरबीन से देखने पर मेजर को यह बात समझ आ रही थी कि वह आतंकी चट्टानों का सहारा ले ठंडी हवाओं से बच रहे हैं। वह उन चोटियों से उनकी बंदूक के किनारे को देख सकते थे। उनके हाथ में एके-47 की श्रेष्ठ राइफलें थीं। वे राइफलें उन युवा लड़कों को दी गई थीं, जिन्हें पैसों से खरीदा गया था या उन्हें ऐसे बेमतलब के युद्ध में मरने के लिए तैयार किया गया था, जिसे कोई भी लड़ना नहीं चाहता था। वह युद्ध, जिसे न तो कोई ग्रामीण, न ही कोई पाकिस्तानी और न ही भारतीय सेना के जवान लड़ना चाहते थे, खासकर मेजर तो नहीं लड़ना चाहते थे। वे ये सब देखकर थक गए थे और परेशान हो गए थे और उन्हें सिर्फ जिंदा रहने का मन था कि वह घर वापस जाए और अपनी पत्नी और नवजात बेटी को देखें, जिसे उन्होंने अभी तक नहीं देखा था। उनकी पत्नी ने उनसे वादा किया था कि वह अगले पत्र में उनके बच्चे की फोटो अवश्य भेजेंगी। वह बहुत बेताबी से उस पत्र की प्रतीक्षा कर रहे थे। उनकी पत्नी ने लिखा था—"बेटी की नाक एकदम तुम पर गई है और…जब वह मुसकराती है तो उसके बाएँ गाल में डिंपल पड़ता है, जैसे तुम्हारे है।" उन्हें शक था कि फोटो में ये सारी चीजें आ पाएँगी अथवा नहीं। अगर उन्हें कुछ दिनों की छुट्टी मिल जाती, तो वह घर जाते और उसे देखकर आते। उसे अपनी बाँहों में लेते। उसके माथे को चूमते। उसे अपने दिल से लगाते। पर उन दिनों उस इलाके में

पचास साल पहले…वे पाँच लोग थे। सामने ग्रे बिंदु (डॉट्स) बने हुए थे। वह बिंदु प्रकृति से मेल खा रहे थे। यह वह आंदोलन था, जो उन्होंने शुरू किया था। अगर वह दुष्ट वहाँ वैसे ही स्थिर रहते तो उन्हें इस बात का अहसास ही नहीं होता कि वे वहाँ छिपे हुए हैं, पर उन्होंने ऐसा नहीं किया।

ऐसा आतंकवाद बढ़ा हुआ था कि उन्हें पता था कि अगले कुछ महीनों तक उस जगह को छोड़कर बाहर जाने का तो कोई मौका नहीं मिल सकता। उन्हें इस बात का भी पक्का पता नहीं था कि वह अपनी बेटी को देखने के लिए जिंदा रह भी पाएँगे अथवा नहीं।

कश्मीर की पोस्टिंग अपने आप में एक श्राप थी। कंधे पर का मैडल कभी नीचे नहीं हो सकता, सिर्फ कंधे बदल सकते हैं। वे तभी आजाद हो सकते थे, जब कोई दूसरा अभागा ऑफिसर उनके बदले आए और इस नरक में दो साल रहे। अगर उस रात कश्मीर में परमाणु बम भी गिर जाए, तो मेजर को इस बात से कोई मतलब नहीं था। उन्हें उन सुअरों से इतनी नफरत थी, क्योंकि वे सरकारी अनुदानों पर जिंदा थे और उन सैनिकों को धोखा देकर आए थे, जिन्होंने अपनी जिंदगी दाँव पर लगाकर उनकी जिंदगी बचाई थी। किसी भी मूर्ख को पता था कि किसी भी राष्ट्रीय मुद्दे से अगर किसी का ध्यान भटकाना हो, तो कश्मीर हमेशा जलते रहना चाहिए। हर साल कितने जवान सैनिक मारे जाते हैं। जवान, प्रेरित युवक, जो अपनी जिंदगी देश के नाम कुरबान करने के लिए तैयार रहते हैं, उनका शरीर थैलों में भरकर लाया जाता है और वह कुछ दिनों के लिए देश के लिए चर्चा का विषय बनता है और फिर कुछ दिनों में चीजें वापस वैसे ही हो जाती हैं और पुराने समय में चली जाती हैं। वह एक बेकार, बकवास युद्ध था, जिसमें दुश्मन कभी भी सामने नहीं आता, हमेशा अंडरकवर रहता है और दूर रखे आई.ई.डी. बमों को ऑपरेट करता है, जो सैनिकों के दस्तों को उड़ा देते हैं और साथ में कई सैनिकों को बिना हाथ-पैरों और जीवनरहित कर देते हैं। गुस्से में उन्होंने अपने मुँह में बन रहे थूक को बाहर फेंका''' 'फिच्च'।

कश्मीर की पोस्टिंग अपने आप में एक श्राप थी। कंधे पर का मैडल कभी नीचे नहीं हो सकता, सिर्फ कंधे बदल सकते हैं। वे तभी आजाद हो सकते थे, जब कोई दूसरा अभागा ऑफिसर उनके बदले आए और इस नरक में दो साल रहे। अगर उस रात कश्मीर में परमाणु बम भी गिर जाए, तो मेजर को इस बात से कोई मतलब नहीं था।

उन्होंने एक बार चिल्लाकर कहा, "तुम हमारे पास हाथों के बल नीचे

उतरकर आ जाओ, हम तुम लोगों की जिंदगी बख्श देंगे।" उनकी आवाज हवा में गूँज रही थी। "आत्मसमर्पण कर दो तो तुम्हें सरकार सुरक्षा प्रदान करेगी। यह मेरा तुमसे वादा है।" सशस्त्र आतंकवादी घेर लिये गए, वे संख्या में बहुत थे। उनके पास कोई रास्ता नहीं था। मेजर के मन में ऐसा एकदम भी नहीं था कि वे अपने आदमियों को पहाड़ी की ऊँचाइयों पर नहीं ले जाना चाहते थे। वह वहाँ से देख सकते थे कि कौन आ रहा है और वहीं से गोली मार देते। वह मेजर के सैनिक थे, बिना प्रश्न पूछे वह उनके आदेश का पालन करते। पर मेजर भी उनकी जिंदगियों के लिए जिम्मेदार थे।

"डरो मत। मैंने अपने सीनियर्स से बात कर ली है। अगर तुम मेरे सामने आत्मसमर्पण कर दोगे, तो तुम्हें कोई नुकसान नहीं पहुँचाया जाएगा। आपके साथ आत्मसमर्पण किए गए आतंकियों की तरह बरताव किया जाएगा। पुनर्वास (रिहेबिलिटेशन) होगा। नौकरी मिलेगी। आपकी पहचान गुप्त रखी जाएगी।"

इसलिए तो सैनिक टुकड़ी वहाँ अड़तालीस घंटे से ज्यादा समय से बैठकर ऐसे देख रही है, जैसे बिल्ली चूहे का रास्ता देखती है। मेजर ने एक अन्य सिगरेट सुलगाई और डूबते हुए सूरज की लालिमा को कनखी से देखने लगे। रात बहुत ही मुश्किल भरी होनेवाली थी। अँधेरा होने के बाद कोई भी उन आतंकियों को पकड़ नहीं पाता। मेजर ने उन आतंकियों को समझा दिया था कि दिन ढलने से पहले उनके पास पहुँच जाएँ।

"डरो मत। मैंने अपने सीनियर्स से बात कर ली है। अगर तुम मेरे सामने आत्मसमर्पण कर दोगे, तो तुम्हें कोई नुकसान नहीं पहुँचाया जाएगा। आपके साथ आत्मसमर्पण किए गए आतंकियों की तरह बरताव किया जाएगा। पुनर्वास (रिहेबिलिटेशन) होगा। नौकरी मिलेगी। आपकी पहचान गुप्त रखी जाएगी।" गुमसुम और ढलते दिन के साथ उनकी आवाज हवा में गूँज रही थी और यह संदेश दे रही थी कि उनके भीतर दयालु भाव है। उनकी आवाज में इतनी स्पष्टता थी कि वे बदमाश उसे साफ-साफ सुन सकते थे।

उन्होंने एक बार और संदेश प्रेषित किया, चिल्लाने से उनकी आवाज फटने लग गई थी। उन्होंने पहाड़ की चोटी से अपनी दूरबीन का तालमेल कर लिया था, पर उन्हें कुछ दिखाई नहीं दे रहा था। मुझे एक कप गरमागरम चाय चाहिए। साथ में तुम लोग सैनिकों को खाना भी दे सकते हो। उन्होंने कंपनी के प्रभावी और भरोसेमंद सूबेदार दुर्जन सिंह से कहा कि 'अगर वे खुद से नीचे नहीं आए, तो हमें ऊपर चढ़ना पड़ेगा।' फिर मेजर ने बोल्डर में बैठ पीछे झुककर अपनी आँखें बंद कर लीं।

दुर्जन सिंह ने अचानक चौंकते हुए कहा, "साहब! ऐसा लग रहा है कि वे लोग नीचे उतर रहे हैं।" मेजर तुरंत जग गए और उन्होंने अपना दूरबीन माँगा। दुर्जन सही कह रहा था। वे नीचे की ओर आ रहे थे, उनके कंधे पर राइफल लटकी हुई थी, हथियार किनारे की ओर थे, वे किनारे-किनारे से कूद-कूदकर आ रहे थे। वे लोग पहाड़ी ढलानों पर चलने के बहुत अभ्यस्त होते हैं। यह बात तो स्पष्ट थी कि वह खाली निर्जन इलाके उनके लिए घर जैसा था। मेजर ने बहुत बारीकी से देखा। जैसे-जैसे वे नजदीक आ रहे थे, उनके चेहरे पर एक डर स्पष्ट दिखाई दे रहा था। मेजर के सैनिकों की बंदूकें भी एकदम तैनात थीं।

दुर्जन सिंह ने अचानक चौंकते हुए कहा, "साहब! ऐसा लग रहा है कि वे लोग नीचे उतर रहे हैं।" मेजर तुरंत जग गए और उन्होंने अपना दूरबीन माँगा। दुर्जन सही कह रहा था। वे नीचे की ओर आ रहे थे, उनके कंधे पर राइफल लटकी हुई थी, हथियार किनारे की ओर थे, वे किनारे-किनारे से कूद-कूदकर आ रहे थे।

"वालेकुम सलाम।" मेजर ने उस दल के प्रमुख बूढ़े सदस्य को कहा। दल के उस बूढ़े सरदार की उलझी सफेद दाढ़ी और गहरी आँखें, झुर्रीदार चेहरा, फिरन और मुसलमानी टोपी थी। हो सकता है कि वह एक विद्वान् मौलवी हो। पर मेजर ने यह सोच लिया था कि वह उस दल का संचालक है। उस व्यक्ति का काम होगा कि वह युवकों को मानव बम में तब्दील कराए, उनके शरीर में विस्फोटक बाँधकर रखे और फिर स्वयं को बाजारों या कैंटोनमेंट के इलाके में उड़ा दे, साथ ही सेना के ट्रकों की आर.डी.एक्स. से भरी कारों के साथ टक्कर करा दे। वह अपना जीवन कभी भी खतरे में नहीं डालता, बल्कि उन्हें सुनिश्चित

करता है, वे ये सब न्याय पाने के लिए कर रहे हैं, जिससे उन्हें जन्नत नसीब होगी और वहाँ उस जन्नत में उन्हें इनाम के रूप में हूरें मिलेंगी। मेजर को यह बात समझ आ रही थी कि उस आदमी पर लोग भरोसा क्यों करते होंगे। उसका चेहरा शांत था और वह स्थिर होकर टकटकी लगाए देख रहा था। दल में बचे हुए लोगों में युवक थे, जो अभी-अभी जवान ही हुए होंगे। पतले-दुबले, मलीन चेहरे और बदबूदार कपड़ों वाले वे युवक डर के मारे काँप रहे थे। वे कोई खूँखार आतंकवादी भी नहीं दिख रहे थे। पर एक बार वह यात्रा शुरू करने के बाद ऐसे युवा, आगे मौत और बरबादी की ओर अग्रसर हो जाते हैं।

दल में बचे हुए लोगों में युवक थे, जो अभी-अभी जवान ही हुए होंगे। पतले-दुबले, मलीन चेहरे और बदबूदार कपड़ों वाले वे युवक डर के मारे काँप रहे थे। वे कोई खूँखार आतंकवादी भी नहीं दिख रहे थे। पर एक बार वह यात्रा शुरू करने के बाद ऐसे युवा, आगे मौत और बरबादी की ओर अग्रसर हो जाते हैं।

मेजर बहुत ही विनम्र, पर रूखे थे। उन्होंने सबको उनके हथियार नीचे गिराने और अपने-अपने हाथ हवा में उठा लेने को कहा। मेजर के आदमियों ने जितनी पूछताछ हो सकती थी, उतनी की, पर वह खबर नाकाफी थी। उन लड़कों ने बताया कि उन्हें गाँव से करीब छह महीने पहले ही इस काम के लिए चुना गया था, सीमा के उस पार ले जाकर उन्हें हथियार चलाने के लिए प्रशिक्षण दिया गया, उन्हें बंदूकें प्रदान की गईं और फिर वापस कश्मीर लाकर परेशानी खड़ी करने के लिए तैनात कर दिया गया।

मेजर ने उन्हें एक कतार में खड़ा किया और दुर्जन सिंह को इशारा किया कि वह उन सबको पानी पिलाए। उन्होंने हाथों को आपस में जोड़कर अंजुरी से पानी पिया। उनके फटे होंठ और धँसी आँखें इस बात का सबूत थीं कि वे पहाड़ में भूखे लड़ रहे थे। उस बूढ़े आदमी की राइफल उठाकर मेजर ने उन्हें देखा और कहा, "मुझे माफ करना, पर मैं आपको सिर्फ पानी ही दे सकता हूँ।"

ऐसा लग रहा था कि उस बूढ़े आदमी की मोतियाबंद वाली आँखें उस पर आरोप लगा रही हों—'आपने जुबान दी थी साहब। आप अपना वादा तोड़ रहे हैं, ये गलत है।'

मेजर ने अपनी नजरें नीची करते हुए कहा, "बाबा, एक बात बताएँ, आप आई.ई.डी. से, विस्फोटकों से भरी कारों से, मानव बमों से सैनिकों को मार देते हैं, क्या वह सही है ?"

"वह जिहाद है।" उस बूढ़े आदमी ने जवाब दिया और अपने घुटने पर बैठकर कुरान की आयतें पढ़ने लगा।

"अगर मैंने आज आपके आदमियों को जाने दिया, तो एक दिन आप लोग हमारे साथ फिर वही करोगे।" मेजर ने फिर कहा, "तो फिर यह समझ लीजिए कि यह मेरा जिहाद है।"

उन्होंने अपनी राइफल उठाई और उस लड़के का सीना छलनी कर दिया। वह लड़का पतला, गोरा और तीखी नाक वाला था, जो अभी उन्नीस साल का भी नहीं हुआ था। उसकी खुली आँखें मौत के कारण शीशे सी हो गई थीं।

उनमें से एक लड़के ने रोना शुरू कर दिया, "मत मारिए साहब।" उसने गिड़गिड़ाते हुए कहा, "ये लोग हमें गाँव से उठाकर ले गए थे।"

उस ठंडी हवा में मेजर की आवाज बहुत ठंडी थी और वह ऐसी लग रही थी कि वह उनके चेहरों को छूते हुए जा रही है, उन्होंने कहा, "अपनी आँखें बंद कर लो।" उन्होंने अपनी राइफल उठाई और उस लड़के का सीना छलनी कर दिया। वह लड़का पतला, गोरा और तीखी नाक वाला था, जो अभी उन्नीस साल का भी नहीं हुआ था। उसकी खुली आँखें मौत के कारण शीशे सी हो गई थीं। उसकी सुंदर आँखें ग्रे और हरे रंग की थीं। मेजर ने सामने जमीन पर पड़े खून को देखकर कहा, 'मूर्ख... वह एक फिल्म स्टार भी हो सकता था।'

उस निर्जन घाटी में चार और गोलियाँ चलीं। सैनिक ने वॉकी-टॉकी के जरिए सर्किट को जोड़ा और हाथ में वह उपकरण लेकर मेजर को दिया। मेजर ने स्पष्ट और आश्वस्त होकर कहा, "चार्ली टाइगर फॉर सिक्सटीन।" फिदायीन हमला रोका गया। आतंकियों ने आत्मसमर्पण करने से मना कर दिया था। हमें उन्हें मारना पड़ा।

~❖~

फुसफुसाहट तेज होती गई। "साहब, ओ साहब!" पर अब वे कमरे के भीतर थे। उनके शरीर से बदबूदार पसीने की दुर्गंध आ रही थी। जनरल खाँसते हुए उठे और अपनी अलमारी की दराज से लाल कारतूस ढूँढ़ने लगे, जो उनके ऊनी मोजों और अंडरवियर के बीच में होते थे। इतने सालों से रखी अपनी 12 बोर की राइफल को उठाने में उन्हें कुछ समय लग गया। उन्हें पहले उसे अपने घुटने के बीच में रखना पड़ा और अपना सारा वजन लगाकर उसे खोलना पड़ा। जनरल ने राइफल की बैरल में ठूँसी हुई रूई के टुकड़े को बाहर निकाला, ब्रीच खोली, उसमें कारतूस घुसाई और लोडेड राइफल पकड़ ली और अपनी आगे की बाँहों में वही पुराना वजन महसूस किया। इससे उन्हें बड़ी संतुष्टि मिली। उन्होंने पहले भी यह कई बार किया था।

अब वह लड़का उन्हें छू रहा था। वह उन्हें कंधे से हिला रहा था। उसकी साँस से लहसुन की दुर्गंध आ रही थी और जनरल वहाँ एक क्षण भी खड़े नहीं हो सकते थे। उन्होंने अपनी राइफल उठाई और ट्रिगर दबा दिया।

उनकी पत्नी उनके पैरों पर पड़ी हुई थी। उनके चारों ओर खून बह रहा था, और जमीन के ऑफ व्हाइट नमदा पर खून रिस रहा था। उनके आसपास शीशे के टुकड़े थे और पानी बिखरा हुआ था। उनका सिर अभी भी शॉल से ढका हुआ था। उन्होंने अपने बेजान हाथ में जनरल की अल्प्रॉक्स नामक दवाई पकड़ी हुई थी।

जनरल अभी भी अपने बिस्तर के किनारे बैठे हुए थे और उनकी ओर देखे जा रहे थे और ऐसा लग रहा था कि जैसे यह पचास साल पहले की बात है। उन्होंने फिर अपने काँपते हाथ को एक बार फिर से उस दराज पर रखा। बैरल पर फिर से एक बार जोर लगाया, उन्होंने फिर से एक बार ब्रीच ब्लॉक को खोला और एक अंतिम बार कारतूस उसमें घुसा दीं।

□

दक्षिण ग्लेशियर को जाते 13 पैरा के सैनिक

"तो यह है ब्लडी चालुंका!" मेजर सोमनाथ बटब्याल ने कहा। उनके हाथ अभी भी उनकी पार्क की हुई सेना की जीप के स्टेयरिंग व्हील पर ही थे, वह अपने साथ खड़े विशाल धूमिल से आसपास खड़े उन भूरे नंगे पहाड़ों के झुंड को देख रहे थे। वे अपनी यूनिट में 'बैटबॉल' के नाम से जाने जाते थे, बटब्याल लेह से दो दिन की ड्राइव करके वहाँ पहुँचे थे—साथ में 13 पैरा के मुख्य लोग भी थे—17,000 फीट की ऊँचाई पर वे प्रसिद्ध खार्दुंग ला पास पार कर आए थे, रास्ते में आते हुए रात में एक कैंप में विश्राम कर वे अपनी यूनिट के साथ नई जगह में अंततः पहुँच ही गए थे, जहाँ पर उन्होंने जिंदगी में पहली बार बर्फ देखी थी। चालुंका रेजिमेंटल हेडक्वार्टर था, जहाँ से उन्हें शीघ्र ही दक्षिण ग्लेशियर तैनात किया जाना था और यह भारतीय सेना के लोगों के लिए सबसे कठिनतम पोस्टिंग मानी जाती थी।

यूनिट के कमांडिंग ऑफिसर कर्नल जंगबीरसिंह, वीरचक्र, 38 जे.ए.के. आर.आई.एफ. से कमान लेकर कुछ दिन पहले ही चालुंका पहुँचे थे। उनकी यह नई कमान बहुत ही सम्मानीय और करीब सौ साल पुरानी थी और वह अपनी विरासत के कारण उनकी नाक हवा की सारी गतिविधियों को सूँघ लेती थी, इस कमान ने देश को दो मुख्य सेनाप्रमुख दिए और साथ में दिए प्रसिद्ध जनरल जोरदार सिंह, विक्टोरिया क्रॉस, जो इस धरती को छोड़कर बहुत पहले चले गए थे, पर जिनकी तसवीर अभी भी सारे संस्थानों में चमकती हुई सी लगती है।

एक छोटे कद के पतले-दुबले से व्यक्ति तो हमेशा लड़ाकू वाले कपड़ों में

होते थे, उनकी झाड़ीदार मूँछें, बड़े-बड़े दाँत बैटबॉल की जीप के पैसेंजर सीट से पहले निकलते दिखाई देते थे।

उन्होंने बहुत आकर्षित करनेवाले सुनहरे किनारी के चश्मे को उतारते ही आते ही कहा, 'जन्नत'। बैटबॉल के सहचालक थे, मेजर नवरंग आपटे और उन्हें अत्यंत दुःसह्य स्थितियों से दो-दो हाथ करना बहुत पसंद था और वे अपनी जिंदगी इसी उद्‍देश्य के लिए जीते भी थे, वह उद्‍देश्य था—जितना ठंडा उतना बेहतर, जितनी बारिश उतना बेहतर, जितना गरम उतना बेहतर। "बाहर निकल, बेवकूफ!" उन्होंने बैटबॉल का मजाक उड़ाते हुए कहा। "महू में तुम्हारे जूनियर कमांड कोर्स ने तुम्हें बहुत डरपोक बना दिया है। साथ में ग्रेड भी क्या लेकर आया है—अल्फा। शर्मनाक! असली सैनिकों को हमेशा चार्ली ग्रेडिंग मिलती है। वह सिर्फ किताबी ज्ञान पर टिके नहीं रहते।" हँसते हुए अपने हाथ मलते हुए उन्होंने यह घोषणा की।

"महू में तुम्हारे जूनियर कमांड कोर्स ने तुम्हें बहुत डरपोक बना दिया है। साथ में ग्रेड भी क्या लेकर आया है—अल्फा। शर्मनाक! असली सैनिकों को हमेशा चार्ली ग्रेडिंग मिलती है। वह सिर्फ किताबी ज्ञान पर टिके नहीं रहते।" हँसते हुए अपने हाथ मलते हुए उन्होंने यह घोषणा की।

उस यूनिट में जो अभी हालिया शामिल हुए थे, वह थे लेफ्टिनेंट गुरबचन सिंह, भारतीय सेना अकादमी से उन्हें स्वॉर्ड ऑफ ऑनर प्राप्त हुआ था, अपनी पहली ही पोस्टिंग में, उन्होंने लेह में पूरी टीम को ज्वॉइन किया था। वह जीप के पीछे से निकले और आप्टे के बगल में खड़े हो गए, आप्टे की पाँच फीट पाँच इंच की लंबाई के सामने वह छह फीट पाँच इंच लंबे थे और साथ में कुछ इंचों की पगड़ी भी।

आप्टे ने सिंह से कहा, "देखो बच्चे! अब यह ही तुम्हारा नया घर है और इस पर वह विशालकाय बच्चे ने सिर हिलाकर हामी भरी।"

तब तक कानफोड़ू आवाज वाली एक अन्य जीप वहाँ पहुँची, जिसमें 13 पैरा के अन्य अफसर थे—यूनिट रेजिडेंट मेडिकल ऑफिसर, डॉ. कैप्टन गुरप्रीत ग्रेवाल (गैरी), जिनकी आँखें चश्मे के भीतर से ही उत्साह से तब से चमक रही थीं, जब उन्हें पता चला कि वह यूनिट दक्षिण ग्लेशियर जा रही है और उस जीप

के ड्राइवर थे गबरू नौजवान, साफ-सुथरे चिकने से चेहरे वाले कूर्गी, मेजर जी.एन.करिअप्पा (कैरी), जिन्हें दुनिया में हमेशा अँधेरा रहना ही पसंद था और अभी चालुंका की पहाड़ियाँ धुँधला रही थीं।

ओलिव ग्रीन में तीन अन्य शक्तिमान ट्रक बाकी बची हुई यूनिट को लेकर आ रहे थे और वह धीरे-धीरे वहाँ पहुँच रहे थे और ट्रक में बैठे सैनिक बेताबी में उस नई जगह को देखने के लिए अपने सिर बाहर निकाल रहे थे और साथ में यह भी सोच रहे थे कि परंपरा के अनुसार वहाँ से जानेवाली यूनिट ने उनके स्वागत में चाय, पकौड़े और हलवा पार्टी आयोजित की होगी।

ओलिव ग्रीन में तीन अन्य शक्तिमान ट्रक बाकी बची हुई यूनिट को लेकर आ रहे थे और वह धीरे-धीरे वहाँ पहुँच रहे थे और ट्रक में बैठे सैनिक बेताबी में उस नई जगह को देखने के लिए अपने सिर बाहर निकाल रहे थे और साथ में यह भी सोच रहे थे'''

बेताब आँखोंवाले आप्टे ने ड्यूटी पर तैनात पहरेदार को दूर से देख लिया था और वह उनकी ओर आ रहा था, आप्टे ने चिल्लाकर कहा, "ओय, लंबा कदम रख!" इससे पहरेदार कूदकर आ गया और उस छोटी दूरी को तेजी से दौड़कर पूरा किया। "बेटा, उस गति से तुम कल हम तक पहुँचते", उन्होंने हाँफते हुए उस सैनिक से धैर्यपूर्वक कहा और फिर 'शाबाश' भी कहा, तब उस पहरेदार ने उनके क्वार्टर्स की ओर इशारा किया।

उन अफसरों के रहने की जगह थोड़ी विचित्र सी थी और करीब पाँच सिंगल कमरों वाला वह बैरक था, जिसमें एक कॉमन कॉरिडोर था, जिसे सब अफसरों ने मिलकर एक साथ देखने का मन बनाया। सारे कमरों की दीवारें खाली जैरी कैन की बनी हुई थी, जिस पर सीमेंट लगा हुआ था, उन कैनों से कभी चालुंका में मिट्टी का तेल सप्लाई होता था। कमरे के ऊपर एस्बेस्टस की चादरें लगी हुई थीं और वह छतों का काम करती थीं।

बैरक के बाहर एक सैनिक खड़ा था और कैरोसिन के स्टोव में टिन कैन में वह पानी उबाल रहा था। आप्टे ने जोर से कहा, "ओय शाबाश," और उसका उत्साह बढ़ाने के लिए सीटी भी बजाई। पहले कमरे में घुसने में उन्होंने देखा कि

ठंडी एस्बेस्टस शीट को गरम रखने के हेतु एक प्रकार के थर्मल इंसुलेशन के लिए पैराशूट फैला हुआ था। उन्होंने कहा, "भगवान् की कसम, यहाँ भी एक पैराशूट है।"

पीछे से आते हुए कैरी ने आगे आकर थोड़ा शोर करते हुए, उसे टोकते हुए कहा, "अबे साले! तुम एक पैराटूपर हो। यह पैराशूट तेरी माँ है। अगर यह तुम्हारे पास न हो तो तुम मर जाओगे।"

आप्टे ने गंभीर होकर पीछे की ओर देखा। पैराशूट की ओर प्रणाम की मुद्रा में उन्होंने कहा, "नमस्ते माताजी", साथ में वह यह भी कहने लगे, "सर, मुझे नहीं लगता कि मैं यह चाहूँगा कि मेरे कमरे की छत से हमेशा मेरी माँ मुझे देखती रहे।" यह सुन कैरी ने उनको पीछे से एक लात मारी।

ढकी हुई जमीन पर उन्होंने अपने बैकपैक्स रखे और अपने बैरक में ट्विन बैड पर उन दोनों ने लंबा होकर पैर फैला लिये। तब तक बैटबॉल भी वहाँ पहुँच गया। अपना सिर अंदर घुसाते हुए वह जोर से बोले, "ओ बेन···", तभी कैरी ने उन्हें आगे गलत बोलने से रोक दिया।

ढकी हुई जमीन पर उन्होंने अपने बैकपैक्स रखे और अपने बैरक में ट्विन बैड पर उन दोनों ने लंबा होकर पैर फैला लिये। तब तक बैटबॉल भी वहाँ पहुँच गया। अपना सिर अंदर घुसाते हुए वह जोर से बोले, "ओ बेन···", तभी कैरी ने उन्हें आगे गलत बोलने से रोक दिया।

कैरी ने कहा, "दुष्ट, अपनी भाषा का खयाल रख। तुम एक वरिष्ठ अधिकारी के सामने हो।" यह सुन बैटबॉल ने बहुत सारे अपशब्द एक साथ बोलने शुरू कर दिए।

कैरी ने मुसकराते हुए कहा, "अब मुझे तुम्हें कुछ दिन क्वार्टन गार्ड में बंद रखना पड़ेगा। आओ, नीचे बैठो। जब तक चाय आती है, तब तक पत्ते खेलते हैं।" उन्होंने अपनी डंगरी की बड़ी सी जेब में से पत्तों की गड्डी निकाली।

एकदम चौकस से दिखनेवाला गुरबचन क्वार्टर पर एक जीप ड्राइवर की मदद से अपना काला बॉक्स लेकर आया, जिसमें लिखा हुआ था—'भारतीय सेना अकादमी'। उसने पहले कमरे में झाँका और इससे पहले कि कोई उसे नोटिस कर पाता, वह जल्दी से अगले कमरे में चला गया।

कैरी ने बहुत आराम से अपना सिर तकिए में रखा और पत्तों के साथ अपनी काररवाई करनी शुरू की।

एक घंटे के बाद चाय और हलवा आया। सब उस पर टूट पड़े। अपना मनपसंद भोजन कर लेने के बाद पैराट्रूपर ने तीसरे राउंड के पत्ते खेलने शुरू किए। आप्टे ने अपना वॉकमैन स्पीकर के साथ जोड़ दिया और मन्ना डे के दर्द भरे कुछ नगमे बजने लगे, साथ ही वह उस गाने के साथ सीटी बजा रहा था। गैरी ने जमीन पर अपने पैर फैला लिये, बैकपैक पर अपना सिर रख लिया और फ्रेडरिक फोरसिथ के एक उपन्यास पर अपनी नजरें गड़ा लीं, जो उसने आगरा के मॉडर्न बुक स्टोर से खरीदी थी। संक्षेप में, उनकी दुनिया में सबकुछ सही चल रहा था, तभी वहीं उनके आगे भारी अमंगलकारी डी.एम.एस. बूट्स की आवाज आ रही थी, पर उन लड़कों ने ऐसा कुछ महसूस ही नहीं किया था।

कैरी अपने बिस्तर से कूदा और उसने उड़कर काड्र्स को लपक लिया। बैटबॉल, जो बिस्तर के किनारे पर लटका हुआ था, का भी ध्यान उस ओर गया। आप्टे अपने पसंदीदा वॉकमैन पर बिना समय गँवाए गिर पड़ा और उसे बंद कर दिया।

उस झोंपड़ी के टिन के दरवाजे पर किसी ने जोर से धक्का मारा और सामने एक काले रंग का आदमी, जिसका औसत आकार सामान्य मनुष्यों से करीब दुगुना था, उसकी लंबी मूँछें, घनी भौंहें, गहरी आँखें और होंठ अंदर की ओर धँसे हुए थे।

"तुम सारे बदतमीज लोग, अपना रेडियो बंद करो।" यह दमदार आवाज थी कमांडिंग ऑफिसर कर्नल जंगबीर सिंह की, जिन्हें लोग प्यार से पीछे में 'क्रूरसिंह' कहते हैं। उन्होंने आते ही टेंट के भीतर की शांति भंग कर दी। कैरी अपने बिस्तर से कूदा और उसने उड़कर काड्र्स को लपक लिया। बैटबॉल, जो बिस्तर के किनारे पर लटका हुआ था, का भी ध्यान उस ओर गया। आप्टे अपने पसंदीदा वॉकमैन पर बिना समय गँवाए गिर पड़ा और उसे बंद कर दिया। साथ में वह भौचक्का गैरी, जो एक सही पैराट्रूपर था, उसके पैरों,

पिंडलियों, जाँघों, कूल्हों और पीछे एक शॉक सा लगा और वह बिस्तर के अंदर चला गया।

अपनी किताब को हाथ में ले वह थोड़ा बाहर निकला, गैरी ने देखा कि कैरी अब तक सी.ओ. (कमांडिंग ऑफिसर) के पास जा चुका था और उनके लिए ससम्मान दरवाजा खोलकर खड़ा था और उसने बहुत ही नम्रता के साथ कहा, "गुड ईवनिंग, सर।"

क्रूरसिंह ने गरजते हुए कहा, "यहाँ पहुँचने के बाद तुम दुष्टों में से एक ने अब तक मुझे रिपोर्ट क्यों नहीं किया और निठल्लों की तरह तुम यहाँ-वहाँ क्या लेटे पड़े हो! तैयार हो जाओ। यहाँ से जानेवाली यूनिट ने हमें रात्रिभोज के लिए आमंत्रित किया है। हम रात को पौने आठ बजे तक जाएँगे।"

सभी चारों अफसरों ने अपने पैरों से आवाज निकाली और एक साथ कड़क आवाज में कहा, "यस सर।" इसे देख संतुष्ट हुए क्रूरसिंह पीछे पलट गए, अपना छप्पन इंच का सीना चौड़ा किया, अपनी वरदी को इस तरह झाड़ा, जैसे कि उसमें धूल लगी हुई हो और मुसकराता चेहरा लिये उस क्वार्टर्स से चले गए।

"साले, तुझे क्या लगता है, इसे वीर चक्र कैसे मिला होगा?" आप्टे ने फिर से पत्ते बाँटते हुए पूछा। "वह किसी पाकिस्तानी पोस्ट पर बिना हथियारों के घुसा होगा और उन पर इतनी जोर से चिल्लाया होगा कि उन सबको हार्ट अटैक आया होगा और वे सब वहीं मर गए होंगे।"

"यह बुड्ढा कभी भी मेरा हार्ट अटैक करा देगा। उसका आकार तो विशाल है, पर चाल कितनी चिकनी है।" बैटबॉल ने अपनी भौंहों से पसीना पोंछते हुए कहा।

"साले, तुझे क्या लगता है, इसे वीर चक्र कैसे मिला होगा?" आप्टे ने फिर से पत्ते बाँटते हुए पूछा। "वह किसी पाकिस्तानी पोस्ट पर बिना हथियारों के घुसा होगा और उन पर इतनी जोर से चिल्लाया होगा कि उन सबको हार्ट अटैक आया होगा और वे सब वहीं मर गए होंगे।" ऐसा कह वे जोर-जोर से हँसने लगे।

कैरी ने उन्हें टोकते हुए कहा, "चुप रहो मूर्खों! किसी वीरता पुरस्कार का मजाक मत उड़ाओ।"

विषय बदलते हुए गैरी ने कहा, "सर, हम लोग रात्रिभोज में जाने के लिए क्या पहननेवाले हैं?"

"मूर्ख! यह फील्ड का काम है। हम अपने लड़ाकू कपड़ों में ही जाएँगे।" कैरी ने कहा। जवानों के पास कोई ज्यादा विकल्प भी नहीं थे। चूँकि कैरी की पहले भी नागालैंड में एक फील्ड पोस्टिंग हो चुकी थी, तो उसकी ही सलाह पर उन सबने सिर्फ दो यूनिफॉर्म पैक, चार युद्धवाले कपड़े, अंडरवियर, बूट्स, मोजे, शेविंग किट्स आदि अपने बैकपैक पर पैक किए थे और साथ में जींस की एक जोड़ी और कुछ टी-शर्ट्स इसलिए भी पैक कर ली थीं कि कभी लेह की बाजार घूमने का मौका मिलेगा तो वह भी पहन लेंगे। कैरी ने उनसे कहा, "हम लोग यहाँ युद्ध के लिए आएँ हैं, इसलिए हमें कोई दिखावेवाले कपड़े नहीं चाहिए।"

चूँकि कैरी की पहले भी नागालैंड में एक फील्ड पोस्टिंग हो चुकी थी, तो उसकी ही सलाह पर उन सबने सिर्फ दो यूनिफॉर्म पैक, चार युद्धवाले कपड़े, अंडरवियर, बूट्स, मोजे, शेविंग किट्स आदि अपने बैकपैक पर पैक किए थे…

इसके बाद तीनों अपने खेल को वापस खेलने लगे। गैरी ने अपने सीने में किताब रखी, आँखें बंद कीं और धीरे-धीरे खर्राटे लेने लग गया।

शाम को साढ़े सात बजे, उस क्वार्टर से विभिन्न प्रकार की भीनी सुगंध आने लगी, जिससे बैटबॉल की नाक सड़ गई और उसने कहा, "किसने अभी पाद मारी है?" उसने अभी अपना वाक्य पूरा भी नहीं किया था कि तभी एक प्रेत ने वहाँ अंदर प्रवेश किया और ऐसा लग रहा था कि वह अभी पुरुषों के फॉरमल वियर का सुपरमॉडल हो। वे कोई और नहीं, क्रूरसिंह थे, जो रविवार को अपने सर्वोत्तम कपड़ों में थे। उन्होंने बेदाग, गहरे ग्रे रंग का तीन-पीस सूट पहना हुआ है और ब्लेजर उनके चौड़े कंधों पर एकदम सही ढंग से फिट हो रहा था। वह अंदर से पहनी सफेद शर्ट और मैरून पैरा टाई के साथ एकदम फब रहा था। उनके ब्लेजर के कॉलर पर चमकता हुआ पैरा ब्रोच, कमीज की स्लीव पर चाँदी

के कफलिंक्स बहुत अच्छे लग रहे थे। उनके काले जूते इतने चमक रहे थे, जैसे कि वे दो शीशे हों।

अचानक से बिना कुछ सोचे-समझे, जैसे कि अभी सोकर उठा हो, गैरी के मुँह से यूँ ही निकल पड़ा, "ओ तेरी!" पर अगले ही पल उसने इस बात को खाँसते हुए छिपा लिया।

जहाँ पैराट्रूपर्स आश्चर्य से भरे क्रूरसिंह को देख रहे थे, वहीं क्रूरसिंह का ध्यान उनकी भावनाओं की ओर था ही नहीं। अपने सामने अजीब से कपड़ों में आए उन लोगों को देखकर वे चिल्लाए, "तुम सुअरों!" एक बार फिर ऐसा लगा कि जैसे कैरी के हाथ से सारे पत्ते उड़ गए हों।

"सौ साल पुरानी बटालियन ने तुम लोगों को रात के खाने के लिए आमंत्रित किया है। तुम उनके सामने इसी प्रकार जाना चाहते हो? मैं चाहता हूँ कि मेरी घड़ी से अगले पंद्रह मिनट में तुम सारे जोकर मेरी जोंगा के सामने सही से तैयार होकर आओ। तुम सभी लोगों ने टाई जरूर पहनी हो।" फिर वे पीछे मुड़े और चले गए, उनके पीछे छूट गई उनके परफ्यूम की खुशबू और एक गहरी चुप्पी।

"सौ साल पुरानी बटालियन ने तुम लोगों को रात के खाने के लिए आमंत्रित किया है। तुम उनके सामने इसी प्रकार जाना चाहते हो? मैं चाहता हूँ कि मेरी घड़ी से अगले पंद्रह मिनट में तुम सारे जोकर मेरी जोंगा के सामने सही से तैयार होकर आओ। तुम सभी लोगों ने टाई जरूर पहनी हो।"

गैरी ने बताया, "क्रूरसिंह ने अपनी मैडम का चैनल नं.-5 परफ्यूम लगाया था।"

कैरी ने उससे कहा, "जैसे कि तू बड़ा जानकार है परफ्यूम का।"

उसने बुदबुदाते हुए कहा, "मेरी मम्मी लगाती हैं, कसम से…इसलिए मैं पहचान गया।"

आप्टे ने उसके ऊपर एक तकिया मारा। इसके बाद अफसरों में अपने दराजों से अच्छे कपड़े निकालने की होड़ हो गई, पर किसी के पास एक भी ढंग का कपड़ा नहीं था, जो वे रात्रिभोज के लिए पहन सकें।

आप्टे के बकवास से दिमाग में अचानक से एक विचार आया। "साला,

गुरबचन! वही सीधे अकादमी से आया है। टाई की पूरी दुकान होगा वो।"

वह जल्दी से गुरबचन के कमरे में गया और उसके पीछे-पीछे बैटबॉल भी गया। एकदम सही फिटिंग वाली पैंट और अकादमी का ब्लेजर पहने, गुरबचन अपने पॉलिश किए हुए जूतों में बड़े से जूतों में पैर घुसानेवाला ही था। अपने वरिष्ठ अफसरों की आवाज सुनकर वह रेजिमेंटल मित्रता का भाव दिखाया और तुरंत अपनी टाई के कलेक्शन और फॉरमल कपड़े उन सबके सामने रख दिए।

पंद्रह मिनट के अंदर उन्होंने चेहरा धोया और बालों में अच्छे से कंघी की। वे पाँचों पैराट्रूपर कमांडिंग ऑफिसर की जोंगा के पार्किंग लॉट के सामने एक लाइन में खड़े हो गए। क्रूरसिंह एक ड्रम रोल की तरह बाहर निकले और उनका सूट बहुत चमक रहा था। अपने सामने उन्होंने जब उन पाँचों को देखा को उनकी आँखों में एक अजीब तरह का गुस्सा था, पर सामने खड़े पैराट्रूपर के चेहरे पर एक प्रकार की घबराहट थी।

घुँघराले बालोंवाला बैटबॉल किसी तरह गुरबचन के कपड़ों में किसी तरह फिट आ गया था। पैंट को उसने थोड़ा ऊपर की ओर मोड़ दिया था, जिससे लंबाई थोड़ी कम हो गई थी, कलाई तक शर्ट पूरी तरह से बटन की हुई थी, पर फिर भी शर्ट हथेली से बाहर झूल रही थी।

घुँघराले बालोंवाला बैटबॉल किसी तरह गुरबचन के कपड़ों में किसी तरह फिट आ गया था। पैंट को उसने थोड़ा ऊपर की ओर मोड़ दिया था, जिससे लंबाई थोड़ी कम हो गई थी, कलाई तक शर्ट पूरी तरह से बटन की हुई थी, पर फिर भी शर्ट हथेली से बाहर झूल रही थी। उसके यूनिफॉर्म की बेल्ट उन कपड़ों को कमर में अच्छी तरह से बाँधी हुई थी और साथ में सुंदर काली टाई गले में बँधी हुई थी।

गैरी अपनी लड़ाकू पैंट में ही था। उसने गुरबचन की सुंदर सफेद शर्ट पैंट के अंदर कर ली थी और उसके गले में चमकती पीली टाई बँधी थी, जिसमें लाल बूटे थे।

आप्टे ने अपनी ओलिव ग्रीन अंगोला शर्ट कहीं अंदर से निकालकर पहनी

थी, जिसके साथ में यूनिफॉर्म की पैंट और डी.एम.एस. बूट्स पहने थे। उसके साथ में उसमें धारीदार मैरून और सफेद पैरा टाई पहनी थी, जो हरे के साथ एक अच्छा मेल बन रहा था।

कैरी जो गुरबचन की किसी भी पैंट में फिट नहीं हो पाया था, उसने अपनी ही जींस और लाल कमीज पहनी थी। गुरबचन के बड़े से भारतीय सेना अकादमी के ब्लेजर को पहनकर ऐसा लग रहा था कि जैसे कि वह जबरदस्ती पहनाया गया हो।

कैरी जो गुरबचन की किसी भी पैंट में फिट नहीं हो पाया था, उसने अपनी ही जींस और लाल कमीज पहनी थी। गुरबचन के बड़े से भारतीय सेना अकादमी के ब्लेजर को पहनकर ऐसा लग रहा था कि जैसे कि वह जबरदस्ती पहनाया गया हो।

गुरबचन खुद तो बहुत अच्छी तरह से कपड़े पहना था और अन्य लोगों से थोड़ा दूर ही खड़ा था, और अपने वरिष्ठ अफसरों से उसने थोड़ी दूरी बना रखी थी।

गुरबचन को देखकर क्रूरसिंह ने कहा, "और तुम··· मेरे जोंगे के अंदर बैठो।" पीछे मुड़कर उस अजीब से दिखनेवाले गैंग को देखकर उन्होंने कहा, "और तुम लोग मेरी जीप के पीछे-पीछे चलो।"

लांस नायक सरताज सिंह जो सी.ओ. के जोंगा का ड्राइवर था, उसने अगले दिन नाश्ते के दौरान लंगर में नाश्ते के दौरान माँ कसम खाकर कहा कि पिछली शाम सी.ओ. साहब के कान से गुस्से के मारे उसने धुआँ निकलते हुए देखा था।

38 जे.ए.के. आर.आई.एफ. की फील्ड मैस आगरा की 13 पैरा पीस टाइम मैस से करीब 13 गुणा बड़ी थी। पैराट्रूपर्स उस मैस को देखते ही सकते में आ गए और उनका मुँह खुला-का-खुला रह गया, वहाँ टीकवुड के फर्नीचर, रेशम की दरियाँ, दो सेना प्रमुखों और विक्टोरिया क्रॉस पानेवाले जनरल जोरदारसिंह की बहुत बड़ी पेंटिंग दीवार में टँगी हुई थी, मयखाने (बार) में एक फव्वारे से पानी निकल रहा था, अफसरों की पत्नियाँ (जो गरमी की छुट्टियों में उनके साथ रहा करती थीं) उस समय अपनी-अपनी सबसे सुंदर साड़ियाँ पहनी हुई थीं और

साथ में अफसर भी खुद बेदाग सूटों में सजे होते थे और उनकी कोट की जेब में एकदम सलीके से मोड़कर रखी गई रेशम का लाल रुमाल था।

जब 38 जे.ए.के. आर.आई.एफ. कमांडिंग ऑफिसर कर्नल मेहरबान सिंह शेखावत अपनी फड़फड़ाती मूँछों के साथ 13 पैरा के जवानों से हाथ मिलाने के लिए आए, उस डर के अलावा यूनिट ने अपना सम्मान यथावत् बनाए रखा। अफसरों, उनकी बीवियों से लेकर वेटर तक सबने उन चार नमूने मेहमानों के फैंसी ड्रेस को पूरी तरह से नजरअंदाज किया और पूरे प्रेम और सम्मान के साथ उनका स्वागत किया। सिर्फ क्रूरसिंह ही ऐसे थे, जिन्होंने उनकी तरफ देखने से भी इनकार कर दिया और अपने उन चार अफसरों को तब तक नहीं देखा, जब तक खाने के अंत में मीठा देकर और सबको गुडनाइट नहीं बोल दिया गया।

कैरी को अपने पर बहुत शर्म आ रही थी, इसलिए उसने कहा, "मुझे माफ कर दें, सर। हमारी वजह से आज आपको शर्मिंदगी महसूस हुई।" उसकी बात सुनकर अन्य लोगों ने भी उसके सुर में सुर मिलाया और पीछे से कहने लगे, "सॉरी सर।"

आश्चर्य तब हुआ, जब सब वहाँ से जाने को तैयार हो गए, तो सी.ओ. क्रूरसिंह ने उन गंदे से कपड़े वालों अफसरों को अपनी जोंगा में आने के लिए कहा और अपने ड्राइवर को साथ में आई जीप से वापस यूनिट में जाने के लिए कहा। उन्होंने खुद ड्राइव करने का निर्णय लिया और साथ में उनके बगल में बैठे एकदम घबराए कैरी को देखा और फिर जोर-जोर से हँसने लगे।

कैरी को अपने पर बहुत शर्म आ रही थी, इसलिए उसने कहा, "मुझे माफ कर दें, सर। हमारी वजह से आज आपको शर्मिंदगी महसूस हुई।" उसकी बात सुनकर अन्य लोगों ने भी उसके सुर में सुर मिलाया और पीछे से कहने लगे, "सॉरी सर।"

"बच्चों, तुम मुझे तब ही शर्मसार करोगे, जब तुम युद्ध के समय अच्छा प्रदर्शन नहीं करोगे। मुझे पता है कि तुम लोग ऐसा एकदम नहीं करोगे। मेरे लड़के कोई छुई-मुई नहीं हैं। हम सब योद्धा हैं। चलो माफ किया और भूल गया।" क्रूरसिंह का चेहरा चमक रहा था, चार बड़े व्हिस्की के पैग लगाकर उनका दिल पिघल गया था।

जैसे ही कार के पहिए 13 पैरा मैस के बाहर चीं···करके रुके, उन्होंने अफसरों को नीचे उतरने का आदेश दिया।

क्रूरसिंह ने कहा, "चलो आओ। हम यहाँ अपने मैस में एक पैरा पैग पीते हैं। वह जे.के.एफ. आर.आई.एफ. के लोग बहुत ही अजीब सी ड्रिंक बनाते हैं। क्या तुमने देखा था, उन सबकी जेब में मिलते-जुलते लाल रंग के रूमाल थे? बकवास!" वे फिर जोर से बोले।

हालाँकि रात गहरी हो चुकी थी और कैरी के अनुसार, 'जरूरत से ज्यादा ही ठंड थी', उन जवान पैराट्रूपर्स के लिए चिड़िया चहचहाने लग गई थी, वायलिन बजने लगे थे और सूरज उस अँधेरे में भी चमक रहा था और उनके दिलों को गरम किए जा रहा था।

अपने लिए रम के दो बड़े पैग तैयार कर कैरी को भी जोर से बोलने की हिम्मत आई और उसने कहा, "टाइगर के लिए थ्री चियर्स!" दूसरे पैराट्रूपर ने कहा, "हिप-हिप हुर्रे" और सी.ओ. के जोंगा से वे एक के बाद एक करके बाहर निकल आए।

क्रूरसिंह ने सीटी बजाते हुए एक अच्छी सी धुन सुनाई, अपने दो जवान अफसरों के कंधों पर हाथ रखकर वह बार की ओर गए, पर दुर्भाग्यवश मेस के वेटर ने तभी बार बंद कर दिया था। उन्हें पता था कि अब रात लंबी कटनेवाली है।

□

नया पैरा प्रोबेशनर

ब्रेवो कंपनी के कमांडर मेजर सोमनाथ बटब्याल ने बुदबुदाते हुए कहा, "भैंस की आँख! ये है लेफ्टिनेंट मयंक?" उन्हें देखकर उसे अपनी आँखों पर भरोसा नहीं हो रहा था।

कंपनी के 2 आई.सी. (सेकेंड-इन-कमांड) को बताते हुए उस बड़े दिमाग वाले कैप्टन अमित डोगरा या डॉगी ने 'पंजाब केसरी' अखबार के पीछे अपना चेहरा छिपा लिया और वह यह दिखाने की कोशिश कर रहा था, जैसे कि वह अखबार पढ़ रहा हो। उसने कहा, "सर, मुझे लगता है कि सेना के मुख्यालय का क्लर्क सिग्नल ड्राफ्ट करते समय नाम के अंत में 'आ' लिखना भूल गया है।"

वह दोनों आगरा कैंट रेलवे स्टेशन के सड़क के किनारे एक झोंपड़ी के सामने खड़े थे। बटब्याल और उसकी यूनिट के बैटबॉल दोनों कुल्हड़ वाले कप में मसाला चाय पीते हुए सुडुक-सुडुक की आवाज निकाल रहे थे।

रोड की दूसरी ओर एक चीज, जो उन्हें अपनी ओर आकर्षित कर रही थी—जो बहुत पतली-दुबली, गोरी और सलवार-कमीज में थी, उसकी मोटी सी चोटी उसके एक कंधे पर लटकी हुई थी और उसने कंधे के दोनों ओर अपना दुपट्टा पिन किया था। वह कुली को पैसा दे रही थी, जिसने उसके पैर के पास काला सा स्टील बॉक्स रख दिया था, जिसमें सफेद बड़े-बड़े अक्षरों पर लिखा हुआ था—लेफ्टिनेंट मयांका शर्मा, ऑफिसर्स ट्रेनिंग अकेडमी। उसके कंधे पर एक बस्ता था, जिसमें से सबसे पहले उसने अपना बटुआ निकाला और अब वह अपना सेल फोन ढूँढ़ रही थी।

अचानक से सेलफोन बजने के कारण चौंके बैटबॉल के हाथ से डोगरा के

ऊपर कुछ चाय गिर गई और फिर दर्द में चिल्लाया, "सॉरी यार! इसी तरह खड़े रहो, उसका फोन बजा है।" बैटबॉल धीरे से अपने फोन पर बोला, "हैलो।"

फोन की दूसरी ओर से बहुत विनम्रता के साथ एक महिला की आवाज ने कहा, "गुड ईवनिंग सर, मैं मयांका शर्मा रिपोर्ट कर रही हूँ। मैं आगरा पहुँच गई हूँ, सर।"

"स्टेशन में तुम्हारा स्वागत है मयांका। मुझे आशा है, आपकी यात्रा सुखद रही होगी।" बैटबॉल ने कहा। "मुझे यह कहते हुए बहुत दुःख हो रहा है कि आपको लेने के लिए कोई भी गाड़ी नहीं आ पाई, क्योंकि कल गाड़ियों का इंस्पेक्शन है। मैं आपको सलाह दूँगा कि एक रिक्शा लेकर 13 पैरा मैस आ जाइए।"

"स्टेशन में तुम्हारा स्वागत है मयांका। मुझे आशा है, आपकी यात्रा सुखद रही होगी।" बैटबॉल ने कहा। "मुझे यह कहते हुए बहुत दुःख हो रहा है कि आपको लेने के लिए कोई भी गाड़ी नहीं आ पाई, क्योंकि कल गाड़ियों का इंस्पेक्शन है। मैं आपको सलाह दूँगा कि एक रिक्शा लेकर 13 पैरा मैस आ जाइए।"

"ठीक है सर, गुड ईवनिंग सर!" मयांका ने जवाब दिया।

बैटबॉल ने अपनी जेब में मोबाइल रखा और देखा कि एक लड़की साइकिल रिक्शा को हाथ दे रही थी। उसके हाथ अपने आप ही अपने चेहरे पर चिपकी मूँछों पर आ गए। वह मूँछें उसने ब्रेवो कंपनी ड्रामा पार्टी के कारण रखी थी, जो भेष बदलने में मशहूर थी, वह कंपनी कश्मीर में गुप्त रूप से काम करती थी। उसने अपने एक गाल पर बहुत बड़ा सा काला मस्सा पेंट कर बनाया था। डोगरा ने अपनी आँखों में काजल की एक मोटी परत लगा रखी थी और उसकी झाड़ीदार कलम और फ्रेंच दाढ़ी थी। दोनों ने चमकीली शर्ट पहनी थी, जिसमें ऊपर से आधे बटन खुले हुए थे, उन्होंने वह शर्ट नौलखा बाजार में एक ठेले से खरीदी थी। डॉगी ने एक रंग-बिरंगा रूमाल भी अपने गले में बाँधा था, वहीं बैटबॉल ने राखी में उसकी बहन द्वारा दी गई चमकती हुई चाँदी की चेन पहनी हुई थी।

वे दोनों एक मिशन पर थे। उन्हें यह काम दिया गया था कि दिन के दौरान यूनिट को ज्वॉइन करनेवाली नए पैरा प्रोबेशनर को डराना था, यह उस यूनिट का

दशकों पुराना रिवाज था, जो बटालियन के सारे सदस्यों का मनोरंजन करता था। चूँकि उनका मानना था कि नया आनेवाला ऑफिसर जेंटलमैन ऑफिसर है—और ज्वॉइनिंग लैटर में उस ऑफिसर का नाम लेफ्टिनेंट मयंक शर्मा लिखा हुआ था—इसलिए उसके लिए किसी प्रकार की गाड़ी नहीं भेजने का फैसला किया गया, बाइक से उस जवान का पीछा किया जाएगा, एक गली में ले जाकर उसे चक्कू दिखाकर उसका पहचान-पत्र और पर्स उससे छीन लिया जाएगा। इसके बाद पहचान-पत्र खोने के कारण उसे सजा के रूप में कुछ घंटों के लिए क्वार्टर गार्ड में रखा जाएगा। चूँकि मयंक शर्मा तो मयांका निकल आई, तो उससे उन दोनों को झटका लग गया, पर फिर भी किसी तरह प्लान को पूरा करना ही था।

उन्होंने देखा कि मयांका अपना बक्सा खुद रिक्शे में चढ़ा रही है और फिर खुद ऊपर चढ़ गई। बैटबॉल ने अपनी चाय के पैसे दिए और गाड़ी व्रूम-व्रूम करके अपनी बुलेट शुरू की। उसने कहा, “डॉगी, जल्दी बैठो, कहीं वह भीड़ में खो न जाए।” जैसे ही रिक्शा सड़क से नीचे की ओर जाने लगा, उन्होंने भी रिक्शे का पीछा करना शुरू कर दिया और रास्ते में आती गाय, कुत्ते और पैदल यात्रियों के बगल से बुलेट ले जाते हुए उन्हें ‘साला’ कहकर हटाया। बाइक चलाते हुए ऐसे लग रहा है कि जैसे वह माइकल शुमाकर हो, डॉगी ने दुष्टता से कहा, “एक थप्पड़ इसको लगाना पड़ेगा।”

उन्होंने देखा कि मयांका अपना बक्सा खुद रिक्शे में चढ़ा रही है और फिर खुद ऊपर चढ़ गई। बैटबॉल ने अपनी चाय के पैसे दिए और गाड़ी व्रूम-व्रूम करके अपनी बुलेट शुरू की। उसने कहा, “डॉगी, जल्दी बैठो, कहीं वह भीड़ में खो न जाए।”

“यह लड़की मुश्किल से पाँच फीट लंबी है।” बैटबॉल ने डॉगी के कंधे पर गिरते हुए कहा, “इसको फौज में लिया किसने?”

अपने सामान्य ज्ञान और गणित का एक बार में ही प्रदर्शन करते हुए डॉगी ने कहा, “सर, महिला उम्मीदवारों के लिए आवश्यक लंबाई 4.92 फीट है, बस वह उतनी ही लंबाई की होगी।”

बैटबॉल ने मुँह दबाकर हँसते हुए कहा, "शक्ल से ही डरपोक लग रही है। मुझे नहीं लगता कि तुम्हें चक्कू की भी जरूरत होगी। सिर्फ उसके कानों पर चिल्ला देना और वह डर जाएगी।" वह फिर कहने लगा, "मेरी बात मान लेना डॉगी, वह यहाँ से पंद्रह दिन में ही चली जाएगी। उसके पैरा प्रोबेशन के पंद्रह दिन पूरे करने के कोई लक्षण दिख नहीं रहे।"

डॉगी ने यह बात पूरे मन से मान ली। "पैरा किसी भी तरह औरतों के लिए है ही नहीं सर, यहाँ तक कि आम आदमियों के लिए भी नहीं। सिर्फ कड़क लड़के ही यह मैरून टोपी पहनते हैं।" उसकी इस बात से उसका और बैटबॉल का सीना कुछ इंच फूल गया और डॉगी ने पूरे अभिमान के साथ यह बात कही।

कैंटोनमेंट के लिए सदर बाजार से होती हुई, जो रोड जा रही थी, वहाँ आधी स्ट्रीटलाइट काम नहीं कर रही थीं। बैटबॉल ने सोचा कि उनके अंडरकवर ऑपरेशन के लिए यही जगह सही रहेगी। तेज गति से वह बाइक रिक्शे के पास लेकर आए और रिक्शे के किनारे मँडराने लग गए। अपनी आवाज तेज करते हुए वे गुर्राते हुए कहने लगे, "ओए रिक्शा! रुक साले।"

बैटबॉल ने मुँह दबाकर हँसते हुए कहा, "शक्ल से ही डरपोक लग रही है। मुझे नहीं लगता कि तुम्हें चक्कू की भी जरूरत होगी। सिर्फ उसके कानों पर चिल्ला देना और वह डर जाएगी।"

चौकन्ना होते हुए, रिक्शाचालक रिक्शा और तेज चलाने लगा। डॉगी ने अपने किनारे लटकने वाले बैग से एक लंबा सा चाकू निकाला, जिसका ब्लेड चाँद की रोशनी में बहुत तेज चमक रहा था। बैटबॉल ने बुदबुदाते हुए कहा, "चाकू से सावधान रहना। अगर उसे एक भी खरोंच आई तो क्रूरसिंह हम दोनों का गला रेत देगा।"

13 पैरा के अफसर हमेशा अपने कमांडिंग ऑफिसर कर्नल जंग बीरसिंह, वीर चक्र, जिन्हें वे सब प्यार से क्रूरसिंह भी कहते थे (उनके पीछे में), के खौफ के साए में जीते थे। क्रूरसिंह को इस बात से कोई फर्क नहीं पड़ता था कि उनके प्रोबेशनर्स की रेगिंग हो, पर उनके ये आदेश बहुत स्पष्ट थे, उनके अफसरों को कोई हाथ भी न लगाए।

डॉगी अपनी भूमिका में आ रहा था। वह गुर्राते हुए बोला, "रिक्शा···रोक साले। नहीं तो चक्कू घुसा दूँगा तेरे पेट में।" उसने सुना कि वह महिला कह रही है, "रुक जाइए भैयाजी," उसे सुन डरे-सहमे रिक्शेवाले ने अचानक ब्रेक लगा दिया।

"मैडम, जल्दी अपनी घड़ी और पर्स दीजिए, हम आपको छुएँगे भी नहीं।" डॉगी ने गरजते हुए कहा, साथ में बैटबॉल ने आगे बढ़कर रिक्शे को अपनी बाइक से रोक दिया।

बैकसीट से पीछे उतरते हुए और रिक्शे की ओर इठलाते हुए डॉगी ने बैटबॉल से फुसफुसाते हुए कहा, "हमने उसे डरा दिया। वह अपनी घड़ी उतार रही है।" उन्हें यह देखकर हैरानी हुई कि मयांका ने अपनी घड़ी उतारकर उस दुबले-पतले रिक्शेवाले के हाथ में थमा दी और तेज गति से उसकी ओर आई। इससे पहले कि वह समझ पाता कि क्या हो रहा है, वह लड़की हवा में उछली और उसके पैरों के बीच में जोरों से मारा। दर्द से कराहते हुए डॉगी गिर गया और उसका चाकू रोड पर गिर गया।

डॉगी अपनी भूमिका में आ रहा था। वह गुर्राते हुए बोला, "रिक्शा··· रोक साले। नहीं तो चक्कू घुसा दूँगा तेरे पेट में।" उसने सुना कि वह महिला कह रही है, "रुक जाइए भैयाजी," उसे सुन डरे-सहमे रिक्शेवाले ने अचानक ब्रेक लगा दिया।

मयांका तेजी से गई। उसने सड़क से चाकू उठाया। फिर से डॉगी की ओर गई, प्यार से देखकर बोली, "साले···!" यह सुन रिक्शाचालक और बैटबॉल दोनों सकते में आ गए। "भारतीय सेना के एक अफसर से ऐसी बात करने की तुम्हारी हिम्मत भी कैसे हुई?" उसने बहुत ही आत्मविश्वास के साथ बड़ी हिम्मत कर कहा, "रुको, देखो मैं तुम्हारा क्या हाल करती हूँ, पहले मैं तुम्हारी हड्डियाँ तोड़ूँगी, फिर मैं तुम्हें छोटे-छोटे टुकड़ों में काटूँगी।" जब बैटबॉल डॉगी की रक्षा के लिए आगे की ओर आया, तब भी उसने डॉगी की ओर एक और किक मारनी चाही। उसने किसी तरह मयांका को अपने चंगुल में लिया और उसके हाथ से चाकू छीन लिया। उसने उसी समय जूडो का एक दाँव जड़ा और इससे पहले बैटबॉल यह देख पाता कि वह मुक्का उसकी ओर आ रहा है, वह सीधे उसकी आँख में जाकर लगा। मयांका की

कोहनी सीधे उसके कान पर लगी, जिससे उसे दिन में ही तारामंडल नजर आ गया। उसने चिल्लाते हुए डॉगी से कहा, "भाग!" और फिर उसने झाड़ियों में चाकू फेंक दिया, जिससे मयांका को गलती से भी चोट न लग जाए।

एक गुस्सैल महिला ऑफिसर के मुक्कों की बरसात का सामना कर अपना मुँह छिपाते हुए बैटबॉल अपनी बाइक की ओर तेजी से दौड़ा। मयांका ने उसकी चाँदी की चेन छीन ली, जो उसके गले में पकड़ बनाए हुए थी। मयांका ने कहा, "मैं तुम हरामखोरों को एक ऐसा सबक सिखाऊँगी, जो तुम लोग कभी नहीं भूलोगे।" ऐसा कहकर मयांका ने बैटबॉल के सीने के ठीक नीचे अपने घुटने से मारा, जिससे वह कुछ समय के लिए साँस न ले सका। मयांका ने उसे इतनी जोर से मारा कि वह जमीन पर पलट गया और जल्द ही किसी तरह भागकर अपनी मोटरसाइकिल पर सवार हो गया। बैटबॉल ने किसी तरह इंजन शुरू किया और जैसे ही डॉगी लँगड़ाते हुए वहाँ पहुँचा, वे दोनों बाइक में पैर फैलाने में सफल हो गए।

एक गुस्सैल महिला ऑफिसर के मुक्कों की बरसात का सामना कर अपना मुँह छिपाते हुए बैटबॉल अपनी बाइक की ओर तेजी से दौड़ा। मयांका ने उसकी चाँदी की चेन छीन ली, जो उसके गले में पकड़ बनाए हुए थी। मयांका ने कहा, "मैं तुम हरामखोरों को एक ऐसा सबक सिखाऊँगी, जो तुम लोग कभी नहीं भूलोगे।"

अपनी कनखी से डॉगी लारा क्रॉफ्ट के देसी अवतार को देख रहा था, जिसने अपना पूरा पैर उठा लिया था और वह फिर से आक्रमण की मुद्रा में थी। उसकी लंबी चोटी उसके कंधे पर गिरी जा रही थी, उसकी आँखों में आग धधक रही थी, उसका दुपट्टा अभी भी उसी जगह कंधे पर था। वह फिर से पूरे जोश से उनके पास आई, पर अब बैटबॉल ने सही समय पर बाइक तेज की और वे दोनों वहाँ से व्रूम-व्रूम करके भाग गए। वह चिल्लाते हुए बोली, "डरपोक...साले! किसी सैनिक के साथ अगली बार उलझना मत..."

दर्द में कराहते हुए डॉगी ने बैटबॉल के कान में फुसफुसाते हुए कहा, "सर, गालियाँ सारी आती हैं इसको।" वहीं दूसरी ओर बैटबॉल का कान तेज घूँसे के कारण लाल हो चुका था।

लेफ्टिनेंट मयंका रिक्शे की ओर वापस गई, कुरते से अपने हाथ पोंछे, रिक्शेवाले से अपनी घड़ी वापस ली, जो उसकी वीरता की प्रशंसा में अवाक् होकर खड़ा था, उसे देख मयांका ने मुसकराते हुए कहा, "भैयाजी, धन्यवाद! यह घड़ी पापाजी ने दी है। टूट जाती तो बुरा मान जाते।"

उस शाम डॉगी 13 पैरा मैस में रात्रिभोज के लिए नहीं आ पाया। उसे यूनिट के रेजिडेंट मेडिकल ऑफिसर ने दो दिन तक बेड रेस्ट की सलाह दी थी। रेजिमेंट के इतिहास में ऐसा पहली बार हुआ था कि कर्नल जंगबीर सिंह, जो अपनी काली आँखों और घनी मूँछों के लिए जाने जाते हैं और जिन्हें बैटबॉल एवं डॉगी को पड़ी मार के बारे में जब बताया गया, तो उन्होंने इस नई पैरा प्रोबेशनर से हाथ मिलाते समय अपना गुस्सा नहीं दिखाया और फिर उससे कहा, "तुम्हें प्रोबेशन खत्म करने तक बहुत मजबूत रहना पड़ेगा।" उन्होंने मयांका को अपनी भेदती आँखों से देखा और पूछा, "क्या तुम यह कर पाओगी?"

अपने कमांडिंग ऑफिसर की आँखों में आँखें डालकर उसने बहुत पूरे आत्मविश्वास के साथ कहा, "हाँ, सर।"

जिस समय सीधी छड़ी लिये हुए स्मार्ट तरीके से कपड़े पहनी हुई एक महिला ऑफिसर सीधे उसके पास चलकर आई, उस समय बैटबॉल बार में बैठा, ओल्ड मौंक का बड़ा ग्लास लिये हुए था (जिसमें आधा पानी, आधा सोडा) मिला हुआ था।

वे मुसकराए और उसे 'ऑल द बेस्ट' कहा और फिर अन्य मेहमानों से मिलने के लिए चले गए।

जिस समय सीधी छड़ी लिये हुए स्मार्ट तरीके से कपड़े पहनी हुई एक महिला ऑफिसर सीधे उसके पास चलकर आई, उस समय बैटबॉल बार में बैठा, ओल्ड मौंक का बड़ा ग्लास लिये हुए था (जिसमें आधा पानी, आधा सोडा) मिला हुआ था। उस लड़की ने ग्रे पैंट और लंबी बाँहों वाली सफेद शर्ट पहनी हुई थी और जिससे उसकी चोट खाई हुई कोहनी, जिसमें बैंडेड लगा हुआ था, वह छुपी हुई थी। उनके बालों का एक सुंदर साफ जूड़ा बना हुआ था।

अपना परिचय देते हुए उसने कहा, "गुड ईवनिंग सर। लेफ्टिनेंट मयांका शर्मा।"

वे उठे और अपने हाथ को किसी तरह से उठाकर हाथ मिलाते हुए कहा, "मेजर सोमनाथ बटब्याल।" उनकी आँख में लगी बैंगनी रंग की चोट से आँख के आसपास का रंग काला हो गया था।

मयांका ने दु:ख जताते हुए कहा, "सर, आपको कहीं चोट लग गई है क्या?"

"हाँ, एक छोटी सी दुर्घटना थी।" उसने जल्दी से जवाब दिया और महिला अफसर को भी एक ड्रिंक के लिए कहा।

वे दोनों पास के बार टूल्स में बैठ गए और कुछ देर के लिए चुप होकर पीते रहे। फिर उसकी पतली सी उँगलियों से काउंटर पर कुछ गिर गया और वहाँ मेजर ने अपना गिलास रख दिया। "सर, मुझे लगता है, आपका कुछ सामान नीचे गिर गया।" उसने धीरे से यह बात कही और जाने के लिए उठी।

बैटबॉल की चाँदी की चैन अचानक से नीचे गिर गई, पर वह एक जगह पर अटक भी गई। मेजर ने चेन उठाई, मुसकराए और उसे अपनी जेब में रख लिया।

लेखक के विचार : महिला अफसर अभी भी पैराशूट रेजिमेंट ज्वॉइन नहीं कर सकतीं। पर हो सकता है एक दिन, कोई-न-कोई लेफ्टिनेंट, मयांका की तरह आएगी और सारी गलतफहमियाँ दूर कर देगी।

□

कुछ जाना-पहचाना

मेजर सारा वर्गिस ने इंजेक्शन ट्रे को बैलेंस करते हुए अपनी बाँह को थोड़ा टेढ़ा करते हुए समय देखने के लिए अपनी कलाई देखी, उसे कलाई देखकर महसूस हुआ कि वह घड़ी पहनना भूल गई है। उस दिन वार्ड का अंतिम दौरा करते हुए, उसने बच्चों वाले कमरा नं.–12 में शीशे की खिड़की से झाँककर देखा। उस कमरे में हलकी पीली लाइट जल रही थी।

दक्षिणा का मुँह उसकी ओर था, जो अपनी डायरी में कुछ लिख रही थी। वह मजबूत सा गुलाबी प्लास्टिक कवर एक छोटी सी चाभी से बंद किया हुआ था और वह चाभी उसके गले में चमड़े की माला में लटकी हुई थी। उसकी दो चोटियाँ उसके कंधे से नीचे लटकी थीं। उसका टूटा हुआ पैर लटका हुआ था, जो पहले कभी तो सफेद प्लास्टर था और अब वह रंगीन सिरामिक आर्ट था—उसके स्कूल के दोस्तों ने उसे आड़ी–तिरछी रेखाओं और चित्रों से भर दिया था। उसने ऊपर देखा और वह सिस्टर सारा को देखकर मुसकराई। उसके बगल के सिंगल बेड में गीतू थी, जो गहरी नींद में सोई हुई थी, उसकी बाँहों में भालू था, जो भूरे रंग का टेडी बियर था। लंबी पलकों वाली उसकी आँखें बंद थीं और उसके चेहरे की मांसपेशियाँ आराम से थीं, वह अभी चौदह साल से भी छोटी लग रही थी। उसका सिर मुँड़वाया हुआ था और वह तकिए में आराम से था और वह भालू के पास ही रखा था, पर गीतू की नाक भालू की नाक में छुपी हुई थी।

जिस दिन नाई ने आकर उसके बाल काटे थे, उस दिन वह बहुत जोरों से रोई थी। पर जब नाई आ गया और उसके मुलायम कंधे के बराबर घुँघराले बाल छीलने लगा, तब वह चुप सी बैठ गई, उसने अपने पूरे शरीर को एक ऐप्रन से

ढका था, हालाँकि उसकी आँखों से आँसू लुढ़ककर उसके गालों में अभी भी बह रहे थे। उसकी सर्जरी बार-बार टल रही थी, क्योंकि उसका हीमोग्लोबिन का स्तर बहुत कम था। सारा को भी उस बच्ची और उसकी माँ के लिए बुरा लगता था, उसकी माँ हर दिन मिलने देनेवाले समय में वहाँ अपनी बच्ची के साथ होती थी, वह साथ में उसके पसंदीदा स्नैक्स, पिक्चर बुक लेकर आती थी, जब गीतू उदास होती तो बच्ची को चिल्लाते हुए देखती थी।

कभी-कभी सारा देखती थी कि दराज में रखे एक हाथ वाले छोटे से शीशे को देखते हुए गीतू कुछ सोच रही है और उसे लगता था कि कोई भी उसे देख नहीं रहा है। पहले वह उस शीशे को एक हाथ से पकड़ती थी और फिर दूसरे हाथ से शीशा पकड़कर अपनी छाया में मुँड़वाया हुआ सिर देखती थी, जिसमें अब छोटे-छोटे बाल आने लग गए थे। अपनी गालों की हड्डियों और गंजे सिर के कारण वह सारा को और सुंदर लगती थी—पतली और कोमल सी। और वह यह सुनिश्चित करती थी कि गीतू दिन में कम-से-कम यह काम एक बार जरूर करे। पर यह देखकर गीतू मुसकराने लगती थी और या तो फिर अपना सिर हटा लेती थी या अपने चेहरे के सामने हाथ हिलाती थी, क्योंकि उसे लगता था कि मक्खी, मच्छर उसके चेहरे के सामने आ रहे हैं, जिस कारण वह परेशान हो जाती थी। कभी-कभी वह अजीब तरह से चिल्लाते हुए कहती थी, 'मुझे मक्खी-मच्छर काट रहे हैं', फिर सारा देखती थी कि गीतू की प्यारी, मृदुभाषी माँ उन कीड़ों को हाथ वाले तौलिए का इस्तेमाल करके भगा रही होती।

कभी-कभी सारा देखती थी कि दराज में रखे एक हाथ वाले छोटे से शीशे को देखते हुए गीतू कुछ सोच रही है और उसे लगता था कि कोई भी उसे देख नहीं रहा है। पहले वह उस शीशे को एक हाथ से पकड़ती थी और फिर दूसरे हाथ से शीशा पकड़कर अपनी छाया में मुँडवाया हुआ सिर देखती थी, जिसमें अब छोटे-छोटे बाल आने लग गए थे।

कभी-कभी गीतू को अपने सामने काल्पनिक लोग खड़े दिखाई देते थे और कहती थी कि वे लोग अब जाएँ। पहले-पहले तो लोग इससे डरते थे कि पता

नहीं वह किन अनजान लोगों से बोल रही है या चिल्लाने लगती थी कि वे सब वहाँ से चले जाएँ। अब सब इस बात के अभ्यस्त हो चुके थे, फिर जब वह शांत हो जाती तो लोग उसके साथ खेलने लगते। सारा को यह आशा थी कि गीतू के सिर में वह छोटा सा ट्यूमर जो है, उसका ऑपरेशन जल्द-से-जल्द ठीक तरीके से हो जाए और वह एक सामान्य बचपन अच्छे से जी पाए, क्योंकि अब इस बाधा के कारण उसके व्यवहार में बदलाव आने लगे थे, जिससे वह अजीब सी चीजों की कल्पना करने लगती थी।

सारा को यह आशा थी कि गीतू के सिर में वह छोटा सा ट्यूमर जो है, उसका ऑपरेशन जल्द-से-जल्द ठीक तरीके से हो जाए और वह एक सामान्य बचपन अच्छे से जी पाए, क्योंकि अब इस बाधा के कारण उसके व्यवहार में बदलाव आने लगे थे, जिससे वह अजीब सी चीजों की कल्पना करने लगती थी।

सारा को इस बात की संतुष्टि थी कि उसके लगभग सारे मरीज चैन से शांतिपूर्वक नींद ले रहे थे, जबकि दक्षिणा और कर्नल आदित्य राणा के बिस्तर के पास वाले लैंप अभी भी जल रहे थे और वह अपने अस्पताल का नीले गाउन पहने तकिए में टेक लगाए हुए थे, उनकी कलाई में सेलाइन की ड्रिप लगी हुई थी। कर्नल पढ़ने में व्यस्त थे। सारा ने रुककर देखा कि उनकी ड्रिप बोतल लगभग खाली हो गई है, उन्होंने बहुत धीरे से सुई को उनकी कलाई से हटाया, हाथ में जिस जगह सुई घुसाई थी, उसे एक मिनट के लिए दबाकर रखा और साथ में उसके ऊपर रुई की एक फाह, जो एंटीसेप्टिक में डुबोई हुई थी, उसके हाथ में रखी।

नलियों को मोड़ते हुए और खाली सेलाइन की बोतल को उनके बिस्तर के पास में रखे कूड़ेदान में डालते हुए सारा ने पूछा, “एक और जेम्स हेडले चेज सर ?” सारा ने उनकी कलाई को एक-दो बार झटका, जिससे खून बहने लगा, इस पर वे मुसकराए और अपनी किताब में ध्यान वापस लगाते हुए सिर हिलाकर बोले, “गुड नाइट सिस्टर।”

जब सारा ड्यूटी रूम में वापस जा रही थी, तब लैंडसडाउन सेना अस्पताल की इमारत में एक अलग सी शांति छाई हुई थी। आराम कक्ष में चार उपचारक

नाइट ड्यूटी के दौरान टी.वी. देख रहे थे। ड्यूटी मेडिकल ऑफिसर कर्नल रंजीथ राव के घर में एक इमरजेंसी थी और वह सीधे घर चले गए और वह सारा से कहकर गए कि अगर कोई जरूरत होगी तो उन्हें कॉल करें। सिस्टर जया के पेट में भयंकर दर्द हो रहा था और वह अस्पताल के पास ही नर्सिंग हॉस्टल में आराम करने गई थी। इससे पहले सारा अस्पताल में इतनी अकेली नहीं थी और पहले वह थोड़ा घबरा गई थी, पर वार्ड में इतने गंभीर मरीजों के न होने के कारण उसे वह अकेलापन अच्छा लग रहा था।

उस दिन बहुत काली रात थी, जिस कारण तारे कुछ ज्यादा ही चमकते हुए दिख रहे थे। उस रात का आकाश देखने के लिए वह काफी उत्सुक थी, सारा उस जगह तक आ गई, जहाँ तक लाल टिन की छत खत्म हो रही थी। ऊपर देखते हुए, वह एक पल के लिए रुक सी गई, वह उन अनगिनत तारों के प्रकाश को महसूस कर रही थी, जो उसके सिर के ऊपर टिमटिमा रहे थे, पर फिर वह उदास होकर अंदर आ गई। जब वह कॉरिडोर में आ रही थी, तब ऊपर से लटकी पीली लाइट में उसके सफेद कपड़े हलके क्रीम रंग के लग रहे थे, उसकी स्कर्ट उसके दोनों पैरों के बीच अटक रही थी, उसके काले जूतों की सख्त हील जमीन में जोर-जोर से आवाज कर रही थी। जब वह ड्यूटी रूम के दरवाजे को खोल रही थी तो क्रीं… करके आवाज आई। सारा ने दवाइयों और इंजेक्शनों की ट्रे मेज पर रखी, अपना सफेद स्कार्फ खोला और फ्लास्क से स्ट्रांग ब्लैक कॉफी अपने कप में डाली। गहरी साँस लेते हुए, उसकी खुशबू सूँघते हुए, उसने अपने जूते उतारे और कुरसी पर अपना सिर रख सुस्ताने लगी। उसने अभी कॉफी की पहली घूँट पी ही थी और कॉफी के स्वाद को अपनी जीभ में लेने का आनंद लिया ही था कि तभी किसी ने दरवाजे को खटखटाया। उसने भी चौंककर देखा कि दरवाजे के दूसरी तरफ एक सैनिक की धुँधली सी छाया दिखाई दे रही

उस दिन बहुत काली रात थी, जिस कारण तारे कुछ ज्यादा ही चमकते हुए दिख रहे थे। उस रात का आकाश देखने के लिए वह काफी उत्सुक थी, सारा उस जगह तक आ गई, जहाँ तक लाल टिन की छत खत्म हो रही थी। ऊपर देखते हुए, वह एक पल के लिए रुक सी गई, वह उन अनगिनत तारों के प्रकाश को महसूस कर रही थी…

थी, जो यूनिफॉर्म में थी। उसने भीतर से ही कहा, "कौन है वहाँ?"

एक जवान सिख सैनिक, जो करीब छह फीट लंबा था और उसके कंधे चौड़े थे, उसके सिर पर हरे रंग की पगड़ी थी, वह हिचकिचाते हुए भीतर घुसा। उसने पूछा कि "क्या मैं अंदर आ सकता हूँ, मैडम साहब?" उसकी आवाज में गहराई थी और ऐसा लग रहा था कि वह किसी बात को लेकर सुनिश्चित नहीं है।

सारा ने जब हामी भरी, तब वह भीतर आया। उसने देखा कि उसकी पोशाक कई जगहों से फटी हुई है और उसमें हर तरफ खून के निशान है। उसके चेहरे पर धूल जमी थी, उसकी पगड़ी खुल गई थी और नीचे तक लटक रही थी। सारा ने यह देख अचानक पूछा, "क्या हुआ?" उसने पाया कि उसकी नेमप्लेट पर उसका नाम 'करतार सिंह A+' लिखा हुआ था।

सारा ने जब हामी भरी, तब वह भीतर आया। उसने देखा कि उसकी पोशाक कई जगहों से फटी हुई है और उसमें हर तरफ खून के निशान है। उसके चेहरे पर धूल जमी थी, उसकी पगड़ी खुल गई थी और नीचे तक लटक रही थी। सारा ने यह देख अचानक पूछा, "क्या हुआ?"

उसने कहा, "एक दुर्घटना हो गई, मैडम।" वह थोड़ा अस्पष्ट तरीके से बोल रहा था, सारा को ऐसी शंका हुई कि उसने शराब पी थी।

सारा ने करतार सिंह को एक्जामिनिंग टूल पर बैठने को कहा, फिर उसने करतार सिंह की चोटों पर नजर मारी। कुछ चोटों और निशानों के अलावा घाव गहरे नहीं थे, उसे ज्यादा चोट नहीं लगी थी। सारा ने चोटों पर एंटीसेप्टिक लगाई और फिर करतार से पूछा कि क्या हाल में कोई टिटनेस का इंजेक्शन लगाया था। जब उसने 'ना' में जवाब दिया, तब सारा ने एक एमप्योल और एक सीरिंज निकाली⋯ करतार सिंह ने कहा, "साहब, मुझे इंजेक्शनों से डर लगता है।" सारा ने सख्ती के साथ कहा, "अपने हाथ को स्थिर रखो" और एक एंटी टिटनेस का शॉट दे दिया। अपने ड्यूटी रजिस्टर पर उसके नाम की एंट्री करके सारा ने करतार सिंह से समय पूछा। उसने अपनी घड़ी पर नजर डाली और कहा, "मैडम साहब रात के 11:50 बजे हैं।"

सारा ने ड्यूटी रूम के साथ उस समय को मिलाया। आधी रात हो चुकी थी। सारा ने करतार से कहा, "तुम्हारी घड़ी दस मिनट पीछे है।"

"मेरे सिर में भयंकर दर्द हो रहा है, साहब···" करतार सिंह अभी अपनी बात कह ही रहा था कि तभी एक और वॉर्ड से इमरजेंसी की घंटी बजी। वह घंटी कमरा नं.-12 की थी। सारा उस घंटी को सुनते ही उठ खड़ी हुई। दक्षिणा के टूटे पैर का अभी हाल ही में प्लास्टर हुआ था और वह प्लास्टर की मदद से चलने के प्रति असावधान थी। वह पिछले हफ्ते व्हीलचेयर से नीचे गिर गई थी और भाग्यवश उसे कोई चोट नहीं पहुँची थी। इस बात से चिंतित कि वह टॉयलेट जाने के रास्ते में कहीं फिर से गिर न गई हो, इसे सोचकर सारा तुरंत उठ गई।

करतार ने कहा, "साहब, मेरे सिर में बहुत बुरी तरह से दर्द हो रहा है।" सचमुच ही उसकी जुबान लड़खड़ा रही है, सारा ने ऐसा सोचा और करतार से स्पष्ट तरीके से पूछा, "क्या तुमने पी रखी है ? पीकर आए हो ?" करतार ने जवाब दिया, "नहीं मैडम, मैं पीता नहीं हूँ।"

करतार ने कहा, "साहब, मेरे सिर में बहुत बुरी तरह से दर्द हो रहा है।"

सचमुच ही उसकी जुबान लड़खड़ा रही है, सारा ने ऐसा सोचा और करतार से स्पष्ट तरीके से पूछा, "क्या तुमने पी रखी है ? पीकर आए हो ?"

करतार ने जवाब दिया, "नहीं मैडम, मैं पीता नहीं हूँ।"

उसके सिर में एक हलके नीला निशान के अलावा सारा को वह ठीक ही लग रहा था। सारा ने कहा, "तुम मेरा इंतजार करना, मैं अभी वापस आती हूँ और तुम्हें देखूँगी।" अपने कमरे में जल्दी जाते हुए, उसने देखा कि वह धीरे से अपनी कुरसी से उठ रहा था और अपने सिर को इस प्रकार पकड़े हुए था कि जैसे उसके सिर में बहुत तेज दर्द हो। सारा को लगा कि उसने करतार के हाथ में खून लगा हुआ देखा हो, पर उसने वह खून पोंछ दिया हो, क्योंकि असल में उसके शरीर में कोई बड़ी चोट नहीं थी। कमरे से निकलते हुए, वह तेजी से कॉरिडोर की ओर चलने लगी।

जब सारा कमरा नं.-12 के दरवाजे पर गई, दक्षिणा को उसके बिस्तर पर पाकर उसने चैन की साँस ली और पाया कि उसका पैर जस-का-तस था।

दक्षिणा ने गीतू की ओर देखा, जो अपने तकियों पर बैठी थी और उसने अपने टेडी बियर को जोरों से पकड़ा हुआ था। जैसे ही गीतू ने सारा को देखा, वह रोने लग गई। "वह अस्पताल आया हुआ था, क्यों?" उसने रोते हुए कहा, "उसको जाने के लिए कहो।" सारा को हमेशा की तरह कोई भी नहीं दिखाई दे रहा था, पर वह उस परेशान बच्चे को सँभालने की अभ्यस्त थी। थोड़ा आगे आकर उसने गीतू के आगे हाथ हिलाया और कहा, "तुम जाओ।" सारा की आवाज में बहुत सख्ती थी, उसने फिर कहा, "तुम अभी जाओ।"

जैसे ही गीतू ने सारा को देखा, वह रोने लग गई। "वह अस्पताल आया हुआ था, क्यों?" उसने रोते हुए कहा, "उसको जाने के लिए कहो।" सारा को हमेशा की तरह कोई भी नहीं दिखाई दे रहा था, पर वह उस परेशान बच्चे को सँभालने की अभ्यस्त थी।

गीतू उसकी ओर टकटकी लगाकर देखती रही। उसने धीरे से कहा, "वह आपके पीछे खड़ा है।"

सारा ने मुड़कर देखा। वहाँ कोई भी नहीं था, पर उसने अपनी एक्टिंग जारी रखी। "मैंने तुम्हें जाने के लिए कहा ना, अभी जाओ?" सारा ने अपनी आवाज तेज करते हुए कहा। उसने अपनी बात जारी रख कहा, "तुम गीतू को परेशान नहीं कर रहे। अभी जाओ। हम नहीं चाहते कि तुम यहाँ रहो।"

गीतू को अब थोड़ा आराम हुआ। उसने तसल्ली के साथ उस काल्पनिक छवि का आँखों से पीछा करते हुए कहा, "वह जा रहा है।"

सारा गीतू के बिस्तर के किनारे आ गई, उसके पतले से शरीर में उसने ऊपर तक चादर ढक दी और फिर उसके पास आकर बैठ गई और धीरे से उसका हाथ पकड़ा। गीतू तकिए से फिसल गई और उसका सिर भालू के पास आकर धँस गया और फिर वह कुछ ही मिनटों में सो भी गई। सारा ने बिस्तर के किनारे वाले लैंप को बंद किया और दक्षिणा से फुसफुसाकर कहा, "गुड नाइट डार्लिंग!" उसने डायरी पर से मुँह ऊपर करके देखा और विस्मय में आँखें घुमाने लग गई।

सारा ने कहा, "अगर वह फिर से उठती है, तो मुझे बता देना।"

दक्षिणा ने सिर हिलाया और कहा, "जरूर।" और फिर लिखने बैठ गई।

सारा अपने ड्यूटी रूम में फिर से गई। उसने जाते समय जल्दीबाजी में दरवाजा बंद नहीं किया था और यह नोटिस किया कि वह अभी भी खुला है। वह घायल जवान अब वहाँ नहीं था। उसे लगा कि वह टॉयलेट गया हुआ है और जब पंद्रह मिनट बीत गए और वह वापस नहीं आया, तो उसने अस्पताल के मुख्य द्वार के संतरी को फोन कर पूछा कि क्या वह सिख जवान वापस चला गया?

सारा अपने ड्यूटी रूम में फिर से गई। उसने जाते समय जल्दीबाजी में दरवाजा बंद नहीं किया था और यह नोटिस किया कि वह अभी भी खुला है। वह घायल जवान अब वहाँ नहीं था। उसे लगा कि वह टॉयलेट गया हुआ है और जब पंद्रह मिनट बीत गए और वह वापस नहीं आया"

गार्ड थोड़ा विस्मित था। उसने कहा, "जब से हमने मुख्य द्वार बंद किया है, तब से कोई भी आदमी अंदर नहीं आया है।"

सारा के मन में उस सीरिंज और रुई की फाहों को देखकर थोड़ी परेशानी हुई, क्योंकि उसने सैनिक के घावों में वह इस्तेमाल की थी। पूरी तरह से थकी सारा ने बस अपने जूते उतारे और अपने बंक बैड पर लेट गई और अपनी आँखें बंद कर लीं। जैसे ही उसने तकिए पर अपना सिर रखा, वह तभी सोने भी चली गई।

वह लगातार घड़घड़ाते फोन की घंटियों को सुनकर उठी और हैंडसेट के पास पहुँची। फोन के दूसरी ओर कमांडडेंट थे। उन्होंने गहरी आवाज में कहा, "सारा, एक बुरी खबर है। कोटद्वार से लैंड्सडाउन आती शक्तिमान, जिसमें बीस जवान थे, एक घंटा पहले एक गहरी खाई में गिर गई।"

उसकी आँखें एकदम फटी-की-फटी रह गईं। उसने आश्वस्त करते हुए कहा, "सर, मैं बैड तैयार करवाती हूँ।"

उन्होंने सारा से कहा, "उसकी कोई जरूरत नहीं पड़ेगी सारा, उनमें से कोई भी नहीं बचा है।"

बाहर अभी भी अँधेरा था और भोर की बेला के समय आकाश में चारों ओर नारंगी रंग अपनी आभा बिखेर रहा था और फिर एक-एक कर मृत शरीर

वहाँ पहुँचने लग गए। शवगृह में सारा डॉ. राव के साथ खड़ी थी, जैसे ही डॉक्टर को दुर्घटना की खबर मिली थी, वह तुरंत ही अस्पताल पहुँच गए थे और उन्होंने उन शवों की एंट्री के दस्तावेज बनाने शुरू कर दिए थे, जो अस्पताल द्वारा पुष्टि करने के बाद भेजे जाएँगे।

सारा ने उस सिख सैनिक को तुरंत पहचान लिया, जिसे उस समय स्ट्रेचर में लाया गया था। लटके हुए चेहरों के साथ दो युवा जवान उसका मृत शरीर लेकर आ रहे थे। वह उसकी नेमप्लेट पढ़कर नीचे बैठ गई थी, उस नेमप्लेट में लिखा था, 'करतार सिंह A+'। उसके माथे पर गहरे बैंगनी रंग की चोट अब काली होती जा रही थी।

सारा की आँखों के सामने वे सारी सूचनाएँ आ रही थीं, जो उसने वर्षों पहले नर्सिंग कॉलेज के दौरान बनाई थीं। 'आघात : किसी चीज के प्रभाव से दिमाग में चोट लगना। यह कार की दुर्घटनाओं में एक सामान्य बात थी, जिसमें गरदन में चसक पड़ती है और इसमें सिर में या तो आगे से चोट लगती है, उस प्रभाव के विरुद्ध चोट लगती है।

"यह गाड़ी का ड्राइवर था। कितना हैंडसम लड़का है यह। जब ट्रक नीचे गिरा, तब उसका सिर स्टीयरिंग व्हील से टकरा गया था। इस कारण उसकी मृत्यु हो गई।" डॉ. राव ने अपना सिर दु:ख के मारे हिलाते हुए फुसफुसाते हुए यह बात कही।

सारा की आँखों के सामने वे सारी सूचनाएँ आ रही थीं, जो उसने वर्षों पहले नर्सिंग कॉलेज के दौरान बनाई थीं। 'आघात : किसी चीज के प्रभाव से दिमाग में चोट लगना। यह कार की दुर्घटनाओं में एक सामान्य बात थी, जिसमें गरदन में चसक पड़ती है और इसमें सिर में या तो आगे से चोट लगती है, उस प्रभाव के विरुद्ध चोट लगती है। इसके लक्षणों में शामिल हैं—हलके से लेकर तेज सिरदर्द, भटकाव और बोली का लड़खड़ाना।' उसे लग रहा था कि उसके पूरे शरीर में कुछ अजीब सी हलचल हो रही हो।

डॉ. राव ने करतार सिंह का टूटा हाथ उठाया और वह टूटी हुई कलाई घड़ी को देखने लग गए। उसके हाथ में एक पुरानी एच.एम.टी. की घड़ी थी। उस घड़ी का डायल टूट गया था और घड़ी की एक सुई 11:50 पर रुकी हुई

थी। उन्होंने कहा, "इससे दुर्घटना के समय का पता चल गया। सारा इस बात की एंट्री करो।"

सारा ने कुछ घंटों पहले हुई उस घटना को याद करने की कोशिश की—एक सुंदर सा चेहरा, जिसमें गहरे चोट के निशान थे। एक लड़खड़ाती आवाज ने उससे पूछा, 'क्या मैं अंदर आ सकता हूँ, मैडम साहब?' उसकी आवाज में कंपन थी। सारा ने परेशान होकर पूछा, 'क्या तुम पीये हुए हो?' उसने कहा, 'मैं पीता नहीं हूँ, मैडम साहब।' ड्यूटी रूम की घड़ी में रात के बारह बज रहे थे। सारा ने तुरंत अपनी प्रतिक्रिया देते हुए कहा, 'तुम्हारी घड़ी दस मिनट पीछे है।'

उसके अपना सिर नीचे झुका लिया और रजिस्टर में फिर काँपती उँगलियों से लिखने लग गई। करतार सिंह का मृत शरीर उसकी आँखों के सामने पड़ा हुआ था। मौत के बाद उसका शरीर अकड़ने लग गया था।

□

आमना-सामना

बुलेट उनके आर-पार चली गई थी, पर लेफ्टिनेंट समय यादव अभी भी साँस ले रहे थे। कैप्टन सुनील कौल अपनी हथेली से बुलेट के कारण हुए सिक्के के बराबर के छेद को तेजी से दबाए हुए थे, पर उनकी उँगलियों से खून निकले जा रहा था और पूरी उँगलियाँ लाल रंग की हो गई थीं। उसकी कलाई से भी बूँद-बूँद करके खून निकल रहा था और उनकी वरदी के हरे रंग वाली कमीज के आस्तीन के किनारे रिसे जा रहा था। कपड़े के चिपचिपेपन से उसकी त्वचा अजीब सी हो गई थी। उसे बहुत मन कर रहा था कि वह आस्तीन ऊपर कर ले, पर उसे पता था कि अगर उसने अपना हाथ एक सेकंड के लिए भी ऊपर उठाया, तो समय की चोट से फव्वारे की तरह खून फूटकर बाहर आ जाएगा, जिससे उसका रक्तचाप और कम हो जाएगा।

उसके बगल में बैठे एक अन्य सैनिक, जिसके एक हाथ में राइफल थी, सिर में हेलमेट था और उसके सीने में बुलेटप्रूफ जैकेट थी और उसका चेहरा घबराया हुआ था, उसने उससे कहा, "ईश्वर, मेरी कमीज की बाजू ऊपर कर दे।" कौल की आँखें उसके पीछे लेटे पड़े जवान अफसर पर गईं, जो निर्जीव सा पड़ा था, पर उसका हाँफता सीना यह बता रहा था कि वह अभी जिंदा था। उसने इंटेलिजेंस से प्राप्त सूचना के आधार पर मिली एक छिपे हुए संदिग्ध आतंकवादी को अपनी प्लेटून के साथ घेरा था। गाँववालों के साथ-साथ उस पुराने गाँव प्रधान ने, जिनके बाल पूरे सफेद थे, चेहरे में झुर्रियाँ थीं और आँखें तेज-तर्रार थीं, ने धीरे से अपना सिर हिलाते हुए इस बात को पूरी तरह से मना कर दिया और कहा कि उस गाँव में कोई भी आतंकवादी नहीं है। उसने कहा, "आपकी सूचना गलत है, लेफ्टिनेंट साहब। फौज हमें परेशान कर रही है।"

समय—जो एक सभ्य, मृदुभाषी और हमेशा ही तमीजदार रहे हैं—वे उस प्रधान से बात करने में विनम्र और अपनी बात में तटस्थ रहे। उन्होंने इस बात पर जोर डाला कि उनके लड़के एक-एक घर की तलाशी लिये बिना नहीं जाएँगे। वे इस अभियान का नेतृत्व करेंगे और साथ में यह भी कहा कि किसी को भी बिना बात के परेशान नहीं किया जाएगा। "मैं आप पर विश्वास करता हूँ, बाबा। पर आप भी मेरी एक बात समझिए कि हमें सूचना मिली है और मैं बिना तलाशी लिये नहीं जा सकता। अगर हमें कोई नहीं मिलेगा, तो हम यहाँ से चले जाएँगे।"

इतने में कुत्ते भौंकने लग गए। बच्चों ने खेल खेलना बंद कर दिया। औरतों में असंतोष दिखाई दे रहा था। वहाँ के आदमी भी भौंह चढ़ाकर बैठे थे। पर समय ने उन सबको नजरअंदाज करते हुए अपने जवानों से कहा, "मेरे पीछे आओ!" जवानों के चेहरों पर कोई भाव-भंगिमा नहीं थी। उनके कंधों पर राइफल थी और वे बहुत संयम के साथ आदेश का इंतजार कर रहे थे। आदेश मिलते ही वे तुरंत लाइन लगाकर तैयार हो गए और अपने युवा कंपनी कमांडर के पीछे जाने लगे, जिन्हें वे बहुत प्यार एवं आदर देते थे।

इंटेलिजेंस की रिपोर्ट सही साबित हुई। बस, बात में अंतर इतना ही था कि प्राप्त सूचना में उन आतंकवादियों की संख्या गलत बताई गई थी। एक दो मंजिली इमारत में पाँच आतंकवादी छुपे हुए थे और वह इमारत गाँव प्रधान के घर के बगल में ही थी।

इंटेलिजेंस की रिपोर्ट सही साबित हुई। बस, बात में अंतर इतना ही था कि प्राप्त सूचना में उन आतंकवादियों की संख्या गलत बताई गई थी। एक दो मंजिली इमारत में पाँच आतंकवादी छुपे हुए थे और वह इमारत गाँव प्रधान के घर के बगल में ही थी। वह न सिर्फ पूरी तरह से हथियारों से लैस थे, बल्कि उन्हें सेना की गतिविधियों के बारे में भी पूरी तरह से पता था। उन्होंने ऊपर की खिड़की से सैनिकों को आते-जाते देखा था, उन्होंने सैनिकों का इंतजार भी किया कि अगर वह पास आ जाएँ, तो वे फिर गोली चलाएँगे, तीन सैनिकों की अगुवाई करनेवाले को पॉइंट ब्लैंक की रेंज में शूट करेंगे। चूँकि समय सबसे आगे था, दुर्भाग्यवश, इसलिए सबसे पहले उसे ही बुलेट सीधे सीने में लगी। उसके पीछे के दो सैनिक बाद में नीचे गिरे।

बाकी बची कंपनी की अगुवाई निर्भीक सूबेदार युद्धवीर सिंह, शौर्य चक्र कर रहे थे, वह जल्द से पास आए और बंदूकबाजी शुरू हो गई, आतंकवादियों के लिए जो महिलाएँ नीचे वाले तल में खाना बना रही थीं, उन्हें देखकर सैनिकों ने अपने हाथ पीछे कर लिये। युद्धवीर और उसके आदमी सीधे घर में घुसे, उन्होंने पूरी तरह से समय के आदेश का पालन किया कि किसी भी नागरिक को नुकसान न पहुँचे। इससे उनकी गतिविधियाँ थोड़ी सीमित हो गई थीं, जिससे आतंकवादी घर के पीछे की खिड़की से कूद गए और शाम की छाँव में गायब हो गए।

लेफ्टिनेंट कर्नल यादव, जो समय के पिता थे, एक बार अपनी जवान पत्नी और स्कूल जानेवाले लड़के के साथ यूनिट में आए थे, उस समय युद्धवीर एक युवा सैनिक था। उन्होंने समय को एक छोटे से बच्चे से लेकर एक हैंडसम दिखनेवाले युवा के रूप में देखा था, जो उस समय एक नया कमिश्नड अफसर था।

लेफ्टिनेंट कर्नल यादव, जो समय के पिता थे, एक बार अपनी जवान पत्नी और स्कूल जानेवाले लड़के के साथ यूनिट में आए थे, उस समय युद्धवीर एक युवा सैनिक था। उन्होंने समय को एक छोटे से बच्चे से लेकर एक हैंडसम दिखनेवाले युवा के रूप में देखा था, जो उस समय एक नया कमिश्नड अफसर था। जिस दिन युद्धवीर ने समय को पहली बार वरदी में देखा था, युद्धवीर के चेहरे में एक बड़ी सी मुसकान आ गई और उन्होंने समय को देखकर सलामी ठोकी। समय ने पास आकर उन्हें गले लगाया और कहा, "कैसे हो, युद्धवीर भैया?" और उसके बाद भी जब समय ने अल्फा कंपनी के कमांडर के रूप में जिम्मेदारी सँभाली, वह तब भी उन्हें 'भैया' कहकर ही संबोधित करता रहा। हालाँकि युद्धवीर समय को सैमू के बदले उन्हें 'साहब' कहकर संबोधित करता, क्योंकि वह उसे बचपन से ऐसे ही संबोधित करता था।

जब उन्होंने कौल को ड्रिप लगाते हुए देखा, तो युद्धवीर को सारी पुरानी बातें याद आ रही थीं।

~❖~

ईश्वरचंद ने अपने कंधे से राइफल हटाई, उसे घास पर रखा और आगे झुककर कौल की कमीज की आस्तीन के बटन को खोला। उस मोटे कपड़े ने सारा खून सोख लिया था, पर ईश्वर की उँगलियों को उस टाइट बटन के काज को खोलने में दिक्कत हो रही थी, पर उसने किसी तरह बटन खोलकर आस्तीन के ऊपर चढ़ा दी। अपना हेलमेट उतारते समय उसने वह घास में उसे अपनी राइफल के पास रखा और फिर से वापस बैठ गया, उसकी कमीज समय के खून के कारण टाइट हो गई थी। अब वह ठंडी हवा में सूख रही थी और उसमें लाल परत जम चुकी थी।

समय के सीने में कहीं जाकर बुलेट धँस चुकी थी, पर कौल ने उसको खोजने में कोई कसर नहीं छोड़ी। उसने मेडिकल स्कूल में यह सीखा था कि खुले सीने की चोट से किसी चीज को निकालने से ज्यादा परेशानी होती है, बनिस्पत उसे वहाँ छोड़ दें। उसने उस चोट को बंद करने में अपना सारा ध्यान लगाया। उसके बाएँ छाती के थोड़ा नीचे वह था और उसने अपनी हथेली से उसे ढक रखा था। समय जब भी साँस लेने की कोशिश कर रहा था, कौल को हर बार अपनी उँगलियों के नीचे उसकी पसलियों की हलचल महसूस हो रही थी। उसे वह दर्द दिखाई दे रहा था, जिसमें उसके अंदर जिंदा रहने की छटपटाहट भी थी, साथ में समय का चेहरा पसीने से भरा हुआ था। उसने कहा, "हिम्मत रख समय, तुझे कुछ नहीं होगा।"

समय के सीने में कहीं जाकर बुलेट धँस चुकी थी, पर कौल ने उसको खोजने में कोई कसर नहीं छोड़ी। उसने मेडिकल स्कूल में यह सीखा था कि खुले सीने की चोट से किसी चीज को निकालने से ज्यादा परेशानी होती है, बनिस्पत उसे वहाँ छोड़ दें। उसने उस चोट को बंद करने में अपना सारा ध्यान लगाया।

समय ने कुछ कहने के लिए अपना मुँह खोला। उसके होंठ चल रहे थे, पर वह कोई शब्द नहीं बना पा रहा था। "एंबुलेंस अपने रास्ते में थी। दोस्त, साँस लेते रहो।" कौल ने उसके डार्क एवं हैंडसम चेहरे को देखा, उसके नक्श दर्द के कारण मुड़ गए थे और उसे साँस लेने के कारण बहुत थकान लग रही थी। कौल की आँखें समय की बाँहों में लगी सुई पर गई, जिससे उसमें धीरे-धीरे सेलाइन जा रहा था। फिर उसकी निगाह अचानक ही उस ओर चली गई, जिसे

वह जानबूझकर नहीं देखना चाहता था—दो अन्य दुर्घटनाएँ, उसी पेड़ की छाया के नीचे थीं। वे दोनों करीब बीस साल के होंगे और दोनों ही मृत थे। उसकी आँखों के चारों ओर उदासी छा गई। वह उनके लिए कुछ भी नहीं कर पाया। वे दोनों वहाँ मृत अवस्था में लाए गए थे।

❖

कौल को इस बात का अच्छे से पता था कि सीने में लगी गोलियाँ सबसे भयंकर प्रकार की इमरजेंसी है। पहले तो उसने उस खुली चोट में मोटी रुई की परत लगाई, पर लगातार हो रही ब्लीडिंग से वह भी हट गई। पर अब वह अपने हाथ से ही उस चोट को बंद करने की कोशिश कर रहा था।

"यह एंबुलेंस वहाँ कितनी देर में पहुँचेगी, युद्धवीर साहब?" उसने अपना सिर घुमाया और उस लंबे और मजबूत जूनियर कमिश्नड ऑफिसर की ओर देखा, जो रेडियो ऑपरेटर के बगल में बैठा था—वह एक युवक था, जो उन्नीस साल से ज्यादा का नहीं होगा—और कौल को उसका नाम भी नहीं पता था। उसने रेडियो सेट के चटचटाने की आवाज आई। "रास्ता बहुत खराब है, साहब! वे जंगल की ओर से ड्राइव करके जा रहे हैं।" युद्धवीर ने उसे कहा। "मुख्य सड़क पर पहुँचने में उसे कम-से-कम बीस मिनट लगेंगे और फिर हम तक पहुँचने में दस मिनट और लगेंगे।"

कौल को इस बात का अच्छे से पता था कि सीने में लगी गोलियाँ सबसे भयंकर प्रकार की इमरजेंसी है। पहले तो उसने उस खुली चोट में मोटी रुई की परत लगाई, पर लगातार हो रही ब्लीडिंग से वह भी हट गई। पर अब वह अपने हाथ से ही उस चोट को बंद करने की कोशिश कर रहा था। खून का नुकसान होना ही उसकी चिंता का विषय था। उसने महसूस किया कि हवा लगने के कारण और खतरा हो सकता है, क्योंकि हवा समय के सीने में जा रही थी। इसके कारण उसके फेफड़े बरबाद हो रहे थे। हालाँकि उसकी मांसपेशियों में दर्द होना शुरू हो गया था, पर कौल ने दबाव बढ़ा दिया और उस छेद को जितना हो सकता था, उतनी जोर से दबाए रखा।

एक महीने में वह दूसरी बार ऐसी दुर्घटना का सामना कर रहा था, पर जब भी वह पहली घटना को याद करता कौल का दिल दुःख से भर जाता था। उसके अपने नर्सिंग असिस्टेंट, राइफलमैन रंधीर को एक हफ्ता पहले गरदन में तब गोली लगी थी, जब वह एक घायल सैनिक को घसीटकर ले जा रहा था। उस समय उसके पास कोई राइफल भी नहीं थी। उस समय उसके हाथ में मोरफिन का एक इंजेक्शन था, जिसे उसने दर्द में कराहते हुए सैनिक के लिए रखा था, जिसके घुटने ताबड़तोड़ बुलेट लगने से दर्द में थे। उसके कंधे पर दवाइयों और फील्ड ड्रेसिंग का एक बैकपैक था। वह अभी तीस साल का भी नहीं था और उसका मृत शरीर बॉडीबैग में भेज दिया गया था। उसके सिर पर किसी प्रकार की बदनामी का कलंक भी नहीं लगेगा, क्योंकि वह देश की रक्षा की खातिर बाहरी दुश्मनों से लड़ा और बुलेट के रूप में मौत उसके सामने आ खड़ी हुई। अपने लोगों के विरुद्ध हो रही लड़ाई में वह खुद मारा गया। किसी प्रकार के विद्रोह से लड़ना सेना का काम नहीं था; यहाँ तक कि वह राइफलमैन रंधीर का भी काम नहीं था, जो सेना में शामिल हुआ था, यहाँ तक कि वह कौल भी इसके लिए सेना में शामिल नहीं हुए थे।

एक महीने में वह दूसरी बार ऐसी दुर्घटना का सामना कर रहा था, पर जब भी वह पहली घटना को याद करता कौल का दिल दुःख से भर जाता था। उसके अपने नर्सिंग असिस्टेंट, राइफलमैन रंधीर को एक हफ्ता पहले गरदन में तब गोली लगी थी, जब वह एक घायल सैनिक को घसीटकर ले जा रहा था।

रंधीर की मौत के सदमे से वह सँभल पाए ही थे कि कौल ने अपने कमांडिंग ऑफिसर से एक साक्षात्कार के लिए कहा। अपने ऑफिसर को सलाम करते हुए कौल ने उन्हें कहा कि वह सेना छोड़ना चाहते थे। कौल ने बताया कि उनका एक कॉलेज का साथी महाराष्ट्र के किसी गाँव में एक एन.जी.ओ. चला रहा है और पिछले इलाके में लोगों को मूलभूत स्वास्थ्य सुविधाएँ प्रदान कर रहा है और कौल को ऐसा लगता है कि वह वहाँ देश की सेवा और बेहतर तरीके से कर पाएगा।

उसके सी.ओ. ने उसे बहुत ध्यान से सुना, उसे घर में रात्रिभोज के लिए

आमंत्रित किया और बहुत प्यार से कहा कि वह एक महीने के लिए अपने घर जाए और इस निर्णय के बारे में फिर से सोचे। सीओ ने कहा, "तुम्हारी अर्जी मेरी दराज में है और जब तुम वापस आओगे, तभी मैं यह आगे बढ़ाऊँगा। सेना को अभी भी इस युद्ध से जूझना है। कभी-कभी युद्ध में मासूम लोग मारे जाते हैं और हमें इस बात को भी स्वीकारना पड़ता है। इस बारे में फिर से सोचना और जब तुम वापस आओगे, तब हम इस बारे में फिर से बात करेंगे। फिर इस संबंध में अपडेट लिया जाएगा, सही है?" सी.ओ. ने मुसकराते हुए यह बात कही। उन्हें पता था कि कौल की जल्द ही शादी भी होनेवाली है।

कौल की छुट्टियाँ पंद्रह दिन के बाद शुरू होनी थीं।

उसके सी.ओ. ने उसे बहुत ध्यान से सुना, उसे घर में रात्रिभोज के लिए आमंत्रित किया और बहुत प्यार से कहा कि वह एक महीने के लिए अपने घर जाए और इस निर्णय के बारे में फिर से सोचे। सीओ ने कहा, "तुम्हारी अर्जी मेरी दराज में है और जब तुम वापस आओगे, तभी मैं यह आगे बढ़ाऊँगा।"

समय की आँखें फड़फड़ा रही थीं। वह धीरे-धीरे कराह रहा था, कराहते हुए दर्द में उसकी साँसें निकल रही थीं। उतरे हुए चेहरे में युद्धवीर युवा लेफ्टिनेंट चेहरे पर जमे पसीने की बूँदों को पोंछे जा रहा था। उसने कहा, "साहब, कुछ नहीं होगा आपको, हौसला रखो।"

एक यूनिट डॉक्टर होने की हैसियत से कौल का काम दूसरे लोगों को प्रभावित कर उनमें आत्मविश्वास भरना था। उसे उस स्थिति में भी नियंत्रण में रहना था। जब भी उसके हृदय में अचानक से कोई घबराहट होती, तो वह स्वयं को बार-बार यही कहता, क्योंकि वह सेना के मेडिकल कॉर्पस का कैप्टन था। किसी प्रकार का कोई चांस नहीं लेना चाहिए। सीने में किसी प्रकार के कोई भी छेद को सामान्य छेद की तरह नहीं लेना चाहिए। उसे अपने सर्जरी विभाग के प्रोफेसर की बात याद आई, जो उन्होंने पुणे के आर्म्ड फोर्सेस मेडिकल कॉलेज में इमरजेंसी मेडिसिन के लेक्चर के दौरान कही थी। "जब किसी आदमी के सीने

में छेद होता है, तो हर बार वह घायल व्यक्ति साँस लेने के लिए अपना सीना फुलाता है, उसमें साँस मुँह एवं नाक के जरिए ही नहीं जाती, अपितु उस छेद के जरिए भी जाती है, जिसके कारण फेफड़े बरबाद हो सकते हैं।" प्रोफेसर ने यह बात पूरी क्लास को बताई। कौल को यह बात पूरी तरीके से समझ आ गई थी, क्योंकि समय के शरीर में ऐसा नहीं हो रहा था।

दस मिनट और बीत गए थे। तीन सैनिक अभी भी समय के पास चुपचाप बैठे हुए थे। उसने सही से एक बार भी अपनी आँखें खोली नहीं थीं। सूखी पत्तियों से आती हवाओं के बीच समय के साँस लेने और छोड़ने की आवाज सुनाई दे रही थी। कौल बहुत बेसब्री से प्रार्थना किए जा रहा था कि एंबुलेंस सही समय पर आ जाए। जब उसने ऊपर देखा तो पाया कि युद्धवीर अपनी बोतल का ढक्कन धीरे से खोल रहा था, जिससे समय के मुँह में थोड़ा पानी चला जाए। कौल ने बीच में रोकते हुए कहा, "उसे पानी मत दो।" परेशान युद्धवीर ने अपने हाथ पीछे कर लिये। कौल ने भी अपने हाथ थोड़े पीछे कर लिये थे और उनकी उँगलियाँ गरम खून में डूबी हुई थीं। कौल ने फिर से अपनी हथेली वापस उसी जगह पर रख दी।

दस मिनट और बीत गए थे। तीन सैनिक अभी भी समय के पास चुपचाप बैठे हुए थे। उसने सही से एक बार भी अपनी आँखें खोली नहीं थीं। सूखी पत्तियों से आती हवाओं के बीच समय के साँस लेने और छोड़ने की आवाज सुनाई दे रही थी।

समय ने गिड़गिड़ाकर फिर से पानी माँगा।

कौल ने युद्धवीर से कहा, "थोड़ी रुई गीली करके उसके होंठ गीले कर दो। हम इसे पानी अस्पताल पहुँचने के बाद देंगे।"

युद्धवीर ने वही किया, जैसे उसे कहा गया था। युद्धवीर ने कौल से कहा, "मैं कर्नल यादव का हमेशा सहायक रहा हूँ, कर्नल यादव जो समय के पिताजी हैं। मैं उन्हें हमेशा अपनी साइकिल में बैठाकर स्कूल ले जाता था। एक बार उनका पैर चलती साइकिल की स्टील रिम में फँस गया था और पैर में बुरी तरीके

से चोट लगी थी," वह इस बात को इतने धीमे से कह रहा था, जैसे कि वह किसी को सुनाने की बजाय खुद को सुना रहा हो। "मैं उन्हें सीधे एम.आई. रूम में ले गया। जब घाव की सिलाई हो रही थी, तब उन्होंने अपना सिर मेरे सीने में छिपा दिया था और कहा कि भैया, प्लीज मम्मी को मत बताना।"

समय ने आँखें खोलीं। वह बहुत परेशान होकर उन्हें देख रहा था। कौल ने उसकी ओर देखते हुए कहा, "तुम ठीक हो जाओगे।" कौल की आवाज से ऐसा लग रहा था कि जैसे परेशान होने की कोई बात ही न हो। समय के गले के अंदर से एक अजीब सी बुदबुदाने की आवाज आई। उसके होंठ नीले पड़ते जा रहे थे। उसकी गरदन की नसें अचानक से फूलने लग गई थीं और पतली सी गरदन में तनी हुई लग रही थीं। युद्धवीर समय के ऐंठे हुए शरीर को असहाय होकर पकड़ा हुआ था। उसका सीना एक तरफ से बैठा जा रहा था और दूसरी ओर से फूल रहा था। कौल को समझ आ गया था कि समय का फेफड़ा खराब हो गया है। समय की साँसें धीमी पड़ चुकी थीं और बहुत मुश्किल से आ रही थीं। उसने ईश्वर को सीने के घावों को ढककर रखने को कहा और कौल आगे की ओर झुका। उन्होंने समय की नाक बंद कर, समय को अपने मुँह के संपर्क से साँस देनी शुरू कर दी, पर कोई प्रतिक्रिया नहीं आ रही थी। उसने उठकर देखा तो समय की साँस चलनी बंद हो चुकी थी। उसकी आँखें पारदर्शी हो चुकी थीं।

कौल घास पर बैठ गया। समय के हाथ उसके दोनों ओर लटके हुए थे। उसकी आँखों में दुःख और हताशा के आँसू थे। ईश्वर ने कौल की ओर देखा और अपना हाथ हटा लिया, वह पीछे की ओर लुढ़क गया और वह अपनी जाँघों के बल बैठ गया।

कौल घास पर बैठ गया। समय के हाथ उसके दोनों ओर लटके हुए थे। उसकी आँखों में दुःख और हताशा के आँसू थे। ईश्वर ने कौल की ओर देखा और अपना हाथ हटा लिया, वह पीछे की ओर लुढ़क गया और वह अपनी जाँघों के बल बैठ गया। वह देखता रहा कि उसके सामने मृत पड़े कंपनी कमांडर के सीने से खून निकले जा रहा था। फिर वह जोर-जोर से रोने लगा। युद्धवीर को इस बात पर भरोसा नहीं हुआ। समय के जीवनरहित शरीर को देखकर उसने कहा, "डॉक्टर साहब, आपने इतनी जल्दी हार क्यों मान ली?"

कौल ने खून से सने हाथों को अपनी कमीज में पोंछा और समय की आँखें धीरे से बंद कर लीं। उसने कहा, “अब कुछ नहीं हो सकता, युद्धवीर साहब।”

युद्धवीर भौचक्का रह गया। “एक दिन वह हमारी यूनिट के प्रमुख बनते। जब मैंने एक बार उनसे कहा, तो वह जोर से हँसने लग गए और फिर कहने लगे, ‘आप तब तक रिटायर हो जाओगे, युद्धवीर भैया। पर आप मुझसे वादा करो कि आप अपने काले बंद गले वाले सूट में मेरे दरबार में आओगे’।”

युद्धवीर की आवाज अजीब सी हो गई। वह अपने से ही बात कर रहा था। “यादव साहब ने बोला था मुझे, ‘युद्धवीर, समय का ध्यान रखना। वह बच्चा है अभी, कोई अनुभव नहीं है उसे। उसे कोई अनावश्यक जोखिम लेने मत देना’।” उसने फुसफुसाते हुए कहा, “अब मैं कैसे फिर से उनका सामना कर पाऊँगा?” फिर अचानक से उसकी आवाज बदल गई और उसने कहा, “अब मुझे ही कुछ करना पड़ेगा।”

युद्धवीर भौचक्का रह गया। “एक दिन वह हमारी यूनिट के प्रमुख बनते। जब मैंने एक बार उनसे कहा, तो वह जोर से हँसने लग गए और फिर कहने लगे, ‘आप तब तक रिटायर हो जाओगे, युद्धवीर भैया। पर आप मुझसे वादा करो कि आप अपने काले बंद गले वाले सूट में मेरे दरबार में आओगे’।”

कौल ने आँख उठाकर युद्धवीर को देखा। वह यह देखकर चकित रह गया कि वह दुःख अचानक से शांति में कैसे तब्दील हो गया।

युद्धवीर ने अपनी बुलेटप्रूफ वेस्ट को बाँधना शुरू किया। उसने कहा, “ईश्वर खड़ा हो। अब काम करने का वक्त है।” उसने अपने सिर में हेलमेट लगाई और अपनी ठुड्डी की स्ट्रैप को बकल में घुसाया। उसने रेडियो ऑपरेटर को बीच में रोकते हुए कहा, “और, तू सुन मेरी बात··· प्लेटून को कह देना कि घेरे को धीरे-धीरे आगे आने को कहे। सारी नाफ़्री। मैं वहाँ दस मिनट में पहुँच जाऊँगा।” उसकी आवाज में कँपकँपाहट थी और ठंड के कारण उसके दाँत कटकटा रहे थे।

कौल को एक झटका सा लगा। उन्होंने कहा, "क्या कर रहे हैं, युद्धवीर साहब?"

अपनी राइफल तक पहुँचकर युद्धवीर ने जवाब दिया, "बदला ले रहे हैं साहब। हम पूरे गाँव में आग लगा देंगे।"

कौल को उसकी बात पर भरोसा नहीं हुआ। "अब तक आतंकवादी भाग चुके होंगे। अब सिर्फ गाँववाले बाकी रह गए होंगे। किससे बदला लेंगे?"

युद्धवीर का चेहरा भावना-शून्य था। वह दूर तक देख रहा था। "उन्होंने हमसे झूठ बोला। हम उन्हें ऐसा सबक सिखाएँगे कि वह कभी नहीं भूलेंगे।"

कौल डर गया था। "उस गाँव में औरतें और बच्चे भी हैं। आप एक सम्मानित सैनिक हैं। आप ऐसा नहीं कर सकते।" उसने उठकर युद्धवीर के हाथों में हाथ रखकर यह बात कही। उसने युद्धवीर को ऐसे समझाते हुए कहा, जैसे कोई अपने बच्चे से कह रहा हो, "प्लेटून को वापस बुला लो। हम लोग कैंप में वापस जाएँगे और आतंकवादियों के समूह से समय आने पर बदला लेंगे।"

अपनी राइफल तक पहुँचकर युद्धवीर ने जवाब दिया, "बदला ले रहे हैं साहब। हम पूरे गाँव में आग लगा देंगे।" कौल को उसकी बात पर भरोसा नहीं हुआ। "अब तक आतंकवादी भाग चुके होंगे। अब सिर्फ गाँववाले बाकी रह गए होंगे। किससे बदला लेंगे?"

"माफ करना साहब। यह काम तो आज ही होगा।" युद्धवीर ने रूखेपन से कहा। "आपको चिंता करने की जरूरत नहीं है। आप इसमें हमारे साथ नहीं होंगे। आप यहाँ शव के साथ रहिए।"

शाम हो चुकी थी, और जब उसने उस गाँव की ओर मुड़कर देखा, जहाँ गनफाइट हुई थी, कौल को वहाँ लालटेनों से आती रोशनी दिखी। कुछ चिमनियों से धुआँ निकल रहा था। मुरगियाँ भी अपने बाड़े में वापस आ गई थीं, सूअर बाँस की झोंपड़ी के भीतर अपने कमरे में घुस चुके थे, गुलाबी गालों वाले बच्चे, जिनकी नाक बह रही थी, वे भी घर के भीतर घुसकर रात के खाने का इंतजार कर रहे होंगे।

कौल ने सख्त आवाज में कहा, "युद्धवीर साहब, आपका कंपनी कमांडर मर चुका है। मैं एक डॉक्टर जरूर हूँ, पर मैं इस यूनिट का एक अफसर भी हूँ। मैं कंपनी का नेतृत्व करता हूँ। आप मेरा आदेश मानेंगे।" कौल ने काँपते हुए रेडियो ऑपरेटर की ओर मुँह करके कहा। "सैनिकों को वापस बुलाओ, यह मेरा आदेश है।"

युद्धवीर की आँखें खुली-की-खुली रह गईं। "आप एक बाहर के आदमी हैं, साहब। आप इन आदमियों के साथ कितने समय तक रहेंगे। दो साल! मैं इन लोगों के साथ पिछले तीस साल से हूँ। वे आपकी बात नहीं सुनेंगे।"

कौल के हाथ काँप रहे थे। "युद्धवीर साहब, रुक जाओ, नहीं तो मुझे आपकी रिपोर्ट करनी पड़ेगी। आप दस दिनों में अपनी सेवा से रिटायर होनेवाले हैं। आपको जेल जाकर अपनी सेवा की समाप्ति नहीं करनी चाहिए।" वह युद्धवीर के आगे आ गए।

कौल के हाथ काँप रहे थे। "युद्धवीर साहब, रुक जाओ, नहीं तो मुझे आपकी रिपोर्ट करनी पड़ेगी। आप दस दिनों में अपनी सेवा से रिटायर होनेवाले हैं। आपको जेल जाकर अपनी सेवा की समाप्ति नहीं करनी चाहिए।" वह युद्धवीर के आगे आ गए।

युद्धवीर ने अपनी राइफल खोलकर उसमें एक कारतूस भरी। बंदूक को कौल की ओर निशाना बनाते हुए, उसने कहा, "आप मुझे मजबूर कर रहे हैं, साहब..."

लेखक का नोट : कहानी के इस मोड़ पर पाठकों को दो अलग-अलग प्रकार का अंत पढ़ने को मिलेगा। आप इनमें से एक नोट पढ़ सकते हैं या दोनों, और फिर अपने आप तय कर लीजिए कि आपको कौन सा सही लगेगा।

अल्फा

कौल को सदमा सा लगा, "अब आप मुझे मारोगे, साहब?" क्या मुझे मारकर या गाँव को जलाकर समय साहब वापस आ जाएँगे? थोड़ा आगे आकर उसने युद्धवीर के चेहरे में एक थप्पड़ मारा।

युद्धवीर ने उसकी ओर देखा और दुःखी आँखों से अपने बचाव के लिए राइफल को पकड़ लिया। एक अजीब सी आवाज आई। उसमें से एक शॉट और चिल्लाने की आवाज भी आई। शाम के उस समय में चिड़ियाँ भी अपने घोंसलों की ओर जा रही थीं और वे भी उस आवाज से चकित हो गईं। हवा के बहने से घास से भी आवाज आ रही थी और एक-दो बार गोलियों के चलने की आवाज आई।

ईश्वर ने चिल्लाकर कहा, "एंबुलेंस पहुँच गई है, साहब।"

अपने पैरों के पास डॉक्टर के गतिहीन शरीर को देखकर हाथों में राइफल लिये, युद्धवीर ने कहा, "दुगुनी गति से जल्दी भागो, स्ट्रेचर लेकर आओ।" फिर उसने ईश्वर की डरी हुई आँखों को देखा। ये चारों एक एनकाउंटर में मारे गए। समझ गया ? ईश्वर ने सिर हिलाया और अपनी आँखें नीची कर लीं।

अपने पैरों के पास डॉक्टर के गतिहीन शरीर को देखकर हाथों में राइफल लिये, युद्धवीर ने कहा, "दुगुनी गति से जल्दी भागो, स्ट्रेचर लेकर आओ।" फिर उसने ईश्वर की डरी हुई आँखों को देखा। ये चारों एक एनकाउंटर में मारे गए। समझ गया ? ईश्वर ने सिर हिलाया और अपनी आँखें नीची कर लीं।

युद्धवीर ने पीछे मुड़कर डरे हुए रेडियो ऑपरेटर की ओर देखा। उसने कहा, "प्लेटून को कहना, मैं अगले दस मिनट में उनके साथ आऊँगा, तुम अपनी बुलेटप्रूफ जैकेट पहनकर मेरे साथ आना।"

इसके बाद युद्धवीर नीचे झुका और डॉक्टर के गतिहीन शरीर के पास पड़ी खाली कारतूसों को उठाया और फिर घने बाँस के जंगलों में घुस गया और उसके गालों में आँसू बहे जा रहे थे।

शाबाश

कौल को बहुत हैरानी हुई। उसने युद्धवीर की दुःखी आँखें देखकर कहा, "अब आप मुझे मारोगे, साहब ? मुझे मारकर या गाँव में आग लगाकर हम समय को वापस नहीं ला सकते हैं। मैं आपको यह करने नहीं दूँगा।"

युद्धवीर ने अपनी सुरक्षा के लिए राइफल निकाली। अपने-अपने घोंसलों में चिड़ियाँ बहुत जोरों से चहचहा रही थीं। घास से हवा की सरसराहट की आवाज तेजी से आ रही थी। सड़क के नीचे से टायरों की आवाज तेजी से आ रही थी।

ईश्वर जोरों से चिल्लाया, "एंबुलेंस पहुँच गई है, साहब।"

कौल युद्धवीर की तरफ आगे बढ़ा और उसके गाल में जोरों का थप्पड़ मारा और उसके हाथों से राइफल ले ली। उसने कहा, "लाशों को एंबुलेंस में चढ़ाओ।"

पंद्रह दिन के बाद

अरुणाचल के घने हरे जंगलों के बीच से सेना की बस धीरे-धीरे गुजर रही थी, जहाँ पेड़ों से होकर ऑर्किड नीचे गिर रहे थे और रोड के किनारे से नीली-हरी नदी कलकल करके बह रही थी। उसका सफेद बालुका किनारा सूरज की रोशनी में चमक रहा था। सेना के काफिले को लेकर गुवाहाटी के ट्रांजिट कैंप में ले जाया जा रहा था, जहाँ से वे ट्रेन लेकर या फ्लाइट से अपने-अपने गृहप्रदेश जाएँगे।

सबके अंदर घर जाने की भावना प्रवृत्त थी, क्योंकि सारे सैनिक अपने परिवारवालों से या अपने अजीज लोगों से मिलना चाहते थे। युद्धवीर खिड़की से बाहर देख रहा था और हवा के झोंके उसके बालों को उड़ा रहे थे। उसके बगल में बैठे एक सुंदर से दिखनेवाले युवा अफसर, जो जींस और सफेद टी-शर्ट पहने हुए था, ने पूछा, "क्या सोच रहे हैं, युद्धवीर साहब?"

कौल मुसकराए, "यह वरदी जो हमने पहनी है, उसे पहनकर हम लोगों ने यह निर्णय लिया है कि इसे पहने हम जिंदगी, मौत, दुःख-सुख में और यहाँ तक कि जिंदगी में जब भावनात्मक उतार-चढ़ाव आ जाए, हम हमेशा के लिए एक-दूसरे के भाई बनकर रहेंगे। अगर एक जवान दूसरे जवान का दुःख नहीं समझेगा, तो कौन समझेगा?"

युद्धवीर उसे देखने के लिए पीछे मुड़ा और कहा, "साहब, मैं यह सोच

रहा हूँ कि उस दिन आपने मेरे व्यवहार के बारे में रिपोर्ट क्यों नहीं की ?"

कौल मुसकराए, "यह वरदी जो हमने पहनी है, उसे पहनकर हम लोगों ने यह निर्णय लिया है कि इसे पहने हम जिंदगी, मौत, दुःख-सुख में और यहाँ तक कि जिंदगी में जब भावनात्मक उतार-चढ़ाव आ जाए, हम हमेशा के लिए एक-दूसरे के भाई बनकर रहेंगे। अगर एक जवान दूसरे जवान का दुःख नहीं समझेगा, तो कौन समझेगा ?"

युद्धवीर ने कहा, "डॉक्टर साहब, मुझे यह मानना पड़ेगा कि आप एक बहादुर इनसान हैं। आप थोड़ा भी नहीं डरे, एक क्षण के लिए भी नहीं।"

कौल ने बहुत गंभीरता से यह कहा, "क्या मैं आपको एक सच्चाई बताऊँ युद्धवीर साहब ? मौत की बात से आपने मुझे घबरा दिया था, पर मैं एक्टिंग बहुत अच्छी कर लेता हूँ।"

दोनों जोर-जोर से हँसने लगे और उन्हें देख दूसरे जवान भी अपने सिर हिलाकर मुसकराने लग गए। कौल ने अपने स्लिंग बैग से एक स्लिप निकाली और युद्धवीर को एक लिफाफा पकड़ाया।

कौल ने कहा, "मेरी शादी होनेवाली है, साहब। मेरी शादी में आपको आना पड़ेगा, काले बंद गले का सूट पहनकर।"

युद्धवीर ने जवाब दिया, "जरूर आऊँगा साहब, सूट सिलवाना पड़ेगा।" और फिर उसने सीट में अपना सिर पीछे की ओर किया और अपनी आँखें बंद कर लीं। वह अपनी बंद आँखों से समय को देख रहा था, जो कहीं दूर बैठा युद्धवीर को देख मुसकरा रहा था।

□

मृत्यु की कहानी

पचास साल की उम्र में भी अपनी तीखी मूँछों, सफेद दाढ़ी और शराब सी लाल पगड़ी में कर्नल एक स्टाइलिश व्यक्ति लगते थे। जब वे अपना पेट अंदर कर रुआब से चलते थे, तो लगता था कि उन पिछले उनतीस वर्षों से, जो ओलिव ग्रीन वरदी उन्होंने पहनी है, उससे उन्होंने लोगों के बीच हमेशा अपना ध्यान आकर्षित किया है—अगर वे बार में अपने लिए व्हिस्की का एक बड़ा पटियाला पैग बनाने जा रहे हों, तो वे पैग भी उनका इंतजार कर रहा होगा।

उनकी नई पत्नी (दूसरी श्रीमती शेरगिल) उन्हें 'साहिब' कहकर बुलाती थी, जो उनसे उम्र में करीब सत्रह साल छोटी थी, उन्हें किसी ने कर्नल को उनके नाम से पुकारते कभी भी नहीं सुना होगा। इसलिए उनके पड़ोसी भी कहते थे कि उनकी यह पत्नी उनके साथ हमेशा रहेगी। पड़ोस के लोग आपस में फुसफुसाते थे कि 'रीनू नाम की यह महिला स्मार्ट है, वह पहले वाली की तरह बेवकूफ नहीं है, जो नौकरानी को कान के पीछे का निशान दिखाती थी, जो दीवार में सिर मारने के बाद अपने कान के पीछे के गहरे घाव दिखाती थी।'

कर्नल को पार्टियाँ पसंद थीं और साथ में औरतों का साथ भी। वे अपने गिलास में बर्फ के टुकड़े डालते और उसी तरह अपना गिलास हिलाते हुए निकल जाते, जहाँ औरतें होतीं, उन सबका अपना सिर झुकाकर अभिवादन करते। उनकी चमकती हुई आँखें करीब अपने से दस साल छोटी पत्नी को खोज ही लेतीं, वहीं अन्य लोगों की पत्नियाँ मोटी, उम्रदराज होतीं, अपनी इस नई पत्नी का साथ उन्हें खुशियों से भर देता। वह महिला भी दूसरों को खुश करने के लिए हमेशा तैयार रहती, वे बहुत ही विनीत स्वर में जैसे कॉन्वेंट से पढ़ी सुशिक्षित

लड़कियाँ होतीं, उनकी तरह सबसे बड़े अदब से 'गुड ईवनिंग' कहतीं, जो उनकी पहली पत्नी कभी नहीं कह पाई।

वह कई बार अपनी पहली शादी के डर को याद करते। उन्होंने उस मोटी, काली, अशिक्षित गाँव की महिला के साथ उनतीस साल गुजारे, जिसकी लंबी चोटी थी, सिर में बड़ी सी मेरून बिंदी होती और उसके पेट में कितने ही टायर बने होते थे। उनके पिताजी स्वर्गीय हिम्मतसिंह शेरगिल ने वह लड़की उनके लिए देखी थी, शेरगिल साहब के पाँचों बेटों को उन्हें 'ना' कहने की हिम्मत नहीं थी। बूढ़े सरदारजी अपनी जुबान के पक्के थे, एक दिन वह एक गाँव में अपने मरणासन्न दोस्त से मिलने के लिए गए और उन्हें जुबान दे दी कि वे उनकी बिन माँ की बेटी की देखभाल करेंगे। वे उसे ट्रेन में घर ले आए, उसके लिए सलवार-कमीज के पाँच नए जोड़े ले आए, साथ में दो सोने की चूड़ियाँ, एक बड़ा सा फुलकारी का दुपट्टा और उन्होंने अपने नए-नए कमिशन्ड लड़के को आदेश दिया कि वह गुरुद्वारे में उसके साथ फेरे ले ले और जिंदगी भर के लिए सुखी रखे। उस समय के नए-नवेले कैप्टन, जो इंफेंट्री स्कूल से कमांडो डैगर बनकर निकले थे और उनके सामने उनका सुनहरा भविष्य था, चाहे कैप्टन को वह लड़की उस समय गँवार और साधारण सी लगी, पर वह अपने पिताजी के सामने कुछ कह नहीं पाए।

वह महिला एक निष्ठावान पत्नी बनकर रही—जो उनका घर सँभालती, उनके तीनों बच्चों का ध्यान रखती, उनके माता-पिता की सेवा करती, सप्ताह के अंत में बटर चिकन बनाती और हफ्ते में दो बार राजमा-चावल बनाती और अपने काले से चेहरे को जबरदस्ती के गोरा बनाने के चक्कर में पाउडर पोत लेती।

वह महिला एक निष्ठावान पत्नी बनकर रही—जो उनका घर सँभालती, उनके तीनों बच्चों का ध्यान रखती, उनके माता-पिता की सेवा करती, सप्ताह के अंत में बटर चिकन बनाती और हफ्ते में दो बार राजमा-चावल बनाती और अपने काले से चेहरे को जबरदस्ती के गोरा बनाने के चक्कर में पाउडर पोत लेती। साल बीतते गए और बच्चे बड़े हो गए। उन लोगों का एक-दूसरे से काम का रिश्ता था, पर कोई साहचर्य नहीं था। हालाँकि वे एक निष्ठावान पत्नी बनी

रहीं, पर कर्नल के मन में उनके लिए कोई प्यार नहीं था, कर्नल भी स्वयं को पूरी तरह से काम में व्यस्त रखते, जितना ज्यादा हो सकता, उतना फील्ड के कामों में लगे रहते। उनकी पत्नी अपने पति पर गर्व महसूस करती, पति के कमर तक के लंबे बालों में हर रविवार को तेल लगाती, उन्हें सिर तक फिर बाँधकर चोटी करती और पैरों की भी मालिश किया करती। कभी-कभी वे उनकी मूँछों में से सफेद बाल भी हटा देती, उनके सुंदर चेहरे को देखकर खुश होती, पर वह कर्नल अपनी पत्नी के साधारणपन से घृणा करता।

फिर एक शाम, जब ब्रिटिश काल के बने एक पुराने बँगले के बरामदे में बैठे हुए थे और जगजीत सिंह को सुन रहे थे, उनके हाथों में व्हिस्की का एक गिलास था, वह बारिश होते देख रहे थे और उन्होंने सोचा कि अब वे इस महिला से मुक्ति चाहते हैं। उनके पिताजी को भी मरे हुए चार साल हो गए थे। बच्चे भी दूर चले गए थे—उनकी बड़ी बेटी की शादी कनाडा में रह रहे एक अप्रवासी से हो गई थी, उनका बेटा भी सेना में शामिल हो गया था और उनकी सबसे छोटी बेटी, जो बचपन से ही पढ़ने में बहुत तेज थी, भी एक मेडिकल कॉलेज में पढ़ने चले गई थी।

रविवार को उस दिन बहुत तेज बादल कड़के थे और बादलों से भरे आकाश में तेजी से बिजली कड़क रही थी। श्रीमती शेरगिल ने अपने बाल धोए थे और बालों से पानी की बूँदें टाइल्स पर गिर रही थीं और वे 'ग्रंथ साहिब' के सामने नंगे पैर खड़ी थीं, जहाँ वे हर सुबह पाठ करती थीं।

रविवार को उस दिन बहुत तेज बादल कड़के थे और बादलों से भरे आकाश में तेजी से बिजली कड़क रही थी। श्रीमती शेरगिल ने अपने बाल धोए थे और बालों से पानी की बूँदें टाइल्स पर गिर रही थीं और वे 'ग्रंथ साहिब' के सामने नंगे पैर खड़ी थीं, जहाँ वे हर सुबह पाठ करती थीं। जैसे ही वे ज्योत जलाने के लिए थोड़ा आगे झुकीं, तो माचिस से निकलती आग को बुझने से रोकने के लिए उन्होंने अपने दूसरे हाथ का सहारा लिया, जब कर्नल धीमे से पीछे से आ रहे थे, तो वे पीछे नहीं मुड़ीं। कर्नल को कमांडो कोर्स की ट्रेनिंग के दौरान ऐसा करना सिखाया गया था। उनके हाथ में पिस्तौल पत्नी के माथे से करीब एक इंच दूरी पर थी, उसमें साइलेंसर भी लगा हुआ था। हमेशा की तरह कर्नल

का हाथ स्थिर था और एक ही क्षण में कहानी खत्म हो गई।

ज्योत अभी भी जल रही थी और तभी एंबुलेंस आ गई, बंदूक की आवाज सुनकर चारों ओर लोग जमा हो गए, अपने बासेप्स की मजबूती की खुशफहमी लिए वह अपनी पत्नी को बाँहों में उठाकर बाहर निकला। वह बच्चों के जाने के बाद अवसाद में चली गई थी और उन्होंने आत्महत्या कर ली थी और स्वयं को पिस्तौल से मार डाला, उन्होंने अपनी पत्नी को बड़े प्यार से पिस्तौल का इस्तेमाल करना सिखाया था। इसलिए यह मान भी लिया गया, क्योंकि उन्होंने लोगों के बीच इस बारे में कुछ भी नहीं कहा और न ही किसी ने इस बारे में उनसे पूछा।

इस तरह डेढ़ साल बीत गया। उस स्थान पर जमा हुए लोगों के बीच में उनकी नई पत्नी मुसकरा रही थी। उनकी आँखें कजरारी, काजल लगी हुई थी और वह लाल रंग की सिल्क की कशीदाकारी की हुई साड़ी पहने थी। उनके बालों से खुशबूदार मोगरे के फूलों की खुशबू आ रही थी और माँग के बीच में लाल सिंदूर चमक रहा था। उन्हें वह नई पत्नी गाँव के किसी गरीब परिवार से मिली थी, जिन्हें कर्नल साहब को अपने दामाद के रूप में पाकर बहुत गर्व था। वे पिछले कुछ वर्षों से आर्थिक रूप से उस परिवार की मदद भी कर रहे थे और उन्होंने वहीं पर इस सुंदर लड़की को हलके रंग का सूती सलवार-कमीज पहने देखा था। जब कर्नल अपनी काली स्कॉर्पियो से जा रहे थे तो अपने चश्मे से उस लड़की की चमकती आँखों को नोटिस किया।

इस तरह डेढ़ साल बीत गया। उस स्थान पर जमा हुए लोगों के बीच में उनकी नई पत्नी मुसकरा रही थी। उनकी आँखें कजरारी, काजल लगी हुई थी और वह लाल रंग की सिल्क की कशीदाकारी की हुई साड़ी पहने थी।

उन्होंने उसी समय लड़की के पिता के सामने सरपंच के जरिए लड़की का हाथ माँगने का प्रस्ताव रखा और उनका परिवार मान गया। लड़की के परिवारवालों को लगा कि पहली पत्नी की मौत के बाद का एक साल का समय

सही रहेगा और फिर उन्होंने एक साधारण रीति-रिवाज से विवाह कर दिया, जिसका सारा खर्चा कर्नल ने अपने सिर लिया था। कई लंबे सालों से उन्हें इसका इंतजार था। वह एक सुंदर तसवीर सी थी, जो कर्नल की याददाश्त में धुँधला चुकी थी—वह चेहरा काला, बड़े गालों वाली औरत, जिसमें लाल रंग का सिंदूर उनके माथे की माँग से कानों तक और उनके शर्ट की आस्तीनों तक गया हुआ था।

'युद्ध में दोनों तरफ की क्षतियों को स्वीकारा जाता है। युद्ध जीतने के लिए जीवन का बलिदान भी देना होता है,' युद्ध एवं रणनीति के वक्त एकेडमी इंस्ट्रक्टर की सिखाई गई यह बात उनके कानों में गूँज रही थी। कर्नल ने अपनी मुसकराती हुई पत्नी की ओर देख गिलास उठाया, फिर उसे खाली किया और बार में ले जाकर उसे फिर से भर दिया।

□

सियाचिन में बचाव

सियाचिन ग्लेशियर में, जो गुलाबी सिया नाम के फूलों के नाम पर रखा गया है, वे लंबी ठंड के गुजर जाने के बाद गरमी के महीने में लद्दाख में खिलते हैं। सियाचिन बेस कैंप और पॉइंट 4212 के बीच की आवाजाही बंद हो चुकी थी और अगली गरमी में जब सूरज की गरमी से बर्फ पिघलेगी, तब ही आवाजाही शुरू होगी।

सियाचिन में कोई फूल नहीं खिलते। एक लंबी–चौड़ी बर्फ की चादर यह सुनिश्चित कर देती है कि जिंदगी रुक सी गई है। हर वर्ष सर्दियों के दिनों में बर्फ की यह चादर और मोटी हो जाती है, दरारों के मुँह बंद हो जाते हैं, किनारे इतने अस्पष्ट हो जाते हैं कि रास्ते का अंदाजा लगाना बहुत मुश्किल हो जाता है। आदमी अगर पूरी सावधानी के साथ अपना पैर न रखे, तो पता नहीं उसके पैर बर्फ में कितने नीचे तक जाएँगे और हो सकता है उसकी दर्दनाक मौत भी हो जाए।

पॉइंट 4212 सर्दियों के लिए एक कटऑफ पोस्ट थी, इसका मतलब सर्दियों में वहाँ बहुत बर्फ पड़ जाती है, यहाँ तक कि हेलिकॉप्टर भी वहाँ राशन और मेडिकल सप्लाई गिराने के लिए उड़कर नहीं आ सकते। हर सितंबर में, पोस्ट में भोजन और मिट्टी का तेल जमा कर लिया जाता, आपातकालीन दवाएँ वितरित कर दी जातीं और बेस कैंप और पॉइंट 4212 में रहनेवाले सैनिकों के बीच एक अच्छी सी झप्पी भी पा ली जाती। उस बर्फीले क्षेत्र में पहले सात लोगों की टीम अपनी यात्रा शुरू करती, अगले छह घंटे पैदल चलने के बाद वे छोटी सी फाइबरग्लास की झोंपड़ी में जाते, जो पूरी सर्दियों में उनका दूसरा घर होता। इन सैनिकों के लिए उनकी जिंदगी के ये सबसे लंबे छह महीने होते। लगातार

गिरती बर्फ उन्हें अगले छह महीने दुनिया से काटकर रखती। फिर जब मार्च में बर्फ पिघलती, तो फिर नए सैनिक उनके बदले वहाँ आते, वे फिर से बेस कैंप में आते और फिर एक-एक कर अपने गृह प्रदेश चले जाते।

ऐसे सब जीरो तापमान में अकेले इतने महीने बिताते समय सैनिकों को सिर्फ दो चीजों से गरमाहट मिलती—एक तो मिट्टी के तेल की बुखारी से, जो उनके फाइबर-हट में 24×7 जलते रहता और दूसरा पीले रंग की साड़ी में माधुरी दीक्षित के पोस्टर, जो हमेशा उनकी दीवार में लगे मुसकराते रहते। इस मौसम की सनक के कारण साड़ी कई जगहों से हलके रंग की हो गई थी, पर उनकी मुसकराहट का जादू पहले जैसा ही था और अभी भी उस मुसकराहट में इतनी शक्ति थी कि वह ठंडे पड़े दिलों को ताकत दे जाए।

ऐसे सब जीरो तापमान में अकेले इतने महीने बिताते समय सैनिकों को सिर्फ दो चीजों से गरमाहट मिलती—एक तो मिट्टी के तेल की बुखारी से, जो उनके फाइबर-हट में 24×7 जलते रहता और दूसरा पीले रंग की साड़ी में माधुरी दीक्षित के पोस्टर, जो हमेशा उनकी दीवार में लगे मुसकराते रहते।

इस लंबे काल में पॉइंट 4212 के पास आनेवाले यात्रियों में पिस्ता एवं पिस्ती ही दो पशु थे, जो बड़े ही विशाल एवं दोस्ताना थे और वे बेस कैंप में रहते थे, वे अधिकतर बावर्ची के घर के पास कैंप किए हुए रहते और लोहे की जालियों में पकते मीट के टुकड़े ताजी रोटियों के साथ सने हो, उसकी खुशबू से आकृष्ट होकर वे लंगर तक पहुँच जाते। इतने सालों में, उन्हें पॉइंट 4212 तक चिट्ठी-पत्री ले जाने के लिए प्रशिक्षित कर दिया गया था, जिसके बदले पुरस्कार के रूप में उन्हें मछली और मीट दिया जाता था। उस बेकार से मौसम में पूरी तरह से रम जाने के बाद, अपने आकार में बड़े होने के बाद उनके पैर बहुत हलके रहते और बर्फ की सतह को आसानी से पा लेते और एक आदमी को भी खोज लेते थे।

हर हफ्ते एक चीता हेलिकॉप्टर सैनिकों के लिए लिखी जानेवाली चिट्ठियों पार्सेल बेसकैंप में गिराता, जिसमें साथ में भोजन और दवाइयों के पैकेट होते और फिर सारी वस्तुएँ पीक 4212 तक पहुँचाने के लिए कुत्तों के गले में पट्टे

के साथ बाँध दी जातीं। फिर वे दोनों कुत्ते तुरंत आगे पोस्ट के लिए निकल जाते, क्योंकि उन्हें पता होता कि आगे डिब्बाबंद मीट और लोगों का प्यार उनके स्वागत में तैयार होता। सैनिकों के साथ 4212 में कुछ समय बिताने के बाद वे फिर से बेस कैंप में आ जाते, फिर अगली यात्रा के लिए तैयार होते, जिसमें चिट्ठियों का अगला जत्था तैयार होता।

कुछ दिनों के बाद पिस्ता और पिस्ती के साथ एक और कुत्ता उनकी साप्ताहिक गतिविधि के लिए जुड़ गया। वह एक बड़ा सा कुत्ता था, जिसके काफी घने फर थे और धुँधली सफेद पूँछ थी, जो काजू की तरह मुड़ी हुई थी, जिसके कारण जवान उसे काजू कहते थे। जब पिस्ता और पिस्ती जवानों पर कूदते, उनके चेहरों को चाटते और उनकी पैंटों के बीच घुसकर टेढ़ा होकर अपनी पीठ रगड़ते, काजू इस तरह के प्यार के दिखावे में नहीं घुसता। वह अकेला था और अकेले ही रहता और जवानों के बीच तभी घुसता, जब उसे खाना दिया जाता। नहीं तो कुछ दूर वह बर्फ में बैठा रहता और अपनी बड़ी सी काली नाक अपनी घुमावदार पूँछ के अंदर घुसाए रहता, जिससे उसे ठंडा न लगे। उसे किसी भी प्रकार का प्यार करने पर वह एक गहरी आवाज निकाल अपना विरोध प्रदर्शित करता। काजू इतना लंबा रास्ता सिर्फ मीट पाने के लिए करता और इस बारे में कोई शक भी नहीं था।

कुछ दिनों के बाद पिस्ता और पिस्ती के साथ एक और कुत्ता उनकी साप्ताहिक गतिविधि के लिए जुड़ गया। वह एक बड़ा सा कुत्ता था, जिसके काफी घने फर थे और धुँधली सफेद पूँछ थी, जो काजू की तरह मुड़ी हुई थी, जिसके कारण जवान उसे काजू कहते थे।

अब काजू भी पॉइंट 4212 की अकेले यात्रा करने लगा था। जवान उसे कभी अपनी झोंपड़ी के सामने पाते, जहाँ वह थोड़ी देर के लिए भौंकता, जिससे वह लोगों को अपनी उपस्थिति का अहसास करा देता। जवान भी उसका साथ पाने के लिए उसका स्वागत करते और उत्साह से भर जाते। हालाँकि वह जवानों को पूरी तरह से इसके लिए निरुत्साहित करता। लालच में काजू उसे दिए गए

भोजन को पूरी तरह से खत्म कर देता, पूरे मुँह में भर-भरकर खाना खाता और फिर अपनी सफेद इनामेल की प्लेट को सफाचट कर देता। फिर वह अपनी पूँछ से बर्फ को हटाता और फिर बेस कैंप का रास्ता ले लेता। काफी दिनों से वह कोई चिट्ठी लेकर नहीं आया था, पर हर बार उसके आने पर पीक 4212 में उसका स्वागत ही होता। कई दिनों से वहाँ बैठे अकेले व्यक्ति का जब मन नहीं लगता तो उस कुत्ते का आना उनके लिए एक संकेत होता कि इस जमे हुए ग्लेशियर में भी जीवन शेष है।

ऐसी ही एक सुबह एक युवा कंपनी कमांडर कैप्टन रणविजय सिंह, जो एक सुंदर दिखनेवाला सरदार था और उसकी खूब बढ़ी हुई दाढ़ी थी, उसने पतले-दुबले राइफलमैन रंजीत रजवाड़े की पीठ पर जोर से मार उन ऊबे हुए लोगों से कहा, "खड़े हो जाओ मेरे शेरों। इससे पहले कि मौसम फिर से खराब हो जाए, आज की पेट्रोलिंग खत्म करते हैं।" ऐसा कहकर रणविजय उस फाइबरग्लास झोंपड़ी से बाहर आ गया और अपनी आँखों में स्नो गॉगल्स ठीक तरीके से फिट करने लगा।

ऐसी ही एक सुबह एक युवा कंपनी कमांडर कैप्टन रणविजय सिंह, जो एक सुंदर दिखनेवाला सरदार था और उसकी खूब बढ़ी हुई दाढ़ी थी, उसने पतले-दुबले राइफलमैन रंजीत रजवाड़े की पीठ पर जोर से मार उन ऊबे हुए लोगों से कहा, "खड़े हो जाओ मेरे शेरों। इससे पहले कि मौसम फिर से खराब हो जाए, आज की पेट्रोलिंग खत्म करते हैं।"

रजवाड़े ने अपने बर्फ के बूट्स निकाले, गॉगल्स पहने और कैप्टन के पीछे निकल आया और चारों ओर बर्फ की घनी चादर का मुआयना करने लगा। उसने ऊपर देखा तो पाया कि आसमान में बादल छा रहे हैं। उसे इस दुनिया के विभिन्न स्वरूपों के बारे में सोचकर आश्चर्य सा हुआ। अभी सुबह, सूरज की किरणें इतनी तेज और चुभने वाली थी कि वह अपनी टी-शर्ट पहनकर झोंपड़ी से बाहर निकला था और जब वापस आया, तो उसकी बाँहों में सनबर्न हो चुका था। उसके ठीक बाद, धीरे-धीरे बादल जमा होने लग गए और फिर तापमान नीचे गिरकर जमा देनेवाला हो गया।

ग्लेशियर में सबको पता था कि साफ आसमान का अर्थ यही है कि जल्द

ही बर्फ की आँधियाँ और तूफान आएगा, जब हवा की गति 150 कि.मी. प्रतिघंटा होगी, जिसे संप्रेषण के एंटीना भी हिला जाएँगे, स्नोमोबाइल्स के लंगर भी उखड़ जाएँगे और यहाँ तक कि वह झोंपड़ी के फाइबरग्लास के दरवाजों को भी उखाड़ ले जाएगी। इसके साथ ही, हर आनेवाले तूफान से पहले सैनिकों को एक जरूरी ड्रिल करनी ही होती है। सैनिक पेट्रोलिंग करते हुए उनकी वहाँ की जीवन रेखा, अर्थात् संप्रेषण के तारों को देखने के लिए जाते हैं कि सही स्थिति में है अथवा नहीं।

एक-दूसरे को उन्होंने रस्सियों से बाँध रखा था, क्योंकि अगर कोई किसी दरार में गिर जाए तो अन्य उसे खींचकर निकाल लेंगे—सैनिकों ने अपनी झोंपड़ी छोड़ दी और कम्युनिकेशन्स की लाइंस को फॉलो करना शुरू किया।

"हम दो घंटों में वापस आ जाएँगे, अधिकतम तीन घंटों में। नहीं तो फिर हम तूफान में फँस जाएँगे। चलो, समय बरबाद नहीं करते।" रणविजय ने अपने पेट्रोलिंग रणविजय से कहा और साथ में अन्य चार भी उनके साथ हो लिये। सारे जवान, स्नोसूट पहने हुए थे, उनके चेहरे मोटे ओलिवग्रीन बालाक्लावा से ढके हुए थे और उन्होंने बड़े-बड़े गॉगल्स पहने थे, उन सबने अपने कमांडर की बात पर हामी भरी। एक-दूसरे को उन्होंने रस्सियों से बाँध रखा था, क्योंकि अगर कोई किसी दरार में गिर जाए तो अन्य उसे खींचकर निकाल लेंगे—सैनिकों ने अपनी झोंपड़ी छोड़ दी और कम्युनिकेशन्स की लाइंस को फॉलो करना शुरू किया। उनका काम यह देखना था कि तारें कहीं बर्फ में दबी तो नहीं हैं, अगर दबी हैं तो वे उन्हें बाहर निकालते और बर्फ से भरे जैरी कैन में उन्हें बाँध खींचते। इस काम में धीरे-धीरे सफलता हाथ लगती। तापमान माइनस 40 डिग्री सेल्सियस जा चुका था और या तो हो सकता है कि उन्हें इसकी आदत पड़ जाती है, 21,000 फीट की ऊँचाई पर चलने से उनके फेफड़े थक जाते हैं, क्योंकि हवा में ऑक्सीजन की मात्रा बहुत कम होती है, इसलिए साँस लेने में बहुत मुश्किल होती है। इतने भारी-भरकम तीन लेयर वाले स्नोसूट, बूट्स को पहनकर चलना अपने आप में किसी उपलब्धि से कम नहीं था, कभी-कभी बीस मीटर का रास्ता तय करने में

उन्हें करीब एक घंटा लग जाता, क्योंकि उसके पीछे बहुत मेहनत करनी पड़ती थी। जब वे सैनिक धीरे-धीरे उस खुले से स्थल में पहुँच रहे थे—तो उन्हें दूर से पाकिस्तानी सैनिकों की झोंपड़ियाँ दिखाई देती—वहाँ उस सफेद निर्जन स्थल में पैरों के काले दाग उन्हें इस बात का अहसास कराते कि उस स्थान में प्रहरी के रूप में खड़े रहने के पीछे का कारण क्या है?

यह सुनिश्चित करके कि सभी चीजें सही हैं, वे फिर अपने चिह्नित की हुई जगह में वापस आ जाते। रणविजय ने अपनी मजबूत कलाई से रस्सी घुमाई। यह इस बात का संकेत था कि पेट्रोलिंग अब वापस चलकर और अपने रहने की जगह की ओर जाए। रस्सी के दूसरे सिरे वाला सैनिक मुड़ चुका था, पर तब तक उन्हें कुछ रोने की आवाज सुनाई दी। उन्हें ऐसा लगा कि किसी हिमदरार के अंदर से किसी सैनिक की आवाज आ रही है। चूँकि रजवाड़ा उस स्थान के पास था, इसलिए उस छेद के पास गया और अंदर झाँकने लगा। उसे यह महसूस हो रहा था कि अंदर एक झबरा और बड़ा सा कुत्ता फँसा हुआ है, पर्वत के किनारे वह करीब बीस मीटर नीचे बाहर निकलने की कोशिश कर रहा था। जब उसकी आँखों ने उस छाया को देखा, तो उसने काजू को पहचान लिया। काजू ने भी सैनिक की खुशबू से उसे पहचान लिया और अब वह बहुत ही दर्द भरी आवाज में भौंक रहा था, रजवाड़ा भी इस बात का ध्यान रखे था कि काजू के भौंकने से वह अपनी सीमा को पार न कर जाए, इसलिए उसने अपना संतुलन बना रखा था। रजवाड़े ने यह सोचा कि हो सकता है कि काजू पाइंट 4212 की ओर आ रहा होगा और बीच में वह इस हिमदरार में गिर गया होगा, पर वह भाग्यशाली था कि वह बीच में एक टूटी चट्टान में अटक गया, अन्यथा उसने तो दम तोड़ दिया होता। अभी तक काजू को कोई चोट नहीं पहुँची थी, पर ऐसा कोई तरीका नहीं था, जिससे वह खुद से बाहर आ जाए।

यह सुनिश्चित करके कि सभी चीजें सही हैं, वे फिर अपने चिह्नित की हुई जगह में वापस आ जाते। रणविजय ने अपनी मजबूत कलाई से रस्सी घुमाई। यह इस बात का संकेत था कि पेट्रोलिंग अब वापस चलकर और अपने रहने की जगह की ओर जाए।

❖

अपने सैनिकों की ओर मुड़कर रजवाड़े ने अपने सैनिकों को आगाह किए बिना किसी लाग-लपेट के सीधे-सपाट कहा कि 'अंदर काजू है। वह दरार के भीतर गिर गया है, अगर हम उसे नहीं बचाएँगे तो वह मर जाएगा।'

राइफलमैन होशियार सिंह ने रजवाड़े को पीछे से देखते हुए कहा, "हमें उसका जीवन बचाना है साहबजी।" होशियार सिंह एक लंबा और बलवान जाट था, जिसकी एक पत्नी, चार बच्चे और दो कुत्ते गाँव में रहते थे। होशियार सिंह पहली बार सबके सामने अपनी भावनाओं को व्यक्त कर रहा था।

रणविजय ने उसे बीच में टोकते हुए कहा, "क्या तुम पागल हो? एक कुत्ते को बचाने के लिए मैं अपना एक भी आदमी खो नहीं सकता।"

उसके बाद एक लंबी बहस हुई। अधिकांश लोगों ने इसी बात पर सहमति प्रकट की कि काजू को ऐसे छोड़ा नहीं जा सकता और अगर उसे छोड़ दिया गया तो वह मर जाएगा, पर रणविजय इसके पीछे के जोखिम को लेकर सशंकित था। इसके साथ ही देर भी होती जा रही थी। उन्हें एक तूफान की आशंका थी और कैंप पहुँचने में अभी एक घंटा लगना बाकी था।

उसके बाद एक लंबी बहस हुई। अधिकांश लोगों ने इसी बात पर सहमति प्रकट की कि काजू को ऐसे छोड़ा नहीं जा सकता और अगर उसे छोड़ दिया गया तो वह मर जाएगा, पर रणविजय इसके पीछे के जोखिम को लेकर सशंकित था। इसके साथ ही देर भी होती जा रही थी।

होशियार सिंह अपनी बात पर अड़ा हुआ था। उसने क्रोध में कहा, "वह दोस्त है हमारा, साहब। हम उसे मरने के लिए नहीं छोड़ सकते, साथ ही वह हिमदरार में स्वेच्छा से नीचे जाने को भी तैयार था।"

रणविजय ने हताश होकर कहा, "मुझे भी काजू के लिए बुरा लग रहा है, पर हम अभी कोई जोखिम नहीं उठा सकते। तुम एक शादीशुदा आदमी हो। अगर तुम्हें कुछ हो गया, तो मुझे न सिर्फ तुम्हारे परिवार ही नहीं, बल्कि कमांडिंग ऑफिसर को भी जवाब देना होगा। मैं उन्हें क्या बताऊँगा? कुत्ता बचाने गया था, मर गया?"

रजवाड़ा, जो स्वयं कुत्तों का इतना शौकीन नहीं था और वह अन्य लोगों

की बातों को चुपचाप सुन रहा था, ने अंततः रणविजय को कहा कि उसे उस पाताल में जाने की अनुमति दे दी जाए। उसने अभी हाल ही में हाई ऑल्टीट्यूड वारफेयर स्कूल से पर्वतारोहण के कोर्स में सर्वोच्च स्थान प्राप्त किया था और उसे इस बात का विश्वास था कि बर्फ उसके भार को आराम से ग्रहण कर सकती है, क्योंकि वह अन्य लोगों के मुकाबले बहुत पतला था। उसने मजाक करते हुए कहा, "मेरी तो शादी नहीं हुई है, साहब। आपको मेरी पत्नी को कोई जवाब नहीं देना पड़ेगा।"

रजवाड़ा, जो स्वयं कुत्तों का इतना शौकीन नहीं था और वह अन्य लोगों की बातों को चुपचाप सुन रहा था, ने अंततः रणविजय को कहा कि उसे उस पाताल में जाने की अनुमति दे दी जाए। उसने अभी हाल ही में हाई ऑल्टीट्यूड वारफेयर स्कूल से पर्वतारोहण के कोर्स में सर्वोच्च स्थान प्राप्त किया था"

अंततः यह निश्चित हुआ कि रजवाड़ा कुत्ते को छुड़ाने के मिशन पर जाएगा। उसकी कमर में एक रस्सी बाँधी गई और उसे धीरे-धीरे पर्वत की मुँह की ओर नीचे उतारा गया। वहीं दूसरी ओर, रस्सी को दो सैनिकों ने कसकर पकड़ा हुआ था और रस्सी का एक किनारा उस बलवान होशियार सिंह की कमर में बाँधा गया था। अपने एक दस्ताने से बर्फ पकड़े और दूसरे से नाइलॉन की रस्सी पकड़ी, रजवाड़ा धीरे-धीरे नीचे उतर रहा था। कुछ दूर नीचे जाने के बाद उसके लिए पैर रखना मुश्किल हो रहा था और हर थोड़ी सी दूरी पर उसे अपने स्पाइक वाले बूट झटकने पड़ रहे थे, जिससे वह बर्फ की दीवार पर अपने पैर जमा सके, इसलिए वह एक बार में एक ही कदम नीचे रख रहा था। ऐसे मुश्किल भरे तीस मिनटों के बाद, रजवाड़ा वहाँ पहुँच गया, जहाँ काजू था, उसकी पूँछ रजवाड़े के पैरों के बीच में आ गई और काजू रजवाड़े को देखे जा रहा था। बर्फ में अपने स्पाइक वाले बूट्स से गड्ढा करके रजवाड़ा काजू को पकड़ने के लिए पहुँच गया, जिससे कि वह उसे अपनी बाँहों में उठा ले और फिर सैनिकों को ऊपर खींचने के लिए कहे। पर अगले ही पल, जो लोग हिमदरार के ऊपर उसकी प्रतीक्षा कर रहे थे, को उस दरार से चीखने की तेज आवाज आई।

सचेत रणविजय ने उस अँधेरे में नीचे देखा और चिल्लाकर रजवाड़े से पूछा कि क्या हुआ ?

"उसने मुझे काटा, साहब।" रजवाड़ा चिल्लाया और फिर स्पष्टतः कहा, "पर दस्तानों के कारण मैं बच गया हूँ।"

डरा हुआ और भ्रमित काजू, इनसानों के साथ असहज सा था, वह अपने दाँत गड़ाता रहा और खतरनाक तरीके से अपनी गिरह बनाते गया, जबकि रजवाड़ा उसे देखता रहा। अब रजवाड़े को अहसास हो गया था कि इतने बड़े कुत्ते को उसकी मर्जी के बिना छुड़ाना बहुत मुश्किल है।

उसने थोड़ी प्यारी आवाज निकालनी शुरू की, जिससे उस कुत्ते को थोड़ा अच्छा लगे और एक और बार उसके पास आने की कोशिश की। पर डरे-सहमे काजू ने एक बार फिर से झपट्टा मारने की कोशिश की। हवा के बीच में लटके रजवाड़े ने कहा, "तुझे तो मैं लेकर ही जाऊँगा, साले कुत्ते।"

रणविजय इतनी तेजी से बोला कि आवाज रजवाड़े तक पहुँच जाए, उसने कहा, "अब उसे भूल जाओ, बाहर आ जाओ। मौसम बदलने लगा है।"

रजवाड़े को महसूस हो रहा था कि उसकी हथेली में पसीना जमने लगा है और बर्फ की तेज सुइयाँ उसके हाथों में घुस रही हैं, हालाँकि उसके मन में काजू के लिए प्यार थोड़ा भी कम नहीं हुआ था। रजवाड़ा इतनी जल्दी हार माननेवाला नहीं था।

उसने थोड़ी प्यारी आवाज निकालनी शुरू की, जिससे उस कुत्ते को थोड़ा अच्छा लगे और एक और बार उसके पास आने की कोशिश की। पर डरे-सहमे काजू ने एक बार फिर से झपट्टा मारने की कोशिश की। हवा के बीच में लटके रजवाड़े ने कहा, "तुझे तो मैं लेकर ही जाऊँगा, साले कुत्ते।" उसका भार उसके दाएँ हाथ के भीतर जमी बर्फ पर अटका हुआ था। रजवाड़े ने कहा, "हम फौजी हैं। अपने साथियों को कभी मरने के लिए नहीं छोड़ते।"

"अब वापस आ जाओ, रजवाड़े!" उसे अपने कंपनी कमांडर की चीख सुनाई दे रही थी, जो सीधे उसके सिर के ऊपर से आ रही थी।

रजवाड़ा वापस चिल्लाया, "एक और ट्राई मारने दो, साहबजी। एक और

रस्सी भेज दो, फिर जब मैं कहूँगा, तब खींच लेना।"

उसके बगल में एक और मोटी रस्सी डाल दी गई और रजवाड़े ने उसका एक किनारा एक उस ढीले से लस्सू पर बाँध दिया। झपट्टा मारनेवाले उस कुत्ते के और करीब आकर उन्होंने अपनी नाक काजू के झबरेदार गरदन पर सोच-समझकर बाँध दी। उसने फिर उसे झटके के साथ टाइट भी कर दिया, जबकि काजू ने फिर से अपने तेज दाँत चुभो दिए थे। रजवाड़ा चिल्लाया, "खींचो।" इससे पहले कि वह काटनेवाला कुत्ता कुछ समझ पाता, रस्सी को ऊपर की ओर खींच लिया गया और काजू गरदन से लटका हुआ था और वह उस गड्ढे के काफी ऊपर था।

ऊपर बैठे जवानों ने अपनी पूरी ताकत लगाकर रस्सी ऊपर की ओर खींची और रस्सी के दूसरी ओर कुत्ते को लटका हुआ देखकर आश्चर्य से भर गए। गाँठ को जल्द ही ढीला किया गया और फंदा निकाल दिया। काजू अपनी जाँघों पर बैठ गया और वह आगे जाने के लिए घबराया हुआ था। इस बीच, रजवाड़े को भी सही तरीके से ऊपर खींच लिया गया। ऊपर आकर वह हाँफने लगा।

ऊपर बैठे जवानों ने अपनी पूरी ताकत लगाकर रस्सी ऊपर की ओर खींची और रस्सी के दूसरी ओर कुत्ते को लटका हुआ देखकर आश्चर्य से भर गए। गाँठ को जल्द ही ढीला किया गया और फंदा निकाल दिया। काजू अपनी जाँघों पर बैठ गया और वह आगे जाने के लिए घबराया हुआ था।

रणविजय थोड़ा परेशान था। पर फिर रजवाड़े ने कहा, "जय हिंद, साहब। टास्क पूरा कर दिया। बचा लिया कुत्ते को।" वह मुसकरा रहा था, उसकी नाक गुलाबी हो गई थी और ठंड के कारण उसकी आँखों में पानी आ गया था।

रणविजय ने कहा, "बचा लिया…! तुमने उस कुत्ते को मार ही दिया था। फाँसी पर टाँग दिया था उसको।" ऐसा कहकर वह हँसने लगा और आगे आकर रजवाड़े को गले लगा लिया।

होशियार सिंह अपने उसी फटे और सनबर्न वाले चेहरे से प्यार से, मुसकराते हुए यह देख रहा था। उसने इस भावनात्मक समय में रजवाड़ा और अपनी कंपनी कमांडर को पीछे छोड़ आगे बढ़कर कहा, "साहबजी, आप किसी

अंग्रेजी स्कूल में पढ़े हो। पर मैं आपको इस कहानी की नैतिकता बताता हूँ। डॉग इज मैन्स बेस्ट फ्रेंड।"

रणविजय ने भुनभुनाते हुए कहा, "अबे नहीं साले, इस कहानी का नैतिक संदेश यह है कि कभी-कभी आदमी भी कुत्तों के बेस्ट फ्रेंड होते हैं।" इसके बाद वहाँ मौजूद सारे जवान ठहाके लगाने लग गए।

उन्होंने देखा कि काजू जल्द ही ठीक हो गया। काजू धीरे से उठा, उसने अपने झबरेदार शरीर में लगी बर्फ को झाड़ा और फिर तेजी से हिलने लगा, उसने अपनी ट्रेडमार्क पूँछ उठाई, जो आधा गोला बनाती है और फिर बिना कोई अहसान जताए या धन्यवाद दिए बेस कैंप की ओर चल पड़ा। रजवाड़े ने काजू को जाते हुए देखा और कुछ ही पलों में वह सामने से बर्फ के उस सागर से गायब हो गया। रजवाड़ा फिर अपने अन्य प्रतीक्षारत जवानों की ओर मुड़ा और फिर खुद को रस्सी से बाँधा और सारे सैनिक फिर एक साथ हो लिये। वह फिर धीरे-धीरे अपने सिंगल फाइल में पीक-4212 में वापस पहुँच गए, उनके वापस पहुँचने तक ढलते सूरज की किरणें उनके स्नोसूट को नारंगी रंग का बना चुकी थीं। उस दिन उन्हें ऐसा लगा कि अब ग्रीष्म ऋतु दूर नहीं है।

लेखक के विचार : पैराशूट रेजिमेंट के जवानों द्वारा असली में एक कुत्ते के बचाव मिशन की यह एक काल्पनिक कहानी है।

□

भ्रम

मुझे पता है कि मैं मरनेवाला हूँ। उस ब्लेड से मेरी बाईं कलाई काट दी गई थी। उस मुलायम सी सूती चादर में धीरे-धीरे खून के धब्बे फैल रहे थे। मैंने अपनी दाईं कलाई की ओर देखा। उस तरफ भी वैसे ही लाल धब्बे चादर को गंदा कर रहे थे। मेरा दिमाग ड्रग्स के कारण सुन्न सा था। उसने मेरी सोच के दरवाजों को, मेरी प्रतिक्रियाओं को बंद कर दिया था और मैं अपने उस दर्द का आदी हो चुका था। मेरी भारी, अलसाई आँखें वीजू से मिलीं। वह मेरे बेटे की पढ़ाई वाली कुरसी में पीठ पीछे करके बैठी थी, उसके हाथ उस लकड़ी की कुरसी के हत्थे पर आराम से रखे हुए थे और वह सीधे मेरी ओर देख रही थी। उसके दाएँ हाथ में ब्लेड था, जो ग्रे, चमकीला था और उसके किनारों में मेरा खून लगा हुआ था।

मैंने फुसफुसाते हुए कहा, "वीजू, तुमने ऐसा क्यों किया?"

वह मुझे लगातार देखती रही, पर उसकी आँखें वीरान थीं। वह यह समझ नहीं पा रही थी कि मैं क्या कह रहा हूँ।

उसके पीछे खिड़की खुली हुई थी। अपने बगीचे में बाहर की ओर मैं देख सकता था कि रेड्डी खड़ा था, जो उस रेजिमेंट में मेरे विवाह से पहले के दिनों का मेरा दोस्त था, वह वहाँ एक गड्ढा खोद रहा था। दोहरी कोटवाला मस्ताना हमारा हैंडसम कुत्ता आते-जाते लोगों को देखकर गुर्रा रहा था। रेड्डी ने अपनी कुदाल नीचे रखी और कुत्ते को पुचकारने लगा। वह मस्ताने के सिर पर धीमे से हाथ रखा हुआ था और उसके कान में कुछ कह रहा था। मस्ताने ने कुछ देर तो वह बात सुनी, फिर उसके कान खड़े हो गए और उसने अपनी भूरी-लाल रंग की पूँछ हिलानी शुरू कर दी। रेड्डी ने फिर से कुदाल उठाई और फिर से

बागवानी करने लग गया। अगर मैं उसे बुलाता, तो वह सबकुछ छोड़-छाड़ कर मेरे पास दौड़ते हुए आ जाता। वह मुझसे बहुत जुड़ा हुआ था। पर मेरे अंदर थोड़ी भी ताकत बची नहीं थी। मुझसे बामुश्किल ही बोला जा रहा था।

बारिश से भरे बादल भी घिर आए थे और जुलाई के महीने में आकाश काला हो चला था और ऐसा लग रहा था कि बारिश कभी भी हो सकती है। एक साल पहले तक वीजू इस प्रकार के मौसम को बहुत पसंद करती थी। अधिकांश बरसाती शामों में, बारिश के लक्षणों को देखकर वह रसोई में चली जाती और बेसन का घोल तैयार कर, उसमें प्याज और आलू को काटकर कुरकुरे पकौड़े तैयार करती और उसके साथ चाय और हरे पुदीने की चटनी के साथ ट्रे में लेकर आती, वह रेड्डी को भी पुकारती और कहती कि रसोई में आकर अपना हिस्सा ले ले, वह मस्ताने को भी डाँटती, क्योंकि वह मेज के बहुत नजदीक आ जाता, वह वहाँ अपनी नाक घुसेड़ता, मस्ताने को पक्का लगता होगा कि शायद उसे भी उस खाने में से कुछ मिल जाएगा। फिर मेरे विपरीत बगीचे वाली सफेद कुरसी को खींचकर वह बरामदे तक ले जाती। वह एक पकौड़ा लेती, उसे चटनी में डुबोती और फिर उसका छोटा सा टुकड़ा खाती और मुझे देखकर मुसकराती रहती। वह अपनी सुंदर सी आँखें नचाकर कहती, 'अच्छा बना है न?' और फिर मेरे मुसकराने का इंतजार करती। इतने सालों में उसने मेरी जिंदगी को बेहतरीन बना दिया था। पर फिर वह धीरे-धीरे बदलने लग गई थी, मेरी आँखों के सामने ही। फिर कभी भी पहले जैसा नहीं हुआ।

बारिश से भरे बादल भी घिर आए थे और जुलाई के महीने में आकाश काला हो चला था और ऐसा लग रहा था कि बारिश कभी भी हो सकती है। एक साल पहले तक वीजू इस प्रकार के मौसम को बहुत पसंद करती थी।

मुझे याद है, जब उसने पहली बार एक सुबह मुझे बताया कि पिछली रात उसे हमारे शयनकक्ष के बाहर कुछ आवाजें सुनाई दी थीं। नाश्ते की मेज में मेरे सामने बैठकर उसने कहा, 'एट्टा, हमारे घर में कुछ लोग हैं।' मैं फिल्टर कॉफी

पी रहा था और यह सुनते ही वह कॉफी अटक सी गई। उसने कहा, 'वे लोग हमारे घर में रात में घूम रहे थे। वे दरवाजे के पीछे से हमारी बातें सुनते हैं। जब हम सोने चले जाते हैं, तब वे एक-दूसरे से बातें करते हैं।' उसकी बातें सुनकर मुझे कुछ देर के लिए आश्चर्य हुआ कि क्या वह मेरी खिंचाई कर रही है, जिसके बाद वह खिलखिलाकर हँस पड़ेगी। पर ऐसा नहीं था। मैंने उसकी बातों को हँसकर टाल दिया और कहा कि अगली बार जब वे आएँगे तो मुझे भी उठा देना, उसने दु:खी मन से मेरी तरफ देखा और कहा, 'तुम अब मुझ पर विश्वास नहीं करते हो, कृष्णेट्टा। हमारे रिश्ते में अब विश्वास रहा ही नहीं।' उसने उसके बाद उन आवाजों के बारे में मैंने फिर कभी नहीं सुना और मुझे भी बहुत तसल्ली हुई, पर मैंने भी इस विषय में कभी यह सोचकर कोई बात नहीं की कि शायद वह उस घटना को भूल गई होगी।

मुझे याद है, जब उसने पहली बार एक सुबह मुझे बताया कि पिछली रात उसे हमारे शयनकक्ष के बाहर कुछ आवाजें सुनाई दी थीं। नाश्ते की मेज में मेरे सामने बैठकर उसने कहा, 'एट्टा, हमारे घर में कुछ लोग हैं।' मैं फिल्टर कॉफी पी रहा था और यह सुनते ही वह कॉफी अटक सी गई।

करीब एक महीने के बाद मैं एक दिन दोपहर के भोजन के लिए जब घर पर आया तो उसे बड़ा उदास पाया। उसने बताया कि श्रीमती चाँद, जो हमारी पड़ोसी हैं, वे घर पर आई थीं। उसने कहा, 'कृष्णेट्टा, वे सुबह घर पर थोड़ा दही माँगने आई थीं।' वीजू, जो साथ में मुझे गरमागरम मसालेदार रसम परोस रही थी और फिर अचानक से उसकी आवाज एकदम नीचे चली गई और वह फिर से फुसफुसाने लग गई, उसने कहा, 'तुम्हें पता है क्या हुआ? कर्नल चाँद उसे मारते हैं। श्रीमती चाँद ने मुझे अपने गले पर के लाल निशान दिखाए। उसने पिछली रात उसका गला घोंटने की कोशिश की थी। जब से उनकी शादी हुई है, तब से वे उनके साथ गाली-गलौच कर रहे हैं।'

उसकी कहानी पर थोड़ा भी विश्वास न करते हुए, मैंने उससे कहा, 'पर मुझे तो उनका वैवाहिक जीवन खुशियों से भरा लगता है। जब हम लोग कल रात की पार्टी से वापस आ रहे थे, तब तो वे दोनों साथ में खूब हँस रहे थे।'

वह फिर से अपना सिर हिला रही थी। 'जब मि. चाँद के आसपास लोग

होते हैं, तब वे ऐसा ही नाटक करते हैं…श्रीमती चाँद बताती हैं कि जब उनके पति घर के भीतर होते हैं, तब वे एक अलग ही व्यक्ति होते हैं। वे यहाँ तक कि अपने लड़कों को भी पीटते हैं। उसने बताया कि एक बार तो उन्होंने राजू के मुँह में लाल मिर्च भर दी थी, क्योंकि उन्होंने अपने बेटे को मैस पार्टी में लालची की तरह खाते देखा था। उन्होंने उसे किनारे खड़ा कर दिया और उसे सबक सिखाने के लिए पानी भी पीने नहीं दिया।'

उसकी इस बात की अवहेलना करके कि मैं इस बारे में कर्नल चाँद से जाकर बात करूँ, मैंने वीजू से कहा, 'मिसेज चाँद आर्मी वाइव्स वेलफेयर एसोसिएशन में क्यों नहीं जाती?' वह इन सारे मामलों को बहुत गंभीरता से सुनते हैं। मैंने उसे समझाने की कोशिश की कि 'हम उनके पारिवारिक मामलों में तब तक दखलअंदाजी नहीं कर सकते, जब तक वे नहीं चाहते।'

> *मैंने वीजू से कहा, 'मिसेज चाँद आर्मी वाइव्स वेलफेयर एसोसिएशन में क्यों नहीं जाती?' वह इन सारे मामलों को बहुत गंभीरता से सुनते हैं। मैंने उसे समझाने की कोशिश की कि 'हम उनके पारिवारिक मामलों में तब तक दखलअंदाजी नहीं कर सकते, जब तक वे नहीं चाहते।'*

एक हफ्ते के बाद, वीजू ने मुझे बताया कि कर्नल चाँद ने अपने बेटे राजू को होमवर्क नहीं करने के कारण अपने डी.एम.एस. बूट्स से मारा, उन्होंने राजू की उँगली भी तोड़ दी। उसी शाम, मैंने देखा कि दोनों बाप-बेटे बगीचे में क्रिकेट खेल रहे थे। राजू का हाथ एकदम सही लग रहा था। मैंने वीजू पर बहुत गुस्सा किया और वह चुपचाप से रसोई में वापस चली गई।

धीरे-धीरे ये कहानियाँ रुक गईं। अगले कुछ महीनों में वीजू ने बोलना ही कम कर दिया और अपनी दैनिक व्यस्तताओं के बारे में मुझसे बात करनी कम कर दी। चूँकि मैं काम में व्यस्त रहता था, इसलिए मैंने भी इस बारे में ज्यादा ध्यान नहीं दिया और मुझे भी इस बात की तसल्ली रही कि अब मुझे अन्य किन्हीं लोगों के बारे में ऐसी कोई भयानक कहानियाँ सुनने को नहीं मिलतीं।

फिर एक दिन मुझे अकेले ही विनायक के स्कूल जाना पड़ा, क्योंकि वीजू को उस दिन बहुत ज्यादा बुखार था। ऐसा पहली बार हुआ था, जब मैं अपने

बेटे के स्कूल में उसकी पैरेंट्स-टीचर मीटिंग में शामिल हुआ था। मैं तब बहुत चकित हुआ, जब क्लास टीचर ने मुझसे कहा कि वे सारे अभिभावकों से बात करने के बाद मुझसे अंत में बात करेंगी, इसलिए वह अंत तक रुक जाएँ। वे मुझसे अकेले में बात करना चाहती थीं। मैंने विनायक से पूछा कि कहीं उसने कुछ समस्या तो खड़ी नहीं की, पर मुझे तब तसल्ली हुई, जब उसने ऐसी किसी भी बात से मना कर दिया। जब हम दोनों क्लास में अकेले थे, तो टीचर ने विनायक को कोई संदेश देने के लिए भेजा और मुझे भी समझ आ गया कि यह उसे हटाने का एक बहाना था, जिससे कि वे मुझसे खुलकर बात कर सकें।

हम लोग अब कमरे में अकेले थे, उन्होंने तब मुझसे पूछा, 'आप अपनी पत्नी और बच्चे को क्यों मारते हैं?' यह सुनकर मैं हैरान रह गया। श्रीमती कृष्णन मुझसे मेरे हिंसक व्यवहार के बारे में बात कर रही थीं। उन्होंने मुझसे कहा, 'पिछले महीने आपने विनायक का मुँह लाल मिर्च से भर दिया था, क्योंकि पार्टी में उसने बहुत सारा खाना खा लिया था। इस बात की माफी नहीं हो सकती है।' उनकी आवाज में बहुत गुस्सा था, पर उन्होंने उसे दबाकर रखा था। 'अगर श्रीमती कृष्णन ने मुझसे हाथ जोड़कर इस बात को अपने तक ही रखने की प्रार्थना न की होती, तो मैंने इस बात की शिकायत प्रधानाध्यापक से कर दी होती। पर सच में कर्नल कृष्णन, अपने विद्यार्थी के साथ ऐसा होता देख मैं बर्दाश्त नहीं कर सकती। अगर मैंने आपके बारे में ऐसा अगली बार सुना, तो मैं उनसे इस बात की रिपोर्ट कर दूँगी। आपके विरुद्ध सख्त काररवाई की जाएगी। आपको इस बारे में अच्छे से पता होगा कि पूरे कैंटोनमेंट इलाके में आपके दुर्व्यवहार की कहानियाँ हर कोई जानता है।'

हम लोग अब कमरे में अकेले थे, उन्होंने तब मुझसे पूछा, 'आप अपनी पत्नी और बच्चे को क्यों मारते हैं?' यह सुनकर मैं हैरान रह गया। श्रीमती कृष्णन मुझसे मेरे हिंसक व्यवहार के बारे में बात कर रही थीं।

इस बात से हैरान हो मैं गुस्सा हो गया। मैं घर आया और अपनी पत्नी वीजू से बहस करने लग गया। पर हैरानी की बात यह थी कि वह ऐसे दिखाने लगी कि वह मुझसे कितना डरती हो। वह अपने बिस्तर में चली गई और बच्चों सी रोने लग गई और कहने लगी, 'मुझे मत मारो। मैं किसी को भी इस बारे में

फिर कभी नहीं बताऊँगी।' उसके गाल आँसुओं से भर गए थे। मैंने उसे कई बार समझाने की कोशिश की कि मैंने कभी भी उस पर या विनायक पर हाथ उठाने की कोशिश नहीं की, पर उसने मेरी बात मानने से मना कर दिया। वीजू ने अपने दिमाग में चल रही मनगढ़ंत बातों को असली मान लिया था, मैंने भी उससे कुछ नहीं कहा या मेरे कुछ कहने से वह माननेवाली नहीं थी कि ये सब उसकी कपोल कल्पना है और कुछ भी नहीं।

> ***पिछले दो महीनों में, वह जल्दी-जल्दी बीमार हो रही थी। उसने लैंडलाइन पर फोन उठाने बंद कर दिए थे और कहने लगी थी कि उसके फोन रिकॉर्ड किए जा रहे हैं। मैं जब भी लैंडलाइन में फोन करता, वह उन्हें कभी भी नहीं उठाती, फिर वह मुझे वापस मोबाइल में कॉल करती और परेशान होकर कहती कि मुझे किसी बात की कोई चिंता नहीं है।***

उसकी इच्छा के विरुद्ध, मैं उसे अस्पताल ले गया। मनोचिकित्सक ने मुझे बहुत स्पष्टता से बताया, 'वह सिजोफ्रेनिक हैं और इसके लिए उन्हें जिंदगी भर दवाई खानी पड़ेगी। मुझे आशंका है कि धीरे-धीरे यह स्थिति और खराब होती जा रही है।' उन्होंने कहा कि इसे तरीके से ही ठीक किया जा सकता है, कर्नल कृष्णन।

धीरे-धीरे यह हो रहा था और मैंने इसके लिए खुद को तैयार नहीं किया था। विनायक के साथ वह एक बहुत अच्छी माँ होती, उसे प्यार करती, उसकी अच्छी देखभाल करती। मेरे साथ भी वह अधिकांशत: अच्छी ही रहती। पर ऐसा कई बार होता, जब वह हमसे अपने आप ही दूर हो जाती और बात करना बंद कर देती। पर कई दिनों तक ऐसा दिखाने की कोशिश करती कि वह ठीक है और मैं भी उसके बिना अपनी जिंदगी की कल्पना नहीं कर सकता था। यहाँ तक कि मैंने उसकी स्थिति को अपने दोस्तों, यहाँ तक कि परिवारवालों से छुपाकर रखा था। वह अपने परिवारवालों के साथ बात करते समय बहुत ही सहज रहती और मैं भी उसे बिना बात के परेशान करना नहीं चाहता था।

पिछले दो महीनों में, वह जल्दी-जल्दी बीमार हो रही थी। उसने लैंडलाइन पर फोन उठाने बंद कर दिए थे और कहने लगी थी कि उसके फोन रिकॉर्ड किए

जा रहे हैं। मैं जब भी लैंडलाइन में फोन करता, वह उन्हें कभी भी नहीं उठाती, फिर वह मुझे वापस मोबाइल में कॉल करती और परेशान होकर कहती कि मुझे किसी बात की कोई चिंता नहीं है। मुझे पता था कि उसे अस्पताल में भर्ती करना चाहिए, पर मैं ऐसा कर नहीं पा रहा था। पर मैं बहुत स्वार्थी हो चुका था, मैं वीजू को ऐसे ही खोने देना नहीं चाहता था। मैं हमेशा यह सुनिश्चित करता कि वह समय पर अपनी सारी दवाएँ ले। पर मैं यह भी देख पा रहा था कि अब वह दवाइयाँ पहले की तरह प्रभावशाली नहीं थीं। बीमारी धीरे-धीरे दिमाग पर घर कर रही थी।

कभी मेरा कलेजा मुँह को आ जाता। मेरी कलाइयों में बहता दर्द तेज हो गया। मुझमें अपना सिर उठाने की भी ताकत नहीं थी, पर मैं अपनी आँखों के कोरों से देख पा रहा था कि खून के दाग उस हलके नीले रंग की चादर में फैलते जा रहे थे, जो गहराते लाल रंग में परिणत हो रही थी।

मैंने उसका नाम एक और बार लिया, 'वीजू', मेरी आवाज सुनकर वह थोड़ा बुदबुदाई। उसने अपना सिर उठाया, ब्लेड अभी भी उसकी उँगलियों के बीच में था। 'मैं मर जाऊँगा, वीजू! क्या तुम यही चाहती थी?' रेड्डी को बुलाओ। मुझे अस्पताल पहुँचाओ।

मैंने उसका नाम एक और बार लिया, 'वीजू', मेरी आवाज सुनकर वह थोड़ा बुदबुदाई। उसने अपना सिर उठाया, ब्लेड अभी भी उसकी उँगलियों के बीच में था। 'मैं मर जाऊँगा, वीजू! क्या तुम यही चाहती थी?' रेड्डी को बुलाओ। मुझे अस्पताल पहुँचाओ।

उसने मुझे खुली आँखों से देखा और फिर उसे आश्चर्य हुआ कि उसके हाथ में चमकता हुआ ब्लेड है, क्योंकि वह ब्लेड को पहली बार देख रही थी। उसकी आँखें अपनी कलाई के दो सोने के कंगनों पर पड़ीं। वे कंगन उसकी माँ ने उसे हमारी शादी की दसवीं सालगिरह पर पिछले साल उपहारस्वरूप दिए थे। उसने उन कंगनों को प्यार से छुआ। फिर विनायक के स्टडी टेबल तक पहुँचकर उसने वह वैक्स पेपर उठाया, जिसमें वह ब्लेड का पैक था। उसने उस ब्लेड को

दो भागों में तोड़ दिया और फिर आधे को पेपर से फोल्ड कर दिया। ब्लेड के दूसरे भाग से वह पेंसिल को छीलने लगी, उसने वह ब्लेड विनायक का ज्यामिती बॉक्स खोलकर निकाला था। पेंसिल को अच्छी तरह से छीलकर उसने पेंसिल वापस रख दी और उसके बगल में ब्लेड रख दिया।

उसने अपनी गोद से पेंसिल के छिलके नीचे डाले और अपने सेल फोन के पास पहुँची। फोन उठाकर उसने एक कॉल लगाई और धीरे से कहा, 'हेलो अम्मा, आपको अभी अपने लिए फ्लाइट की दो टिकटें बुक करानी होंगी। मैंने उनकी चाय में नींद की गोलियाँ डाल दी थीं। मैंने उनकी कलाई ब्लेड से काट दी है। अम्मा, मुझे ऐसा करना पड़ा। नहीं तो वह मुझे और विनायक को मार देते।' वह धीरे-धीरे रो रही थी।

उसने अपनी गोद से पेंसिल के छिलके नीचे डाले और अपने सेल फोन के पास पहुँची। फोन उठाकर उसने एक कॉल लगाई और धीरे से कहा, 'हेलो अम्मा, आपको अभी अपने लिए फ्लाइट की दो टिकटें बुक करानी होंगी। मैंने उनकी चाय में नींद की गोलियाँ डाल दी थीं। मैंने उनकी कलाई ब्लेड से काट दी है।

उसकी हलकी भूरी आँखें आँसुओं से भरी थीं, जो गालों से होकर नीचे गिर रहे थे। उसने कहा, 'अम्मा, अगली फ्लाइट पकड़कर आ जाओ। मैं उनके बिना कैसे जी पाऊँगी?' उसकी पलकों से भी आँसू गिरे जा रहे थे।

उसने मुझे देखा। उसकी आँखों में अगाध भावनाएँ थीं। ये वहीं आँखें थीं, जिन देखकर मैं बारह साल पहले प्यार में पड़ गया था। मैंने धीरे से कहा, 'वीजू' और मेरा दम फूलने लगा। मैंने उसे अपनी प्यार भरी धीमी आवाज से फुसलाने की कोशिश की, जिसे सुन वह साधारणतया अपनी प्रतिक्रिया देती, पर मेरा दर्द असहनीय था। मैं ज्यादा कुछ बोल भी नहीं पा रहा था।

वीजू मुझ पर से अपनी आँखें नहीं हटा पा रही थी। उसने बिस्कुट का एक कटोरा उठाया और बेडसाइड मेज में किनारे पर रखे मेरे चाय के कप को भी हटाया। फिर एक फीकी सी, हिचकिचाती मुसकान देने लग गई, जो हमारे बेटे में भी आनुवंशिक रूप से आ गई थी—उस समय मुझे ऐसा लगा कि अगर उसकी यह स्थिति आनुवंशिक है तो वह हमारे बेटे में भी जरूर आएगी—इतने

में वह उठी और कमरा छोड़कर चली गई और अपने पीछे जोर से दरवाजा बंद कर गई।

मैंने उसे रेड्डी से यह कहते हुए सुना कि 'भैया, साहब सो रहे हैं। उनको परेशान मत करना। मैं वीनू को ट्यूशन से लेकर आती हूँ।'

मैं कभी बेहोशी में था और कभी उससे बाहर आ रहा था। मैंने कार स्टार्ट होने की और बरामदे में गाड़ी के रिवर्स होने और उसके चले जाने की आवाज सुनी। मैंने रेड्डी द्वारा भारी-भरकम लोहे के दरवाजों के खोलने एवं बंद करने की आवाज सुनी। मैंने उसे बुलाने की कोशिश की, पर मेरी जीभ पूरी तरह से सूख चुकी थी और वह तालु पर चिपक गई थी। मुझे उसकी सिजोफ्रेनिया बीमारी को छिपाना नहीं चाहिए था। डॉक्टर मुझे इसके लिए आगाह भी कर चुके थे और बताया था कि यह और भयंकर रूप ले सकता है, इसलिए एलप्रैक्स वीजू की पहुँच से दूर ही रखें। पर अब किसी भी चीज के लिए बहुत देर हो चुकी थी। मैंने चीजों को स्वीकारने हेतु आँखें बंद कर लीं। मेरी कलाई में वह दर्द असहनीय था। मेरी कलाइयों में आग लग गई थी। मैंने सिर्फ यह प्रार्थना कि ये सब जल्द ही ठीक हो जाए।

मैं कभी बेहोशी में था और कभी उससे बाहर आ रहा था। मैंने कार स्टार्ट होने की और बरामदे में गाड़ी के रिवर्स होने और उसके चले जाने की आवाज सुनी। मैंने रेड्डी द्वारा भारी-भरकम लोहे के दरवाजों के खोलने एवं बंद करने की आवाज सुनी।

रेड्डी ने बोगेनविला का बाड़ा तैयार कर दिया था। जब उसने पिछले एक घंटे में किए अपने काम को देखा तो उसे काफी संतोष मिला। पूरी कटिंग साफ-सुथरे तरीके से की गई थी और एक-दूसरे से थोड़ी-थोड़ी दूरी पर करीने से पेड़ लगाए गए थे। उसे पूरा भरोसा था कि जैसे ही बारिश होगी, ये जल्दी ही जड़ पकड़ लेंगे। जल्द ही तारों के कँटीले घेरों के बदले मैजेंटा रंग के फूलों वाला एक बाड़ा तैयार हो जाएगा, जिससे आमने-सामने के दोनों बँगले एक-दूसरे से अलग दिखने लगेंगे। उसने ऊपर देखा तो आकाश में बिजली कड़क रही थी।

जल्द ही बारिश होनेवाली थी और इससे पहले मस्ताने को दौड़ाने के लिए ले जाना था। उसने सीटी मारकर कुत्ते को पास बुलाया, जो बरामदे में कहीं लोट-पोट कर रहा था और अपनी पलकों के नीचे से उसे छुपकर देख रहा था। रेड्डी ने अपने आसपास उसकी डोरी देखी। वह मुख्य दरवाजे के पास रखी हुई थी। वह जैसे ही वहाँ पहुँचा तो देखा कि मुख्य शयनकक्ष की खिड़की खुली हुई है। इस कारण वहाँ मच्छर अंदर घुस जाते, इसलिए उसने खिड़की की टंग खींच दी और खिड़की बंद कर चला गया।

लेखक के विचार : इस तरह प्यारे पाठको, मैं आपको यह कहानी बताने के लिए जिंदा रह पाया।

□

घात लगाकर बैठे सूबेदार मेजर नेगी

जब 31, गढ़वाल राइफल्स के सूबेदार मेजर नरेंद्र सिंह नेगी सेवानिवृत्त हुए थे, तो वह एक छोटी नदी के किनारे पौड़ी गढ़वाल के कोटद्वार प्रांत में बसने के लिए आए थे। उन्हें तब लगा था कि एक लड़ाकू सैनिक के रूप में उनका कॅरियर खत्म है। पर यह उनकी बहुत बड़ी गलतफहमी थी।

उससे पहले उन्हें यह पता नहीं था कि एक गुप्त ऑपरेशन होनेवाला है और राइफलमैन पंचम सिंह, जो गढ़वाल राइफल्स से बीस साल पहले रिटायर हुए थे, उन्हें एक दुश्मन समझ सूबेदार साहब अपने एक साथी जवान पर आक्रमण करने के लिए तैयार बैठे होंगे। चूँकि राइफलमैन पंचम सिंह उसी गाँव के थे, जिस गाँव की श्रीमती नेगी थी, इसलिए नेगियों की लड़कियाँ उन्हें दादाजी कहती थीं, वैसे तो नेगीजी की लड़कियाँ विदेश में बस गई थीं, पर वह उन्हें प्यार से 'फाइव स्टार नानाजी' कहकर भी बुलाती थीं। श्रीमती नेगी एवं सूबेदार मेजर नेगी उन्हें 'सिपाही चाचाजी' कहकर बुलाते थे और वैसे ही कोटद्वार के सारे लोग भी उन्हें यही कहकर बुलाते थे। उन्होंने देश के लिए अपनी जो सेवाएँ दी थीं, उसी के सम्मान में उनके समुदाय के लोग उन्हें इतना आदर देते थे।

सिपाही चाचाजी अब करीब अस्सी साल के होनेवाले थे, लेकिन वे बाँसुरी की तरह पतले और चुस्त थे, साथ ही बहुत मिलनसार भी थे। वहीं दूसरी ओर अकेलापन पसंद करनेवाले नेगी साहब और उनके पड़ोसी ब्रिगेडियर साहब उन्हें किसी भी प्रकार से नजरअंदाज नहीं कर सकते थे। ब्रिगेडियर साहब एक संजीदा इनसान थे, जो बाड़ की दूसरी तरफ रहते थे। लेकिन फौजी अफसर एवं गैर-फौजी जिंदगी के बीच की दीवार धुँधली होती जा रही थी।

सिपाही चाचाजी का कोटद्वार में एक अजीब सा खौफ था, क्योंकि वे वहाँ

के स्थानीय निवासियों के घर बिना बुलाए ही पहुँच जाते थे। खासकर वे लोग, जो बदरीनाथ मार्ग में रहते थे और वह गली, जो सब्जी मंडी की ओर जाती थी, जहाँ वे हर दिन सब्जी खरीदने के लिए जाते थे। उस रास्ते में रह रहे, जो भी स्थानीय लोग अपने बगीचे में दिन में धूप सेंक रहे होते, वे सिपाही चाचाजी की लाठी की आवाज सुनकर अपने-अपने घरों में तब वैसे ही छुप जाते थे, जैसे मशहूर फिल्म 'शोले' में रामगढ़ गाँव में गब्बर सिंह के जूतों की आवाज सुनकर लोग अपने-अपने घरों में छुप जाया करते थे। पर गब्बर की तरह चाचाजी लोगों के स्वागत भाव के अभाव से अविचलित रहते।

बदरीनाथ मार्ग की एक गली में सूबेदार मेजर नेगी का एक सुंदर पीला सा बँगला था, जिसका नाम था 'विश्रांति', उसके बगल में ब्रिगेडियर का ऑफ-व्हाइट रंग का बँगला था, जिसके किनारे सुंदर मैरून रंग से पेंट किया हुआ था, जो उन्होंने पैराशूट रेजिमेंट में दी गई अपनी सेवाओं के सम्मान में पेंट कराए थे।

वह बदरीनाथ मार्ग में अपनी सेवा के दिनों की अंगोला शर्ट, प्रेस की गई पेंट, गांधी टोपी और नेहरू जैकेट पहनकर प्रतिदिन निकल जाया करते थे और अगर उन्होंने कभी किसी के घर में सामने का दरवाजा खुला देखा तो उसे अपने स्वागत में खुला मान बेझिझक अंदर घुस जाया करते थे। अगर वे किसी के घर में घुस गए, तो वहाँ कुछ देर रहना पसंद करते। अपने घबराए हुए मेजबानों को अपने बवासीर, दाँतों से निकलते पस की, अपच की परेशान करनेवाले कहानियाँ सुनाया करते और अगर कुछ बुद्धिमानी पूर्ण बात करते, तो फिर देश में चल रही राजनीतिक परिस्थितियों पर चर्चा करते। अगर घर के स्थानीय लोग अपने-अपने घर के कामों में लगे हुए होते, तो वे एक-एक करके अखबार का पूरा पन्ना चाट जाते, कभी-कभी धूप में थोड़ा ऊँघ भी लेते और फिर उनके समक्ष परोसी गई गरमागरम चाय से उठ जाते।

बदरीनाथ मार्ग की एक गली में सूबेदार मेजर नेगी का एक सुंदर पीला सा बँगला था, जिसका नाम था 'विश्रांति', उसके बगल में ब्रिगेडियर का ऑफ-व्हाइट रंग का बँगला था, जिसके किनारे सुंदर मैरून रंग से पेंट किया हुआ था, जो उन्होंने पैराशूट रेजिमेंट में दी गई अपनी सेवाओं के सम्मान में पेंट कराए

थे। वहाँ से लगभग हर दूसरे दिन सिपाही चाचाजी, नेगीजी के घर के सामने खड़ी गायों को हड़काते। वह भीतर घुसने के लिए लोहे के गेट के दरवाजे को खोलते, बगीचे के रास्ते में चलते और मुख्य दरवाजे के पास जोर-जोर से खाँसते। नेगीजी की सफेद-काले रंग की ल्हासा ऐप्सो कुतिया चुटकी, जो छोटे दाँतोंवाली थी और जिसके बालों का स्टाइल लेडी गागा की तरह था, वह उन्हें देखते ही मुँह में एक गिरा हुआ पत्ता लेकर उनका अभिवादन करने आती और पूँछ हिला-हिलाकर घास में उलट-पलटकर शरीर को गोल-गोल घुमाती। उसकी ठुड्डी के नीचे गुदगुदी करके सिपाही चाचाजी बरामदे से अपने लिए एक कुरसी खींचते और आम के पेड़ के नीचे बैठ जाते, जहाँ पर सूरज की रोशनी गहरे हरे पत्तों से छनकर आती और सीधे उनके घुटनों पर लगती। वहाँ पर वे आँखें आधी बंद कर चुटकी एवं एक लँगड़ी गिलहरी, जो पेड़ से उतरकर वह पूरे संयम से इंतजार करती कि उसे खाना कभी दिख सकता है, वह उन दोनों को नजरअंदाज करते रहते।

अगर कुछ देर में कोई भी आने की नोटिस नहीं करता, तो सिपाही चाचाजी जो कभी देहरादून स्थित भारतीय सेना अकादमी में ड्रिल उस्ताद हुआ करते थे, वे एक लंबी साँस लेते, अपने पेट की मांसपेशियों को सख्त कर चिल्लाते—'अरे भाई, घर में कोई है?'

अगर कुछ देर में कोई भी आने की नोटिस नहीं करता, तो सिपाही चाचाजी जो कभी देहरादून स्थित भारतीय सेना अकादमी में ड्रिल उस्ताद हुआ करते थे, वे एक लंबी साँस लेते, अपने पेट की मांसपेशियों को सख्त कर चिल्लाते—*'अरे भाई, घर में कोई है?'* उनकी उन बातों का यह अर्थ होता कि *'पेट से ऐसी आवाज निकालो, कि मसूरी तक सुनाई पड़े'*—ऐसा आदेश वे उन जवान कैडिटों को दिन के समय परेड में दिया करते। उनकी आवाज सूबेदार मेजर नेगी के कानों में गूँजती, जो उस समय अपने शयनकक्ष में होते, उनका ऐसा करना मेजर नेगी को अपनी निजता में अतिक्रमण लगता। पर यह सुनकर श्रीमती नेगी तुरंत वहाँ पहुँच जाती, उनके सम्मान में श्रीमती नेगीजी के कंधे उनकी सूती साड़ी के एक कोर से ढके होते और वह सिपाही चाचाजी के दोनों पैरों को छू पैलागा करती और फिर वापस

जाकर दूधवाली मीठी चाय एवं कुछ बिस्कुट लेकर आती। अगर सिपाही चाचाजी की किस्मत अच्छी होती और सप्ताह के अंत में आए हुए नेगीजी के दोस्त अगर मोतीचूर के कुछ लड्डू छोड़कर गए होते, तो उन्हें वे लड्डू जरूर खाने को मिलते।

सूबेदार मेजर नेगी को सिपाही चाचाजी का आना बेहद नागवार गुजरता था, करीब ढाई साल पहले जेठी की गरमी के समय नेगी साहब अपने आम के पेड़ के नीचे 1/37 बदरीनाथ मार्ग पर खड़े थे। ऊपर कालाबढ़ में खड़े होकर वह विश्रांति के निर्माण को देख रहे थे, जमीन का वह प्लॉट उन्हें उनके स्वर्गीय ससुरजी ने उपहार स्वरूप दिया था। पर ब्रिगेडियर से भिन्न नेगीजी, जो बगल वाले घर में शिफ्ट हुए थे, वह अपने घर के दरवाजे पर ताला लगाया करते और बार-बार घंटी बजाने के बाद भी वह किसी बिन बुलाए मेहमान को अंदर घुसने नहीं देते। सूबेदार मेजर नेगी गांधीवाद के असहयोग दर्शन का पूरा पालन करते।

सूबेदार मेजर नेगी को सिपाही चाचाजी का आना बेहद नागवार गुजरता था, करीब ढाई साल पहले जेठी की गरमी के समय नेगी साहब अपने आम के पेड़ के नीचे 1/37 बदरीनाथ मार्ग पर खड़े थे। ऊपर कालाबढ़ में खड़े होकर वह विश्रांति के निर्माण को देख रहे थे''

सामान्यत: वह अपने शयनकक्ष से तब तक नहीं निकलते, जब तक वह बूढ़े सिपाही चाचा चले नहीं जाते। अगर वह अनजाने में पकड़े जाते—जैसे सुबह के समय में आम के पेड़ के नीचे तो वह गहरी नींद में सोने का नाटक करते और उस बूढ़े जवान की कही हुई बातों का जवाब नहीं देते। इस पर, सिपाही चाचाजी, नेगी साहब की गोद मे रखे अखबार को धीरे से खिसकाकर उसे पढ़ने बैठ जाते। हालाँकि अंग्रेजों के साथ हमारा असहयोग आंदोलन अच्छा चला, पर यहाँ पर यह बुरी तरीके से फेल हो गया। सिपाही चाचाजी की कोशिशें पूरी तरीके से चालू रहतीं, जैसे श्रीमती नेगी उन्हें खाना बनाकर देतीं। इस तरह एक दिन जब श्रीमती नेगी ने सिपाही चाचाजी को उनकी पसंदीदा काजू कतली खिलाई, उसके बाद सूबेदार मेजर नेगी ने अपने पोस्ट-रिटायरमेंट असहयोग आंदोलन को छोड़ने की सोच ली और फिर से विध्वंस का

हथियार उठाने का रास्ता अपनाने की सोच ली।

बहुत कम लोग यह बात जानते थे, जब सूबेदार मेजर नेगी युवक थे, तब वे विज्ञान के एक विलक्षण विद्यार्थी थे, उन्होंने नासा में जाकर काम करने का सपना हमेशा से ही पाला था, पर अपने पिता की असामयिक मृत्यु से उनके परिवार की आर्थिक स्थिति अचानक खराब हो गई और उन्हें एक सैनिक के रूप में सेना में जाने को मजबूर होना पड़ा। पर दिल से वे हमेशा ही विज्ञान के चाहनेवाले रहे। एक दोपहर, बंदरों के झुंड से परेशान होकर उन्होंने एक सर्कट बनाया और उसकी एक तार उस पपीते में डाल दी, जो सबसे ज्यादा पका था। अब जब भी कोई बंदर पपीते का एक ग्रास तोड़कर खाता, तो उसे जोरदार करंट लगता। इस उपाय ने जादू की तरह काम किया और बहुत जल्द ही 'विश्रांति' बंदरों के आतंक से मुक्त हो गई, जो फिर ऐसी चीजों की खोज में चले गए, जिसे खाकर उन्हें बिजली के झटके कम लगें।

जानवरों पर इसका इस्तेमाल कर मिली सफलता के बाद, सूबेदार मेजर नेगी ने सोचा कि क्यों न इसका इस्तेमाल मनुष्यों पर किया जाए। जब उनकी पत्नी सुबह की पूजा में व्यस्त रहती, तो वे धीरे से उस काम में व्यस्त हो जाते (उन्हें यह लगता कि वह मानव-अधिकार के तहत इसका विरोध करेंगी) और उन्होंने अपने ही घर के लोहे के दरवाजे में एक छोटा सा सर्कट फिक्स कर दिया और घर की बैठक में लगे परदों के पीछे छिपकर नजारा देखने लगे, पर उनका दिल जोर-जोर से धड़कने लगा। उन्हें इससे पहले ऐसा उत्साह तब आया था, जब श्रीलंका में ऑपरेशन पवन के समय उनकी कंपनी ने अपने कैंप के आसपास लिट्टे के उग्रवादियों के लिए माइन्स बिछा रखी थीं और उनके आक्रमण का इंतजार कर रहे थे। वे अपने हाथ में रखे 'दैनिक जागरण' अखबार पर बमुश्किल ध्यान

> ***परदे के पीछे से झाँककर जब उन्होंने देखा, तो पाया कि सिपाही चाचाजी चुपचाप गेट पर पहुँच गए थे और झटके से उन्होंने अपना हाथ दरवाजे से हटा लिया। सिपाही चाचाजी ने करीब दो बार और दरवाजा खोलना चाहा, पर परेशान चेहरा लेकर वे फिर वापस चले गए और धीरे-धीरे उनकी लाठी की ठक-ठक की आवाज कानों से दूर हो गई।***

लगा पा रहे थे और उनके दिल की धड़कन अचानक से कुछ क्षणों के लिए गायब ही हो गई, जब उन्हें रोड में लाठी की चिर-परिचित आवाज सुनाई दी।

परदे के पीछे से झाँककर जब उन्होंने देखा, तो पाया कि सिपाही चाचाजी चुपचाप गेट पर पहुँच गए थे और झटके से उन्होंने अपना हाथ दरवाजे से हटा लिया। सिपाही चाचाजी ने करीब दो बार और दरवाजा खोलना चाहा, पर परेशान चेहरा लेकर वे फिर वापस चले गए और धीरे-धीरे उनकी लाठी की ठक-ठक की आवाज कानों से दूर हो गई। जब श्रीमती नेगी नहाकर बाहर निकलीं, तो उन्होंने अपने गीले बाल तौलिए में बाँधे हुए थे, उन्होंने पाया कि उनके पति अखबार के भीतर घुसे हुए हैं। उन्होंने पूछा, "आज सिपाही चाचाजी नहीं आए?" इस पर उन्होंने अपना सिर हिला दिया।

इसके बाद जो भी हुआ, वह एक इतिहास ही है। इस घटना से पूरी तरह से घबराए सिपाही चाचाजी को इसके बाद झंडा चौक में स्थित चाय की दुकान में लोगों से यह कहते सुना कि बवासीर के लिए वे जो दवाइयाँ ले रहे थे, लगता है कि उससे वे चार्ज हो गए हैं, इसलिए वे जब भी कोई लोहे का दरवाजा छू रहे हैं तो उन्हें करंट सा लग रहा है।

इसके बाद जो भी हुआ, वह एक इतिहास ही है। इस घटना से पूरी तरह से घबराए सिपाही चाचाजी को इसके बाद झंडा चौक में स्थित चाय की दुकान में लोगों से यह कहते सुना कि बवासीर के लिए वे जो दवाइयाँ ले रहे थे, लगता है कि उससे वे चार्ज हो गए हैं, इसलिए वे जब भी कोई लोहे का दरवाजा छू रहे हैं तो उन्हें करंट सा लग रहा है। सूबेदार मेजर नरेंद्र सिंह नेगी को यह समाचार अपनी शक्की पत्नी से मिला, उन्हें ब्रिगेडियर साहब की पत्नी ने यह बात बताई थी और उन्हें दूधवाले ने बताया था, तो उन्होंने बुदबुदाते हुए कहा, 'बहुत आश्चर्य है' और फिर वे प्लेट में ताजे कटे पपीते की ओर बढ़ गए और उनके चेहरे के आसपास एक संतुष्टि भरी मुसकान थी।

सूबेदार नेगी ने अगले दिन फिर से आम के पेड़ के नीचे अपनी पसंदीदा जगह पर सुबह का समय बिताया। चुटकी उसी तरह उनके पैर के पास लोटपोट कर अपनी स्वामिभक्ति का प्रदर्शन कर रही थी और उनकी चप्पल का किनारा

खा रही थी। उस शाम जब ब्रिगेडियर साहब को यह खबर अपनी पत्नी से मिली, तो अपनी उस कसम को पीछे रखकर कि वह किसी अन्य रैंक के लोगों से सामाजिक सरोकार नहीं रखेंगे, पर वे विजेता सूबेदार मेजर साहब को उनके इस काम के लिए बधाई देने गए। उन दोनों का एक सामान्य शत्रु पराजित हो चुका था।

□

घर में अकेली

उसे शाम को जॉगिंग करने के लिए नहीं जाना चाहिए था। जब तक उसने अपना पूरा चक्कर समाप्त कर लिया था, तब तक उस समय तक अँधेरा हो चुका था। उसका अंत का चक्कर हिला देनेवाला था। रास्ते से प्रकाश अचानक से गायब हो गया, इससे रोड में अँधेरा छा चुका था, उसने तेजी से दौड़ना शुरू किया, अपने घर पहुँचने के लिए 200 मीटर का स्प्रिंट किया, वह कूदी, उसके बरामदे में इनवर्टर के कारण प्रकाश आ चुका था। सेना के कैंटोनमेंट हमेशा सुरक्षित माने जाते हैं। पर फिर भी पता नहीं होता, किसी भी प्रकार का चांस लेना बेवकूफी ही होती है। उसने अपने आप से बुदबुदाते हुए कहा, 'अब कभी नहीं', ड्राइव वाले रास्ते में उसने लोहे का दरवाजा खोलने के लिए धक्का दिया। रात की रानी की खुशबू उसकी नाक में घुसी जा रही थी और उसे अपने सामने के दरवाजे पर एक अकेला बल्ब जलता देख बहुत खुशी हुई, वह अंदर घुसी और अपने पैर की उँगलियों के बल खड़ी हो गई और उन्हें अंदर की ओर दबाया। फ्रिज तक जाकर उसने ठंडे पानी की बोतल उठाई और शयनकक्ष तक जाने का रास्ता बनाया, पर वे अपने अंतिम स्प्रिंट के कारण अभी भी हाँफ रही थी।

जो टाइट्स उसने उतारे थे, वे अभी भी जमीन पर गिरे हुए थे और स्नीकर्स को छोड़कर उसने सबकुछ उतार दिया था। वह पसीने से भरी अपनी टी-शर्ट भी उतार चुकी थी, तभी उसकी नजर जूतों पर गई। उन जूतों का रंग उतर चुका था और वह थोड़े उधड़ भी चुके थे, उनका रंग थोड़ा भूरा था और वह दूसरे

कमरे के मोटे बेज परदों के नीचे से दिखाई दे रहे थे। एक जूते के किनारे से सफेद धागा भी लटका दिख रहा था। उसका खून जम गया। उन परदों के पीछे कोई खड़ा था। वह उस जगह से दूसरी ओर खड़े शरीर की छाया देख पा रही थी, जहाँ उसने अपने कपड़े गिराए थे। सिर के ऊपर की लाइट सीधे जूतों पर गिर रही थी।

वह अपने बिस्तर पर रखी सूती नाइट शर्ट की ओर बढ़ी—उसने सोचा था कि वह नहाने के बाद उस शर्ट को पहनेगी—और उसने शर्ट सीधे सिर से नीचे डाल ली, पर उसकी आँखें अभी भी घुसपैठिये के जूते पर ही थी। उसने पहले मदद के लिए चिल्लाने की सोची, पर डर के कारण उसका गला बंद हो गया था। अगर वह चिल्लाती, तो उसे पता था कि उसके पुराने, अलग-थलग पड़े ब्रिटिशों के समय के इस बँगले से निकली आवाज बहुत कम दूर तक ही सुनाई देती। उनके पड़ोसी एक बाड़े और दो गैराजों से दूर रहते थे। अगर वह उसके चिल्लाने की आवाज भी सुनते, तो परदे के पीछे खड़ा आदमी उन लोगों के पहुँचने से पहले ही वहाँ पहुँच जाता।

उन्होंने उन्हें कुछ घंटे पहले गुडबाय भी कहा और फिर वह खुश होकर जीप पर बैठ गए, जो उनके लिए भेजी गई थी। उन्होंने जंगल वाली कैप नीचे की और यूनिट के नाई ने फौजियों के बाल काट दिए थे, उनके बैग स्नैक्स और जूस के कार्टन से भरे पड़े थे।

उसे आश्चर्य हुआ कि उसे कैसे पता कि वह सप्ताहांत में अकेले है। उसके पति रूटीन फील्ड फायरिंग के लिए अस्सी कि.मी. दूर हैं और वह अगले दिन आएँगे। आज सुबह ही तो पति ने उससे पूछा था कि वह मदद के लिए किसी लड़के को भेज दे और वह भी तुरंत तैयार हो गई थी। उसके पति ने शाम को मछली भूनी, झील के किनारे बोनफायर पर मैगी बनाई, जहाँ बटालियन कैंप कर रही थी और वह अगले दिन अपने पिताजी के साथ वापस आएँगे। उन्होंने उन्हें कुछ घंटे पहले गुडबाय भी कहा और फिर वह खुश होकर जीप पर बैठ गए, जो उनके लिए भेजी गई थी। उन्होंने जंगल वाली कैप नीचे की और यूनिट के नाई ने फौजियों के बाल काट दिए थे, उनके बैग स्नैक्स और जूस के कार्टन से भरे पड़े थे। वे सब एक जैसी टी-शर्ट और शॉर्ट्स पहने हुए थे और वे उनके पिताजी से

मिलने को आतुर थे, जिन्हें उन्होंने करीब एक हफ्ते से देखा नहीं था।

जब लड़के चले गए थे, तो उसने अपने लिए चाय का एक बड़ा सा प्याला बनाया और अखबार पढ़ने लग गई और घर में फैली शांति का आनंद उठाने लगी। उसने पहले दौड़ने की सोची, उसने सोचा कि सबसे पहले अपने लिए रात के खाने के लिए सूप और सैंडविच बनाएगी और फिर टी.वी. देखकर शाम बिताएगी और फिर एक शारडेने वाइन का एक गिलास पिएगी। अपनी शादी के पंद्रह सालों में, जनरल करिअप्पा कॉलोनी में वह सुनसान इलाकों में कई बार अकेले रही है, पर वह पहले कभी नहीं डरी। हालाँकि उसने अकेलेपन का आनंद लिया है।

पर अभी इस समय वह डर के मारे काँप रही थी। क्या पता परदे के पीछे खड़े आदमी को उसके आने की भनक पड़ी अथवा नहीं या वह सिर्फ छिपने की कोशिश कर रहा है या वह उस पर आक्रमण करने की प्रतीक्षा कर रहा है, उसे कुछ नहीं पता था। वह शयनकक्ष के जिस दरवाजे से आई थी, वह दरवाजा उसके करीब होने की बजाय उस व्यक्ति के करीब था, इसलिए वह बाथरूम की तरफ आशा से देखने लगी, जो उससे कुछ ही फीट की दूरी पर था। अगर वह वहाँ घुसने में सफल हो गई और अंदर से दरवाजा बंद कर दिया—तो फिर वह बगीचे में आराम से निकल सकती है—पर अचानक से जूते आगे-पीछे होने लगे, परदों के पास एक हाथ अचानक से स्विच पर जाने लगा और पूरे कमरे में अँधेरा हो गया।

पर अभी इस समय वह डर के मारे काँप रही थी। क्या पता परदे के पीछे खड़े आदमी को उसके आने की भनक पड़ी अथवा नहीं या वह सिर्फ छिपने की कोशिश कर रहा है या वह उस पर आक्रमण करने की प्रतीक्षा कर रहा है, उसे कुछ नहीं पता था।

वह चुपचाप बाथरूम के दरवाजे की ओर देखकर आँख बंद कर बढ़ी, पर वह व्यक्ति छाया से निकल गया और उसके सामने खड़ा हो गया। वह अपने घुटने में बैठ गई और अपने बिस्तर के किनारे के मेज तक रेंगकर गई, जहाँ फोन रखा हुआ था। उसमें अंतिम कॉल उसके पति का था और अगर उसने रिडायल कर दिया, तो वह मदद भेजने में सक्षम हो पाएँगे···फिर अचानक एक मजबूत और कठोर से हाथ ने उसके टखने पकड़ लिये और उसे पीछे से खींचना शुरू

किया। उसने बहुत तेज से लात मारी, पर आक्रमणकारी बहुत मजबूत था और जैसे ही उसने चीखना शुरू किया, उसने और तेजी से उसे पीछे खींचना शुरू किया। उसकी आँखों के सामने अँधेरा था और वह कुछ देख नहीं पा रही थी।

वह फिसली जा रही थी, पर होश में थी। उसके गले में दर्द था और जलन भी हो रही थी—वह दर्द तभी कम हुआ, जब एक नर्स ने उसकी एक नस में दर्दनिवारक दवाई का इंजेक्शन दिया। उसके गले में तेरह टाँकें लगे। सर्जन ने कहा कि इतने भयंकर आक्रमण के बाद बच पाना एक करिश्मा ही है। उनके पड़ोसी, जो एक सेवारत कर्नल थे और उनकी पत्नी एक डिनर पार्टी के बाद अपने घर की ओर जा रहे थे—उन्हें बाड़े की दूसरी ओर से आवाज सुनाई दी और वह देखने के लिए आए कि कहीं कोई जानवर घायल तो नहीं हो गया है। वह उसे ड्राइव-वे पर पड़ा देखकर घबरा गए, उसकी शर्ट खून से सनी हुई थी। उसके गले से घरघराहट की आवाज आ रही थी। कर्नल ने उसे अपनी कार में बिठाया और उनकी पत्नी बैकसीट पर उसके साथ बैठी रही, वे उसे बेस हॉस्पिटल ड्राइव करके ले गए। फिर उन्होंने उसके पति को फोन किया। इमरजेंसी ड्यूटी में तैनात डॉक्टर उसकी चुप्पी को देखकर आश्चर्य में थे और उसके जीने की इच्छा को लेकर चकित थे।

सर्जन ने कहा कि इतने भयंकर आक्रमण के बाद बच पाना एक करिश्मा ही है। उनके पड़ोसी, जो एक सेवारत कर्नल थे और उनकी पत्नी एक डिनर पार्टी के बाद अपने घर की ओर जा रहे थे—उन्हें बाड़े की दूसरी ओर से आवाज सुनाई दी और वह देखने के लिए आए कि कहीं कोई जानवर घायल तो नहीं हो गया है।

आक्रमणकारी ने बैठक के कमरे की दीवार में सजावट की वस्तु के रूप में लटकी कटारी से उसका गला रेता और खुली खिड़की से भाग गया। आक्रमणकारियों ने खून से सना हथियार उसके निर्जीव से पड़े शरीर के पास यह सोचकर फेंक दिया था कि शायद वह मर गई हो। पर न सिर्फ उसने अपने

भीतर जीने की इच्छा रखी और वह जिंदा भी रही और साथ ही वह स्वयं को सामने वाले दरवाजे तक घसीटकर भी ले आई, अपने को बाहर तक किसी तरह किया और फिर दरवाजे के पास मदद के लिए चलते हुए आई। बहुत ज्यादा खून निकल जाने के कारण वह ड्राइव-वे पर गिर गई।

वह जिस जगह पर लेटी हुई थी, उसके पति अस्पताल के उस बिस्तर के पास कुरसी खींचकर बैठ गए और वहीं उनका सिर एक मुलायम से तकिए पर थोड़ा ऊपर करके रखा हुआ था। उनका बड़ा बेटा उसके पास बैठा हुआ था। वह दोनों उसकी ओर बहुत चिंतित हुए अपनी गहरी भूरी आँखों से देख रहे थे। उसने मुसकराने की कोशिश की और उस छोटे हाथ तक पहुँचने की कोशिश की, जो कंबल का एक किनारा पकड़े हुए थे। वह लड़का सिर्फ दस साल का था और कुछ ही सालों में वह अपने पिता की तरह एक हैंडसम आदमी बननेवाला था। उसने अपनी माँ का हाथ पकड़ा और अपनी माँ को झट से चूम लिया।

उस पिता एवं पुत्र के अलावा एक और जाना-पहचाना व्यक्ति था—वह था ब्रिजेंदर। वह उसके पति का खास आदमी था, जो उनके साथ पिछले दस साल से जुड़ा हुआ था और वह उस परिवार का एक भरोसेमंद व्यक्ति था। उसकी आँखें आँसुओं से भर गई थीं और उसने अपनी बाँहों में सबसे छोटे बच्चे को पकड़ रखा था"

उस पिता एवं पुत्र के अलावा एक और जाना-पहचाना व्यक्ति था—वह था ब्रिजेंदर। वह उसके पति का खास आदमी था, जो उनके साथ पिछले दस साल से जुड़ा हुआ था और वह उस परिवार का एक भरोसेमंद व्यक्ति था। उसकी आँखें आँसुओं से भर गई थीं और उसने अपनी बाँहों में सबसे छोटे बच्चे को पकड़ रखा था, जिसने अपने हाथ में हॉट व्हीलस कार वाला खिलौना लिया था। यह एक ऐसा खिलौना था, जिसे उसने पहले कभी नहीं देखा था, इसलिए उसने अनुमान लगाया कि चूँकि पापा मम्मी के साथ अस्पताल में समय बिता रहे हैं, इसलिए भैया के साथ रहने के लिए उसे यह घूस के रूप में खुश रहने के लिए

दिया है। महिला ने उस बच्चे को अपने पास बुलाया, पर उसने ब्रिजेंदर की गरदन में अपना सिर छिपा लिया। वह महिला जिसके हाथों में, नाक में ट्यूब लगी हुई थी और उसकी गरदन के चारों ओर बैंडेज लगी हुई थी, जिसे देख उस बच्चे को अच्छा नहीं लग रहा था, क्योंकि वह तो अपनी खुश और मुसकराती माँ को जानता था।

पति ने अपना सिर कुरसी में पीछे की ओर करते हुए कहा कि 'ब्रिजेंदर, बच्चों को घर ले जाओ। उनके रात का खाना मैस से आएगा। कमरे में सो जाना। मैं कल सुबह आऊँगा।' ब्रिजेंदर ने अपना सिर हिलाया और एक दम सीधे खड़े होकर कहा, 'राम-राम साहब!'

उसके अचानक चलने से बच्चे की लाल कार बच्चे के छोटे हाथ से फिसल गई। वह जमीन पर जोर से गिर गई। बच्चे की आँखें अपने खिलौने को देखने में लगीं और हलके भूरे कैनवस वाले जूते पर रुक गई, जिसके किनारे फटे हुए थे और जिसे मोची ने सफेद धागे से सिला था और जो गंदा हो गया था। ब्रिजेंदर उस खिलौने को उठाने के लिए झुका और उसे अपनी कमीज से पोंछने लगा। वह महिला उसे देख रही थी, क्योंकि उसने बड़े बच्चे को भी हाथ में उठाया था और फिर वह दरवाजे की ओर जाने लगा। वह बुदबुदाने लगी, "उसे रोको।" उसके पति ने आश्चर्य में अपना सिर उठाया। उस स्त्री की साँस उखड़ने की आवाज आ रही थी, उसकी त्वचा भी उखड़-सी रही थी, उसने दर्द में कहा, "मैंने इन जूतों को पहले भी कहीं देखा है।"

□

मुन्नी मौसी*

जिस घर में राधिका रहती थी, वहाँ बाँस का एक दरवाजा था। हालाँकि उस घर का फर्श मिट्टी का था, जहाँ कभी-कभार साँपों को पकड़ पाना मुश्किल होता था, क्योंकि जब भी बारिश होती, वे रसोई की नाली से लुढ़ककर आ जाते।

राधिका को अपने पैरों के नीचे मिट्टी के फर्श बहुत पसंद थे, पर अब वह कभी नंगे पाँव नहीं चलती थी। मुन्नी मौसी के मरने के बाद बहुत कुछ बदल गया था। बारिश के साथ ही साँपों के बिल भी बहकर आ जाते। राधिका के पेट के भीतर बच्चे ने भी लात मारनी शुरू कर दी थी। मनोज ने भी अपनी पोस्ट तेम चुंग चुंग तक पहुँचने में पाँच दिन लगाए थे, वह जगह जहरीले साँपों का पहाड़ था, जहाँ से वह अभी तक वापस नहीं आया था।

बाँस के घर में अकेले राधिका सिंक में जाकर उलटी करती रहती थी और रात में खिड़की में ठक-ठक की आवाज सुनती, जिसका अर्थ था कि मुन्नी मौसी उस खिड़की के पतले से शीशे में मुँह चिपकाकर अंदर देखने की कोशिश करती।

राधिका ने अपनी आँखें जोर से बंद कर लीं, अपने पेट पर अपना हाथ रख यह महसूस करने की कोशिश की कि बच्चा अंदर चल रहा है और अपनी पीठ अपनी मौसी की तरफ घुमा ली, जो उसे पूरी जिंदगी प्यार करती आई थी।

शाम होने के बाद वह टॉयलेट का इस्तेमाल नहीं करती और इस बात से डरती कि कहीं मुन्नी मौसी अपने मोटे-मोटे पैर फैलाकर सफेद कमोड में बैठी

---

* इस कहानी का संक्षिप्त स्वरूप राष्ट्रमंडल लघु कहानी प्रतियोगिता 2008-09 में आईं प्रविष्टियों में जीतनेवाली कहानियों में से एक था।

न हों, उनकी इक्कत प्रिंट की सूती नाइटी ऊपर की ओर न हो और न उनके सफेद अनसुलझे बाल उनके गले तक न आए हों। इससे अच्छा राधिका अपना बढ़ा हुआ पेट झुलाकर, अपने पेल्विक मांसपेशियों को सिकोड़कर सुबह ही अपना ब्लेडर खाली करेगी, जो सुबह तक फटने जैसा हो जाता। वह अपना एक हाथ तकिए के नीचे रखती और छोटा सा क्रॉस ढूँढ़ती, जो रोजरी के दानों के साथ जुड़ा रहता और उसकी रक्षा करता। पर जब उसके अपने तैंतीस करोड़ देवी-देवता उसकी रक्षा नहीं कर पाए, तो दूसरे धर्म के भगवान् उसकी रक्षा कैसे करेंगे? उसे यह पता नहीं था, पर वह रोजरी उसे एक असम राइफल्स के युवा अफसर ने घर जाते समय अरुणाचल के जंगलों में तीन साल पहले दी थी, जिससे इतने सालों में उसके मन में एक विश्वास बैठ गया था, जो उसके घर की अगरबत्तियाँ भी उसके भीतर जगा नहीं पाई थीं।

> ***शाम होने के बाद वह टॉयलेट का इस्तेमाल नहीं करती और इस बात से डरती कि कहीं मुन्नी मौसी अपने मोटे-मोटे पैर फैलाकर सफेद कमोड में बैठी न हों, उनकी इक्कत प्रिंट की सूती नाइटी ऊपर की ओर न हो और न उनके सफेद अनसुलझे बाल उनके गले तक न आए हों।***

दो साल के दर्दनाक इनफरटिली ट्रीटमेंट-ऑपरेशन के बाद जब बंद हुई फैलोपियन ट्यूब को खोला गया, मासिक ओवल्यूशन की मॉनिटरिंग हुई, पूरे ब्लेडर का अल्ट्रासाउंड हुआ, उसके पूरे पैर फाड़कर क्रायोप्रिसर्वड सीमेन्स को इंजेक्शन के जरिए उसके अंदर इंजेक्ट किया गया, जिस कारण उसे लगता था कि असुविधा के बदले वह घृणा के कारण ही कहीं मर ही न जाए—इन सबके बाद वह उस बच्चे के बारे में सोच पाई थी, जो अब आने ही वाला था। मुन्नी मौसी हमेशा उसके साथ थीं। वह अपनी स्टार्च की हुई सूती साड़ी में उसे अस्पताल ले जाती, कार की चाबियाँ अपने लाल चमड़े के पर्स में डालती और कार को बंद कर देने के बाद, वह उसे बड़े से भूरे कागज का लिफाफा पकड़ा देती, जिसमें पहले की रिपोर्ट, अल्ट्रासाउंड आदि थे, वह परेशानी को दूर करने के लिए मजाक करतीं और साथ में ये भी कहती कि अगर कुछ काम नहीं आया तो गोद लेना तो एक विकल्प है ही।

फिर वह कुल्फी-फलूदा! फैंटसी के लिए हँसते हुए सड़क के किनारे रखी किताब बेचनेवालों को शाम को देखती, दिल्ली की बोल्ड मैगजीन पर उनकी नजर पड़ती, जिसमें अर्धनग्न तसवीरें होतीं और साथ ही, जिसमें पाठकों के विचित्र से पत्र भी हुआ करते। वह युवाओं की तरह हँसती-ठिठियाती, उसे वह दिन याद आता, जब मुन्नी मौसी ने एक दिन एक लड़के से उस किताब की एक कॉपी माँगी, उस लड़के ने उनके मोटे से शरीर की ओर देखा, उसने उनकी सूती सलवार-कमीज, सफेद बाल और चश्मे की ओर देखकर संदेहास्पद रूप से कहा, "आंटीजी, रहने दो। यह आपके मतलब की नहीं है।"

जब मुन्नी मौसी ने एक दिन एक लड़के से उस किताब की एक कॉपी माँगी, उस लड़के ने उनके मोटे से शरीर की ओर देखा, उसने उनकी सूती सलवार-कमीज, सफेद बाल और चश्मे की ओर देखकर संदेहास्पद रूप से कहा, "आंटीजी, रहने दो। यह आपके मतलब की नहीं है।"

आइसक्रीम पार्लर में उनका पहला कोन, उनकी पहली सलामी, लंदन से उनकी पहली ड्रेस (मुन्नी मौसी की पहली विदेश यात्रा में खरीदा गया उपहार), पत्रकारिता की क्लास में उनका पहला घबराहट वाला दिन, यहाँ तक कि पहला बॉयफ्रेंड (जो मोटरबाइक में आया था और चूँकि वह रोमांस शुरू होने से पहले ही खत्म हो चुका था, क्योंकि मुन्नी मौसी ने उसे डरा दिया था, 'अगर मैंने इसे फिर से देखा तो मैं तुम्हारे माँ-बाप को बतला दूँगी') पूरी जिंदगी की उदासी भरी यादें उसके दिमाग में घूमने लगीं, क्योंकि वे अपनी रातें जगकर बिताती थीं, उनकी आँखें बंद हो जाया करतीं। वह उसे उन जगहों पर ले जाती, जहाँ पहले कभी नहीं गए थे।

राधिका ने नेवी ब्लू रंग का ए लाइन फ्रॉक पहना हुआ था, जिसमें गले के आसपास हाथ से क्रीम रंग की इंब्रोइडरी हुई थी। राधिका को जिस भी जन्मदिन की पार्टी में बुलाया जाता वह उस फ्रॉक को हर बर्थडे में पहनना पसंद करती। और अगर उससे कोई पूछ ले कि उसे वह फ्रॉक कहाँ से मिली है तो वह नीचे

देखती और शरमाकर, फुसफुसाकर कहती—विदेश की है।

उन दिनों, वह छोटे से आगरा शहर में रहती थी, जहाँ एक समय में मुगलों का राज था और जो आनेवाली पीढ़ियों के लिए खूबसूरत खँडहर पीछे छोड़ गए थे। भारत के नाम के अलावा राधिका सिर्फ तीन देशों के नाम जानती थी—अमेरिका (जहाँ आर्ची और वेरोनिका रहते थे), जापान (जहाँ के लोगों की आँखें छोटी होती और वे चॉपस्टिक से नूडल्स खाते), और अंत में लंदन (जहाँ मुन्नी मौसी गई थीं और वहाँ से उसके लिए नीली ड्रेस लेकर आई थीं।)

परिवार में मुन्नी मौसी पहली महिला थी, जिन्होंने कुछ अलग किया था, जैसे—दिल्ली जाना और फिर अपने लिए एक नौकरी ढूँढ़ना, फ्लैट में अकेले रहना, कार ड्राइव करना, उन्होंने शादी नहीं की और उनका एक बेस्ट फ्रेंड था, जो एक पुरुष था। अपने परिवार में एयर इंडिया के प्लेन में बैठनेवाली भी वह पहली महिला थी, जो काम के सिलसिले में विदेश गई थी।

> *परिवार में मुन्नी मौसी पहली महिला थी, जिन्होंने कुछ अलग किया था, जैसे—दिल्ली जाना और फिर अपने लिए एक नौकरी ढूँढ़ना, फ्लैट में अकेले रहना, कार ड्राइव करना, उन्होंने शादी नहीं की और उनका एक बेस्ट फ्रेंड था, जो एक पुरुष था।*

उस समय राधिका एक छोटी सी, पतली-दुबली बच्ची थी, जिसका रंग गहरा था, पर भारतीय रंगरूप के अनुसार वह सुंदर मानी जाती थी। बालों में तेल लगाकर, दो लंबी चोटी बना, जो लाल रिब्बन में गुँथी होती और उसकी मम्मी फिर उस चोटी में रिब्बन से सुंदर सा फूल बना देती, इस तरह वह स्कूल जाया करती। वह बहुत ही शरमीली थी, उसके बहुत दोस्त भी नहीं थे, वह तब तक नहीं बोलती, जब तक उसे बोलने के लिए नहीं कहा जाता और वह अपनी क्लास टीचर के पास भी यह शिकायत करने भी नहीं जाती कि उसके पीछे बैठनेवाले लड़के उसके बाल खींचते हैं।

उसे स्कूल से घृणा होती रही और फिर उसके बाद ऑल-गर्ल्स कॉन्वेंट में चली गई, जहाँ लड़कियाँ कमर से अपनी स्कर्ट थोड़ी ऊपर की ओर मोड़ लेतीं, जिससे कि वह थोड़ी छोटी हो जाए और जो लड़के पहले उसकी चोटी खींचा करते थे, वे अब उसके आसपास कहीं नहीं थे। अंतिम बार वह तब हँसी थी,

जब चूहे से दिखनेवाले 'चौह सर', उसके भौतिकी के शिक्षक श्री चौहान अपने साफ-सुथरे बालों, किनारे की माँग किए हुए और तीखी मूँछ के साथ कक्षा के बीच में उठे और बहुत सख्ती से कहा कि वे चाहते हैं कि सारी लड़कियाँ एक-एक कर उनके मेज के पास आकर अपनी 'फिगर' दिखाएँ। वे एक डायग्राम का जिक्र कर रहे थे, जो उन्होंने गृह-कार्य में करने के लिए दी थी। यह कहानी याद कर मुन्नी मौसी जोर-जोर से हँसती, जिससे राधिका के चेहरे में थोड़ी तो मुसकराहट आ जाए।

वह महज चौदह साल की थी, जब एक सड़क दुर्घटना में वह व्हीलचेयर पर आ गई और फिर जब तक वह स्वयं से चलने लायक नहीं हुई, तब तक वह करीब एक साल तक बैसाखी के सहारे चली। उसके एक पैर के नीचे ऑपरेशन का एक लंबा निशान था, जिसमें उसके टखने के पास त्वचा का एक गंदा सा टुकड़ा लगा हुआ-सा लगता था, जिसे छुपाने के लिए वह हमेशा मोजे पहने रखती थी। उसके शरीर में केलोइड्स बनाने की क्षमता थी—जो एक बड़ा और गंदा सा निशान था। सर्जन ने कहा था कि प्लास्टिक सर्जरी करके उन्हें इससे मदद मिल सकती है, पर तीन मुख्य ऑपरेशन कर और अस्पताल में करीब दो साल आने-जाने के बाद उसमें एक अन्य ऑपरेशन करने की हिम्मत नहीं बची थी।

तब वह समय था, जब मुन्नी मौसी आने लगी थी और उन्होंने कहा कि वह दाग इतने महत्त्वपूर्ण नहीं हैं, गाने जरूरी हैं। उन्होंने राधिका के लिए एक मास्टरजी चुनने में मदद की, एक दोस्ताना स्वभाव वाले शास्त्रीय संगीत के शिक्षक, जिनके कुछ दाँत गायब थे, वे तुतलाकर बोलते थे और फटफट से चलनेवाले पुराने हरे बजाज के स्कूटर में आते थे।

तब वह समय था, जब मुन्नी मौसी आने लगी थी और उन्होंने कहा कि वह दाग इतने महत्त्वपूर्ण नहीं हैं, गाने जरूरी हैं। उन्होंने राधिका के लिए एक मास्टरजी चुनने में मदद की, एक दोस्ताना स्वभाव वाले शास्त्रीय संगीत के शिक्षक, जिनके कुछ दाँत गायब थे, वे तुतलाकर बोलते

थे और फटफट से चलनेवाले पुराने हरे बजाज के स्कूटर में आते थे। पर जब वे अपने पैरों को मोड़कर आलथी-पालथी मारकर बैठते थे और उनकी मोटी उँगलियाँ हारमोनियम के काले-सफेद बटन पर चलतीं, तो वे जादू पैदा करते। उनके सुरमय नोट्स पूरे वातावरण को ऐसे संगीतमय कर देते, जैसे सूरज के उगते ही चारों तरफ सूरज का वलय छा जाता और राधिका भी उसी माहौल में गुम हो जाती, जहाँ उन भद्दे दागों का कोई मतलब ही नहीं था।

मास्टरजी ने राग यमन से मेरा परिचय कराया, उसके तीव्र म के कारण 'जब दीप जले आना' गाना भीतर लगता था, राग भैरव में रे, ध कोमल स्वर लगते, जिससे मूड हमेशा ही उदासीन हो जाता और फिर विविधता से भरा राग देश से बारिश की टिपटिप की आवाज हरे जवान पत्तों पर सुनाई देती और साथ ही महसूस होती मिट्टी की सोंधी खुशबू। मास्टरजी के जाने के बहुत दिनों बाद तक संगीत की आवाज कानों में गूँजती रहती।

जब उसने कॉलेज पूरा कर लिया और वह यूँ ही इधर-उधर बिना किसी उद्देश्य के घूम रही थी कि जिंदगी में अब क्या किया जाए, उसे दिल्ली में मुन्नी मौसी ने बुला लिया और फिर पत्रकारिता का एक पाठ्यक्रम करने के लिए कहा।

गरमी की एक दोपहर में मुन्नी मौसी ने अपनी नानीनुमा चश्मे को अपनी नाक के ठीक ऊपर रख, अखबारों को किनारे करते हुए उससे कहा, "मुझे लगता है कि तुम्हें लिखना चाहिए।" जैसे ही वह बिस्तर में बैठी, उनकी सूती साड़ी पूरी तरह से मुचड़ गई और सेमल की रुई वाले तकिए के साथ मिल सी गई।

गरमी की एक दोपहर में मुन्नी मौसी ने अपनी नानीनुमा चश्मे को अपनी नाक के ठीक ऊपर रख, अखबारों को किनारे करते हुए उससे कहा, "मुझे लगता है कि तुम्हें लिखना चाहिए।" जैसे ही वह बिस्तर में बैठी, उनकी सूती साड़ी पूरी तरह से मुचड़ गई और सेमल की रुई वाले तकिए के साथ मिल सी गई।

राधिका ने फ्रिज से सेब का एक टुकड़ा खाते हुए पूछा, "लिखूँ, क्या लिखूँ, मौसी?"

उन्होंने तुरंत कहा, "कहानियाँ।"

कहानियाँ दिल में ही जनमती हैं, जो लोगों द्वारा बोई जाती हैं और जब हम उसे अंदर और बाहर दोनों तरफ से जी लेते हैं और फिर जब वह अपने भार से आपको पूरी तरह से भर देती हैं, तो वह आराम से लिखी जाती हैं। आप कहानी तभी लिख सकते हैं, जब आपके अंदर कुछ हो और उसे तब लिख देना चाहिए, जब आँखें भीगी हों और आपकी उँगलियाँ उसे इतनी तत्परता से टाइप करने के लिए तैयार हों कि उसमें फिर दिमाग की कोई जरूरत ही न पड़े, तब ऐसी संसार रचना में आप बह निकलें, चलें और अपने आते-जाते विचारों को फिर शब्दों में पिरो लें। ऐसा नहीं होता कि किसी एक दिन आप लिखने बैठेंगे और फिर एक कहानी लिखना शुरू कर देंगे। ऐसा कुछ उसने मुन्नी मौसी से कह दिया होता—पर करीब बीस साल से लिखते हुए भी उसे यह नहीं पता था। वह चुप रही और बैठक में बैठ गई, जहाँ टी.एस. इलियट, हरिवंशराय बच्चन, बट्रेंड रसल और अलग-अलग प्रकार के लेखक जैसे प्रेमचंद से लेकर पी.जी वोडहाउस दरवाजे के पीछे एक छोटे से मेहराब में जमाकर रखे हुए थे।

जल्द ही राधिका को एक अखबार के कार्यालय में नौकरी मिल गई, जहाँ न्यूजरूम जे.एन. यू. से निकले दढ़ियल विद्यार्थियों से भरा हुआ था, जिनकी कम्युनिस्ट विचारधारा थी और उनकी शब्दावली बहुत ही रंगीन थी—वहाँ बहुत तेज-तर्रार बिहारी ग्रैजुएट भी थे, जो सिविल सर्विस के साक्षात्कार पास नहीं कर पाए थे…

जल्द ही राधिका को एक अखबार के कार्यालय में नौकरी मिल गई, जहाँ न्यूजरूम जे.एन.यू. से निकले दढ़ियल विद्यार्थियों से भरा हुआ था, जिनकी कम्युनिस्ट विचारधारा थी और उनकी शब्दावली बहुत ही रंगीन थी—वहाँ बहुत तेज-तर्रार बिहारी ग्रैजुएट भी थे, जो सिविल सर्विस के साक्षात्कार पास नहीं कर पाए थे, साथ ही गर्व से भरे बंगाली प्रबुद्धजन भी थे, वहाँ खादी का कुरता पहनना सांस्कृतिक श्रेष्ठता की निशानी थी। वहाँ वह आशू से मिली, जो एक

जाँबाज क्राइम रिपोर्टर था, जो उसे सुंदर मुसकान कहता और जब भी वह सिगरेट पीने और सैंडविच खाने जाता, उसे अपनी रिपोर्ट एडिट करने के लिए पकड़ा जाता। राधिका हमेशा ही सुंदर सी दिखने और तेज जुबान वाली पद्मिनी से दूर ही रहती, जो हमेशा सब-एडिटरों के कमरे में ही रहती और सिर थोड़ा टेढ़ा कर और अपने लॉन्ग स्कर्ट के घेरे से बुजुर्ग से दिखनेवाले श्री भट्टाचार्य, जो चीफ सब-एडिटर हुआ करते थे, ऊपर देखने के लिए मजबूर कर देती और वह भी पद्मिनी की मुसकराहट का इंतजार करते।

राधिका ने अपने दोस्त बनाए, जिसमें रोमांटिक जतिन था, जो एडिटर के लिए आई हर सेक्रेटरी के प्यार में पड़ जाता और राधिका को अपना वैसा दोस्त मानता, जो उसे हमेशा शाबाशी देती और साथ ही उसके काम, दिल तोड़ने की कहानियाँ, निरुला की चॉकलेट-चिप आइसक्रीम उसके दो रोमांसों के बीच खाती, उस समय उसकी दाढ़ी में छोटे-छोटे बाल होते और वह दुनिया को देखकर नाक-भौंह सिकोड़ा करता था। नौकरियाँ बदले हुए पाँच साल बीत गए, उसने भी नए दोस्त बनाने सीख लिये, जीवन जीने की कला आ गई और उसे भी अजनबियों तक पहुँचने और उनसे बात करने का सलीका आ गया।

निरुला की चॉकलेट-चिप आइसक्रीम उसके दो रोमांसों के बीच खाती, उस समय उसकी दाढ़ी में छोटे-छोटे बाल होते और वह दुनिया को देखकर नाक-भौंह सिकोड़ा करता था। नौकरियाँ बदले हुए पाँच साल बीत गए, उसने भी नए दोस्त बनाने सीख लिये, जीवन जीने की कला आ गई और उसे भी अजनबियों तक पहुँचने और उनसे बात करने का सलीका आ गया।

पर उसके जीवन के सर्वोत्तम दिन तभी थे, जब वह मुन्नी मौसी के साथ समय बिताती थी। सप्ताह के अंत में, कमानी ऑडिटोरियम में भीमसेन जोशी के संगीत कार्यक्रम होते, श्रीराम सेंटर में राष्ट्रीय नाटक विद्यालय के विद्यार्थियों द्वारा नाटक खेले जाते, कनॉट प्लेस में फूल बेचनेवाले के पास पाँच रुपए की खुशबूदार रजनीगंधा खरीद लेते। बंगाली मार्केट में गोलगप्पों की पार्टी होती, डिफेंस कॉलोनी के सागर रत्ना में कुरकुरा मैसूर मसाला डोसा खाते, साथ ही घर में दही-चावल, जिसमें सरसों के दानों एवं कढ़ीपत्ते का तड़का होता और ये सब

फ्रिज में मेरे सी-502, कर्जन रोड अपार्टमेंट में मिलता।

काला मोती, मुन्नी मौसी के काले ल्हासा ऐप्सो के साथ हम लंबी सैर पर जाते। पैदल चलते हुए हम सोनू का मजाक उड़ाते, जो हमारे ऊपर के तल पर रहता था और जब-जब राधिका मुन्नी मौसी के घर रात बिताने के लिए आती, तभी सोनू के कपड़े भी अचानक मौसी के घर पर गिरकर आ जाते। वह जैसे ही धीरे से घर की घंटी बजाता, तभी सामने का दरवाजा खोलकर उसे जल्दी से कपड़े उठाने को कहा जाता। मुन्नी मौसी कहती, 'मुझे तो लगता है कि वह यहाँ आने के बहाने इसलिए खोजता है, क्योंकि वह मुझे पसंद करता है,' ऐसा सुनकर राधिका शर्म से गुलाबी हो जाती और अपना सिर किताब में घुसा लेती।

काला मोती, मुन्नी मौसी के काले ल्हासा ऐप्सो के साथ हम लंबी सैर पर जाते। पैदल चलते हुए हम सोनू का मजाक उड़ाते, जो हमारे ऊपर के तल पर रहता था और जब-जब राधिका मुन्नी मौसी के घर रात बिताने के लिए आती"

कोटद्वार के पुराने घर में ट्रेन से यात्रा करके जाते, मुन्नी मौसी के शयनकक्ष में जॉर्ज स्यूरत का 'बैथर्स एट एसनियर्स' की पेंटिंग का एक प्रिंट लटका हुआ था (उसी लंदन ट्रिप के दौरान लाया हुआ) और खिड़की की ओर देखता सिद्धबली का प्रसिद्ध मंदिर, इन सबके बीच में एक हरी-भरी पहाड़ी थी, जहाँ भजन चलते रहते थे और सुबह-सुबह घंटियाँ बजती थीं। कई दोपहरें ऐसी थीं, जो सोफा में लेटे-लेटे बिताई गईं, जब गालिब की रचनाएँ पढ़ी जातीं। शामें और खुशनुमा हो जातीं, जब कुरकुरे समोसे के किनारे हरी चटनी में डुबोकर खाए जाते, रातों में वे बरामदे में बैठते और गाते तथा साथ ही उस पर यह भी देखते कि कैसे काली रात में पीला होता चाँद तारों के साथ अठखेलियाँ करता रहता है। यमन, बिहाग और बागेश्री को एक साथ मिलाकर, जब गाते 'शोला जो भड़के, दिल मेरा धड़के' और साथ ही भक्तिमय गीत 'मन तड़पत हरि दर्शन को आज' गाते, जिसे राधिका मुन्नी मौसी की मृत्यु के बाद कभी भी नहीं गा पाई, क्योंकि वह गाते ही मौसी की याद में उसका गला भर जाता और आँखों से अविरल आँसू बह निकलते।

~❖~

काम के मामले में राधिका बहुत आगे बढ़ चुकी थी और अपने उस काम को एंजॉय कर रही थी, जिसे उसने यूँ ही शुरू किया था। फिर एक दिन उसने अपना सारा काम एक हैंडसम जवान सेना के अधिकारी के लिए छोड़ दिया, जिसकी भूरी आँखें थीं और बाल आर्मी कट वाले थे। राधिका ने उसे पहले तब देखा, जब वह उसे देहरादून में एक शादी समारोह के दौरान हॉल में देख रहा था। उसने उसके हॉस्टल का पता मालूम कर लिया था और फिर उसे रोमांटिक कार्डों से रिझाने की कोशिश की थी—कामकाजी महिलाओं के हॉस्टल के मेलबॉक्स में वहाँ हर शाम एक कार्ड उसका इंतजार कर रहा होता और जब वह काम से वापस आती, तो सोमवार को उसे दो कार्ड मिलते, क्योंकि वह रविवार को नहीं आता था, इसलिए सोमवार को दो कार्ड मिलते। यह सिलसिला लगभग एक साल तक चलता रहा, वह उससे कभी-कभार मिलती, पर उसने कभी भी 'हाँ' के लिए कभी भी अपनी सहमति नहीं दी।

काम के मामले में राधिका बहुत आगे बढ़ चुकी थी और अपने उस काम को एंजॉय कर रही थी, जिसे उसने यूँ ही शुरू किया था। फिर एक दिन, उसने अपना सारा काम एक हैंडसम जवान सेना के अधिकारी के लिए छोड़ दिया, जिसकी भूरी आँखें थीं और बाल आर्मी कट वाले थे।

उसने दिल्ली में पत्रकारिता छोड़ दी और अरुणाचल प्रदेश के किमिन नामक एक स्थान में अपने पति के साथ चली गई, जहाँ वह असल राइफल्स के साथ कार्यरत थे, पर वहाँ कोई इंटरनेट या बिजली नहीं थी, सिर्फ खत्म न होनेवाली बारिश, लंबी-लंबी घासें जहाँ तेज बारिश में साँप अपने बिल से निकल आते और उसके बाँस वाले घर में घुस जाते। इसी कारण से आदिवासी लोग झोंपड़ी में रहते, जो लंबी-लंबी लकड़ियों में खड़े होते और नीचे सूअर चिल्लाते रहते।

उसकी शामों का सबसे खूबसूरत हिस्सा स्थानीय बच्चों को खेलते हुए देखना था, जो मोटे, गुलाबी गालोंवाले होते और उनकी आँखें काली होतीं, वे बच्चे आर्मी के कैंटोनमेंट एरिया में स्ट्रीट लाइट में खेलते (वे लाइटें जेनरेटर से रात के दस बजे तक जलतीं)। वे बच्चे वहाँ कीड़े पकड़ने के लिए आते, जिन्हें वे अपनी पारदर्शी पॉलिथिन के बैग में भरकर ले जाते और घर जाकर उनकी

माँएँ उनके कुरकुरे स्नैक्स बनातीं, जो वे मोमबत्ती के प्रकाश में नमक-भात के साथ मिलाकर खाते।

राधिका के पति जल्द ही चीन की सीमा से लगे तेम चुंग चुंग में एक युद्ध के लिए चले गए, वहाँ टेलीफोन का कनेक्शन बहुत ही बुरा था और वह अपने पति से महीने में दो बार से ज्यादा बात नहीं कर पाती थी। जब राधिका को पता चला कि वह गर्भवती है तो उसे अपने पति को यह खुशखबरी देने के लिए बारह दिनों का इंतजार करना पड़ा और फिर वह अंत में उससे वॉकी-टॉकी से बात कर पाई। टेलीफोन लाइन बार-बार कट रही थी और अजीब सी आवाज भी आ रही थी, ऐसे में वह बार-बार पूछे जा रहा था, 'क्या?' ऐसी थकाऊ वार्त्ता में राधिका को यह पक्का यकीन भी नहीं था कि उसने उसे जो भी कहा था, पता नहीं उसके पति को वह सुनाई भी दिया अथवा नहीं। फिर अंतत: राधिका ने अपनी सादगी का चोला उतारा और जो जवान एक्सचेंज का काम सँभालता था, उसे बताया कि वह गर्भवती है और उससे कहा कि वह 'साहब' को यह खबर दे दे। सैनिक ने कहा, 'बहुत अच्छी खबर है मेमसाहब।' उसने इतनी आत्मीयता से यह बात कही कि राधिका का गला भर आया।

राधिका के पति जल्द ही चीन की सीमा से लगे तेम चुंग चुंग में एक युद्ध के लिए चले गए, वहाँ टेलीफोन का कनेक्शन बहुत ही बुरा था और वह अपने पति से महीने में दो बार से ज्यादा बात नहीं कर पाती थी। जब राधिका को पता चला कि वह गर्भवती है...

जिंदगी उसके बाद थोड़ी मुश्किल भरी हो गई थी। वह पूरे दिन बाथरूम के सिंक में उलटी करती रहती और रात में पेट पकड़कर बैठे रहती, जो दिन-पर-दिन बढ़ते ही जा रहा था। फिर एक शाम राधिका ने उसे फोन करके सूचित किया कि ऑटोरिक्शा में बैठी मुन्नी मौसी को साइलेंट हार्टअटैक आया, उन्हें छाती में कुछ असहज महसूस हुआ, वे अस्पताल जा रही थीं और अब वे नहीं रहीं। मुन्नी मौसी के घनिष्ठ मित्र शर्मा अंकल ने राधिका को कहा कि चूँकि वे

मधुमेह से पीड़ित थीं, इसलिए उन्हें इतना दर्द नहीं हुआ होगा, यह सुनकर उसे थोड़ी तसल्ली हुई कि जब मुन्नी मौसी ने अपनी अंतिम साँस ली, तब कम-से-कम वे उनके पास थे।

राधिका रसोई में गई और अपने चरचराते हुए लकड़ी के कबर्ड से क्रिस्टल ग्लासों का एक सुंदर सा सेट निकाला, जो मुन्नी मौसी ने उसे शादी में गिफ्ट के तौर पर दिया था—उनका इस्तेमाल तभी होता था, जब कोई डिनर के लिए आता था। उसने प्याले में पानी भरा और अपनी झोंपड़ी के बाहर बैठ गई। उसने साइड में एक मच्छर मारनेवाला कॉइल अपने पास जला रखा था। वह चुपचाप काले बादलों को देखती रही, जो प्रकाश को चीर रहे थे और बारिश उन पर्वतों पर गिरने लगी, जिसे उसके पति ने पार किया था। वह उनसे बहुत दूर थे, खासकर जब उसे अपनी पति की सबसे ज्यादा जरूरत थी।

राधिका रसोई में गई और अपने चरचराते हुए लकड़ी के कबर्ड से क्रिस्टल ग्लासों का एक सुंदर सा सेट निकाला, जो मुन्नी मौसी ने उसे शादी में गिफ्ट के तौर पर दिया था—उनका इस्तेमाल तभी होता था, जब कोई डिनर के लिए आता था।

वह घर के अंदर तभी गई, जब स्ट्रीटलाइट के आसपास जमा हुए बच्चे अपने-अपने घरों में जाते हुए शोर मचाने लगे, इस बात का मतलब सिर्फ इतना था कि जल्दी ही लाइट चली जाएगी। उसने रूटीन जाँच करने के बाद जैसे परदों के पीछे देखकर, बिस्तर के नीचे देखकर दरवाजे बंद कर दिए और एक हाथ से स्टील का रॉड मजबूती से पकड़े रखा। उसके बाद उसने स्वयं के लिए एक खीरे का सैंडविच बनाया और चाय बनाकर अपने बिस्तर में सोने के लिए आई। वह ऐसी पहली रात होगी, जब उसकी खिड़की में खटखटाने की आवाज आई।

मुन्नी मौसी अकेली थीं और उन्हें किसी सहारे की जरूरत थी और वह दिल्ली से करीब हजारों मीलों दूर राधिका से मिलने के लिए आई थी, अपने कोमल, भूरे हाथों से, जिसमें गोल नाखून थे, उन्होंने सोने के कड़े पहने थे और

वह शयनकक्ष की खिड़की को खोलने की कोशिश कर रही थी। उनका रात में आना, टॉयलेट शेयर करना, रसोई में बरतनों की आवाज (मुन्नी मौसी छाछ से कढ़ी तैयार कर रही थी), इससे राधिका धीरे-धीरे पागल हुए जा रही थी।

कभी उसे रसोई में बरतनों के खड़कने की आवाज आती, उसे कभी फ्लश की आवाज आती, कभी रूई की फाह या तो कभी मुन्नी मौसी के पसंदीदा परफ्यूम शलेन नं. 5 की खुशबू, राधिका पहचान लेती। राधिका को हमेशा उसकी मौसी परेशान करती, जो उसे बहुत ज्यादा प्यार करती थी। उनकी आत्मा की मौजूदगी से ऐसा डर लगता था कि उसकी त्वचा सूख जाए, उसका गला सूख जाता था और जैसे-जैसे रात पास आती, उसे डर के कारण झटके लगते, वह राधिका के साथ एक महीने से ज्यादा रही, फिर एक दिन राधिका को ऐसा लगा कि उनके चँगुल में आकर उसका गला घोंट दिया जाएगा।

यह डर खत्म होना था, इसलिए एक दिन बाथरूम के शीशे को देखकर राधिका ने कुछ निश्चित किया, तब उसकी उँगलियाँ उसके धँसे गालों के ऊपर घूम रही थीं और उसकी त्वचा पीली पड़ती जा रही थी। उसने सोचा कि वह उस सफेद बालोंवाली औरत की छाया को जब भी देखेगी और अपने होंठ चबाकर जोर से चिल्लाएगी। जिस दिन रात में खिड़की में फिर से खटखट की आवाज सुनाई दी, राधिका बिस्तर से उठी, अपनी खिड़की के पास गई, परदे हटाए और अँधेरे की ओर घूरने लगी। वहाँ कहीं कुछ नहीं था। वह फिर से बिस्तर में वापस आई और तकिए पर अपनी कमर सीधी की।

यह डर खत्म होना था, इसलिए एक दिन बाथरूम के शीशे को देखकर राधिका ने कुछ निश्चित किया, तब उसकी उँगलियाँ उसके धँसे गालों के ऊपर घूम रही थीं और उसकी त्वचा पीली पड़ती जा रही थी।

उस रात राधिका ने अपनी आँखें बंद कीं, भगवानदास रोड में अपने वर्किंग वूमेन हॉस्टेल काला-पीला ऑटोरिक्शा लिया, जो वह पत्रकार होते हुए पिछले सात सालों से हर सप्ताह के अंत में लेती। वह उस घर में फिर से गई, जहाँ रजनीगंधा के फूल टेराकोटा गमले में खिले हुए थे, वहीं काला मोती किनारे से देख रहा था और टीन के तख्त के नीचे से गुर्रा रहा था। राधिका हरी हैंडलूम दरी की ओर आई, जो उसने एक बार दिल्ली हॉल से खरीदने में मदद की थी और

पीली जमीन पर रखे कुशन पर उसने हाथ फेरा, जिस पर वह पहले कितनी ही बार घुसी रहती थी। उसने रसोई में कढ़ीपत्ते के कड़कड़ाने की आवाज सुनी, बिस्तर में मुचड़ा सा अखबार देखा, उसके बगल में पढ़नेवाले चश्मे रखे थे और साइड टेबल में हेयरपिन रखी हुई थीं।

उसने लिफ्ट में देखा, बगीचे में मोगरे के फूल खिले हुए थे और गली के किनारे फल विक्रेता ने पपीते के मोटे-मोटे लाल टुकड़े किए हुए थे। वह गली के किनारे की बुकशॉप में घुसी, भारतीय लेखकों के नाम की तरफ गई, जहाँ उपमन्यु चटर्जी की किताबें रखी हुई थीं और अंत में, वह लकड़ी के एक स्टूल में बैठ गई, उसके हाथ उसकी गोद में बँधे हुए थे और उसके आँसू गालों पर लुढ़क रहे थे। वह बहुत जोर-जोर से रोने लग गई, क्योंकि अब वह एक इनसान को कभी नहीं छू पाएगी, उसकी आवाज कभी भी सुन नहीं पाएगी, उन हाथों को वह फिर से पकड़ नहीं पाएगी।

एक बार जब सिसकना बंद हुआ, तब आँसू भी अपने आप सूख गए। उसने अपना सिर उठाया। मुन्नी मौसी ने कहा, 'मैं शांति में हूँ राधिका, अब मुझे जाने दो।' राधिका ने हाथ में रखी दो मोटी-मोटी किताबों को ले, ऊपर मुँह करके देखा तो मौसी की दो आँखें उसकी ओर प्यार से नीचे देखी जा रही थीं।

एक बार जब सिसकना बंद हुआ, तब आँसू भी अपने आप सूख गए। उसने अपना सिर उठाया। मुन्नी मौसी ने कहा, 'मैं शांति में हूँ राधिका, अब मुझे जाने दो।'

राधिका ने हाथ में रखी दो मोटी-मोटी किताबों को ले, ऊपर मुँह करके देखा तो मौसी की दो आँखें उसकी ओर प्यार से नीचे देखी जा रही थीं। राधिका ने मुन्नी मौसी को पलटते हुए देखा और फिर वह कहीं चली गईं।

राधिका ने अपनी पलकों से आँसू पोंछे, उस तकिए को हटाया, जिसका कवर रोने के कारण गीला हो गया था और फिर बहुत रातों के बाद बिना किसी परेशानी के आराम से सो पाई।

❖

अगली सुबह उसने अपने लिए एक कप चाय बनाई, अपनी त्वचा पर

हाथों और पैरों पर ऑडोमोस लगाई और अपने घर की सीढ़ियों के आगे एक पेंसिल और पुरानी डायरी लेकर बैठ गई।

कई महीनों के बाद, उसने यह महसूस किया, जो उसने लिखा था, वह एक ऐसी दुनिया में प्रवेश कर चुकी थी, जहाँ कोई गुस्सा या उदासी नहीं थी या अगर किसी ने कुछ बुरा किया था, तो उसके प्रति कोई बुरी भावना नहीं थी, पर घाव कभी जाते नहीं हैं। उसे एक ऐसी जगह मिल गई थी, जहाँ उसका सारा डर और संकोच खत्म हो गया था और उसने अपनी कल्पनाशीलता की शक्ति को बढ़ा लिया था और जो चाहती थी, वह पा लिया था और जो देना चाहती थी, वह दे भी दिया, उसने अपनी भावनाओं को छू लिया था और उन्हें शब्दों के रूप में टाइप कर लिया। उसने सीख लिया था कि कहानियाँ कैसे लिखी जाती हैं।

कुछ सालों के बाद, एक पत्रकारिता फैलोशिप के लिए राधिका को लंदन जाना पड़ा और वह बहुत पसोपेश में वहाँ गई, यहाँ वह अपने तीन साल के बच्चे को उसके पिता की देखरेख में करके गई। जब वह हीथ्रो एयरपोर्ट में उतरी, तो अपने कैबिन बैग को अपने पीछे घसीटते हुए उसने अपने आप से कहा, 'लंदन कोई देश नहीं है।'

पहली खाली दोपहर में, राधिका ने चारिंग क्रॉस के लिए ट्यूब ली और फिर ट्राफलगर स्क्वायर तक पैदल गई, जहाँ बच्चे फाउंटेन में पानी के साथ खेल रहे थे और वहाँ रखे शेर के साथ फोटो लेने के लिए संघर्ष कर रहे थे। वह नेशनल गैलरी की सीढ़ियों की ओर गई, वहाँ एक मानचित्र माँगा और फिर इंप्रेशनिस्ट्स सेक्शन की ओर का रास्ता पा लिया, जहाँ उसने वैन गोघ की प्रसिद्ध पेंटिंग 'सनफ्लावर्स' के साथ कुछ समय बिताया। फिर उसे वह मिला, जो वह खोजना चाहती थी। वह अप्रतिम पेंटिंग 'बैथर्स एट एसनियर्स' एक ऑइल पेंटिंग थी, जो एक खाली दीवार पर लटकी हुई थी। पेंटिंग की तरफ मुँह करके वह बेंच में अपने बैठने का इंतजार करने लगी और उसकी खूबसूरती में डूब गई, जैसे कि किसी एक समय मुन्नी मौसी उस पेंटिंग की सुंदरता में खो गई थी। राधिका को अंतत: शांति मिल गई थी।

□

गुरुजी

"जिन भी लोगों ने अपना गृह-कार्य नहीं किया है, क्या वे अपनी जगह से उठेंगे?" नैथानीजी ने बहुत गंभीर आवाज में कहा।

मुरली प्रसाद की पीठ में एक ठंडी सिहरन-सी छा गई। उसने न ही अपना गृह-कार्य किया था और न ही उसे यह अंग्रेजी में कहने आता था, उसे अपने अनुभव से यह बात पता थी कि गुरुजी का अगला प्रश्न क्या हो सकता है, उसका अनुमान सही था।

"जो लोग वहाँ खड़े हैं, क्या अब वे बताएँगे कि उन्होंने वह गृह-कार्य क्यों नहीं किया?" गुरुजी की आवाज कड़क थी और वह पतली बेंत से अपने हाथ में मार रहे थे।

अब दोस्ती को परखने का वक्त आ चुका था। फिर गुरुजी ने क्लास की ओर अपनी पीठ कर ब्लैकबोर्ड के पास रखे कूड़ेदान में मुँह का बचा पान थूका, मुरली ने अपने बगल में बैठे अजय से फुसफुसाकर कहा, "बता, जल्दी बता।" मुरली ने गाते-गुनगुनाते गढ़वाली भाषा में पूछा, "होमवर्क नहीं किया तो अंग्रेजी में क्या कहते हैं, बल?"

अजय ने किताब के बीच में अपना सिर घुसाकर दुनिया से अपने होंठों की गतिविधियाँ छुपाकर धीरे से फुसफुसाते हुए कहा, "आई डिड नॉट डू माई होमवर्क।"

अपने झड़ते हुए स्वेटर की बाँहों से बहती हुई नाक पोंछते हुए, मुरली ने यह दिखाने की कोशिश की कि वह अपने स्कूल बैग में कुछ ढूँढ़ने की कोशिश कर रहा है। वह एक स्मार्ट कोशिश कर रहा था, क्योंकि अब गुरुजी ने अपना चेहरा कक्षा की ओर कर लिया था और वह अपनी हथेली से अपनी सफेद मूँछों

को साफ कर रहे थे, क्योंकि पान थूकने के बाद थोड़ी सुपारी मूँछों में भी जमा हो गई थी।

गुरुजी ने कहा, "हाँ मुरली ?" और वह उसकी मेज के सामने ऐसे घूमने लग गए, जैसे कि कोई चीता जंगल में घूम रहा हो, उनके एक हाथ में बाँस की बेंत ऊपर-नीच हो रही थी और वह उसके आगे-पीछे घूमे जा रहे थे।

मुरली भी झिझक के साथ उठा। उसकी नीची की हुई आँखें बेंत की गतिविधियों पर नजर रखी हुई थीं और जैसे-जैसे गुरुजी पास आ रहे थे, वह और घबरा रहा था। पौड़ी गढ़वाल के एक छोटे से शहर जयहरीखाल में वह और उसकी माँ अभी हाल ही में उसके पिताजी के साथ रहने आए थे, उसके पिताजी गढ़वाल राइफल्स में एक सिपाही थे।

उनके गाँव में सब गढ़वाली बोलते थे। मुरली ने कभी भी अंग्रेजी बोलनी नहीं सीखी, हालाँकि वह अंग्रेजी वर्णमाला के अक्षर लिख लेता था और उसे आता था बोलना, 'ए फॉर एपिल, एपिल मने सेब, बी फॉर ब्वॉय, ब्वॉय मने लड़का' वह पिक्चर वाली किताब देखकर तो यह और अच्छे से बोल सकता था, पर पूरा एक वाक्य बोल पाना उसके लिए एक असंभव काम था।

उनके गाँव में सब गढ़वाली बोलते थे। मुरली ने कभी भी अंग्रेजी बोलनी नहीं सीखी, हालाँकि वह अंग्रेजी वर्णमाला के अक्षर लिख लेता था और उसे आता था बोलना, 'ए फॉर एपिल, एपिल मने सेब, बी फॉर ब्वॉय, ब्वॉय मने लड़का' वह पिक्चर वाली किताब देखकर तो यह और अच्छे से बोल सकता था, पर पूरा एक वाक्य बोल पाना उसके लिए एक असंभव काम था।

नैथानीजी मुरली की सीट के आगे खड़े हो गए और वह उसे चश्मा नीचे करके देख रहे थे, उनकी आवाज अचानक से बदल गई और उन्होंने कहा, "मुरली ?" वह उत्तर की प्रतीक्षा कर रहे थे।

मुरली डर के मारे जम गया। वह अजय के द्वारा बताए हुए वाक्यों को सही से याद करने की कोशिश कर, बड़बड़ाते हुए कहने लगा, "आई ड···ड···आई डू नॉट डिड माई होमवर्क···" इससे पहले कि वह अभी अपना वाक्य समाप्त कर पाता, तभी अचानक से हवा में तेजी से बेंत उठी और उसके पीछे जोर से

लगी। वह धीरे से रोने लगा, वह अपने हाथ से उस जगह को रगड़ रहा था, पर उसे ऐसा लगा, जैसे कि उसके पीछे से आग निकल रही हो।

नैथानीजी गुस्से में गुर्राते हुए अपना सिर हिला रहे थे, "अरे गँवारों, तुम करोगे अंग्रेजों की बराबरी? तुम लोग पत्थरों पर सिर्फ गंदा करने के लिए ही बैठो। क्या तुम्हें लगता है कि तुम लोग कभी अंग्रेजी बोल भी पाओगे? क्या तुम्हें पता है कि इन कुरसियों पर अंग्रेजी गंदगी बैठी हुई है?" मुरली को तब जाकर थोड़ा आराम हुआ, जब नैथानी ने मुँह में थोड़ी और सुपारी भरी और आगे बढ़ गए।

जब नैथानीजी एक उचित दूरी पर थे, तब जल्दी से मुरली बैठ गया और फिर अजय के साथ यह बहस करने लगा कि अंग्रेजों के टॉयलेट कैसे दिखते हैं और कुरसियों में बैठकर मल-विसर्जन करना कितना मुश्किल होता होगा।

अंग्रेजी की क्लास को छोड़कर मुरली को स्कूल में मजा आ रहा था। उस स्कूल के बच्चों के गाल गुलाबी थे और वे काफी दोस्ताना थे और वे कभी-कभार चप्पलों और पाजामे में ही स्कूल आ जाते थे, जिसे देखकर मुरली को घर जैसा ही महसूस होता।

अंग्रेजी की क्लास को छोड़कर मुरली को स्कूल में मजा आ रहा था। उस स्कूल के बच्चों के गाल गुलाबी थे और वे काफी दोस्ताना थे और वे कभी-कभार चप्पलों और पाजामे में ही स्कूल आ जाते थे, जिसे देखकर मुरली को घर जैसा ही महसूस होता। वह साथ में एक अच्छा बहाना भी बनाते कि चूँकि उनकी माताओं ने उनकी ग्रे रंग की पैंट सुखाने के लिए डाली थी और चूँकि वह अभी सूख नहीं पाई है, इसलिए वे यूनिफॉर्म पहनकर नहीं आए हैं। जयहरीखाल एक ठंडी जगह थी और गुरुजी को पता था कि वहाँ एक भी परिवार, अपने परिवार के लोगों के लिए एक से ज्यादा पैंट सिलवाने में सक्षम नहीं थे। इसलिए जब तक आप किसी भी तरह से यूनिफॉर्म का एक हिस्सा पहनकर आए हैं तो आपको किसी भी प्रकार की कोई सजा नहीं दी जाती।

हालाँकि कुछ लड़के पायजामा और स्कूल की कमीज के साथ टाई और स्वेटर पहने हुए थे, तो कुछ स्कूल की पैंट पहने होते और हाथ से बुने हुए स्वेटर पहने होते। कुछ अपने बड़े भाई-बहनों के पुराने जूते-चप्पल पहने होते, जिसमें

से कइयों की चप्पलों के फीते टूटे हुए होते और उनमें से कुछ फुटबॉल खेलते और उनमें से कुछ छात्र इतनी जल्दी में चप्पल पहनकर आते कि उसमें से एक चप्पल का फीता टूटा होता और वह असेंबली की घंटी बजने से पहले स्कूल पहुँच जाते। उनमें बहुत सी लड़कियाँ स्कर्ट पहनतीं और उनकी स्कर्ट की तुरपाई थोड़े-थोड़े समय में खुलती जाती, सिलाई के हलके निशान यह दिखाते कि समय के साथ वे लंबी होती जा रही हैं।

हालाँकि गुरुजी गलत अंग्रेजी से नाखुश थे, पर वे उनके खराब कपड़ों का कारण समझते थे। आप कह सकते थे कि वे उसे समझते थे। एक बार वे एक ऐसा स्वेटर पहने हुए थे, जो पीछे से झड़ रहा था और फिर एक दिन क्लास में एक लकड़ी की कुरसी में बाहर निकली हुई कील से स्वेटर लगा और उघड़ गया। नैथानीजी के अधिकांश कपड़ों में पीछे से खूँटा लगा हुआ था, जिससे यह संकेत मिलता था कि उन्होंने उस दिन कक्षा पाँच को पढ़ाया है।

अंग्रेजी भाषा और गुरुजी की छड़ी के प्रति मुरली के मन में बैर था, पर अपने गुरुजी के लिए उसके मन में कोई बुरी भावना नहीं थी। चूँकि मुरली के पास भी स्वयं बहुत सारे कपड़े नहीं थे, इसलिए वह नैथानी के उघड़े स्वेटरों के प्रति भी बहुत सहानुभूति रखता था। एक दिन उसने उस कील की कहानी को समाप्त करने की सोची। उसने कक्षा का मोटा डस्टर पकड़ा और उसके मोटे लकड़ी के बेस को पकड़कर उसके हरे स्पंज को ऊपर रख, वह उस बेकार कील में जोर-जोर से मारने लगा, जो हमेशा क्लास टीचर की कुरसी में बाहर निकलता रहता था और जैसे ही नैथानीजी कक्षा के भीतर आए, उन्होंने सामने से मुरली को ऐसा करते हुए पकड़ लिया और उन्हें लगा कि वह कोई खेल खेलने की कोशिश कर रहा है।

अंग्रेजी भाषा और गुरुजी की छड़ी के प्रति मुरली के मन में बैर था, पर अपने गुरुजी के लिए उसके मन में कोई बुरी भावना नहीं थी। चूँकि मुरली के पास भी स्वयं बहुत सारे कपड़े नहीं थे, इसलिए वह नैथानी के उघड़े स्वेटरों के प्रति भी बहुत सहानुभूति रखता था।

मुरली खुद से भी यह बता नहीं पाया कि वह क्या कर रहा है (क्योंकि वह इस बात को अंग्रेजी में बोल नहीं सकता था), पर अजय उठा और उसने यह

समझाने की कोशिश की कि मुरली ने अच्छा काम करने की कोशिश की थी, उसने नैथानीजी को उनका स्वेटर उतारने को कहा, जिससे वह दिखा सके कि उस कील के कारण उनके स्वेटर में कितने छेद हो गए हैं।

इस बात को देख नैथानीजी मुरली के प्रति द्रवित हो गए और जिस तरह वह मुरली के कान अपनी उँगलियों के बीच में पकड़कर मोड़ देते थे, उसे याद कर उन्होंने उस दिन से वैसा कभी नहीं किया और कहा, "मेरे बेटे, तुम्हारा बहुत-बहुत धन्यवाद, मुझे माफ करना मैंने तुम्हें गलत समझा।"

मुरली ने झट से कहा, "मेनशुन नॉट गुरुजी।" और उसका मुँह वैसे गुलाबी हो गया, जैसे मरोड़ने के बाद कान हो जाते हैं।

"नॉट, इसे इस तरह उच्चारित करो, जैसे कि तुम हॉट कहते हो।" गुरुजी ने उसे धीरे से ठीक करते हुए कहा। उस समय पहली बार नैथानीजी ने उसकी ओर मुसकराते हुए कहा।

मुरली के लिए ऐसा हुआ, जैसे कि सूरज पहली बार बादलों से निकलकर आया हो और वह खुली खिड़की से गरमगरम किरणें जमीन पर भेज रहा हो और मुरली अंग्रेजी के शिक्षक के बगल में खड़ा था और बेहद ठंड भरे दिन में बहुत तेजी से मुसकरा रहा था।

मुरली खुद से भी यह बता नहीं पाया कि वह क्या कर रहा है (क्योंकि वह इस बात को अंग्रेजी में बोल नहीं सकता था), पर अजय उठा और उसने यह समझाने की कोशिश की कि मुरली ने अच्छा काम करने की कोशिश की थी, उसने नैथानीजी को उनका स्वेटर उतारने को कहा, जिससे वह दिखा सके कि उस कील के कारण उनके स्वेटर में कितने छेद हो गए हैं।

उसके बाद से मुरली को अंग्रेजी की कक्षा अच्छी लगने लगी। अब वह 'माई कम सर' कहने के बदले 'मे आई कम इन, सर' कहने लगा। उसे लगता था कि 'आई एम लेट' कहने की बजाय 'ऑमलेट' कहा जाता है। और अगर वह कहे कि 'मे आई डू टॉयलेट ?' फिर वह तभी कहता, 'मे आई गो टू टॉयलेट ?' ऐसा सुनकर नैथानीजी बहुत खुश हो गए।

स्कूल जाने की राह में, जो उसके घर से पाँच किमी दूर था, मुरली कभी

दूर ही से रोड के किनारे से नैथानीजी को उनके स्वेटर से पहचान लेता। मुरली अपनी पीठ पर स्लिंग बैग एक तरफ लटकाता, पहाड़ की ओर जाते हुए वह स्प्रिंट करता और ढलान पर चढ़ जाता, उसे फर्न की आवाजें आतीं और देवदार के पेड़ों की पत्तियाँ उसके बालों में फँस जातीं।

साँसों की कमी और ठंड में सुबह-सुबह नाक लाल करके, अपने अंग्रेजी शिक्षक को मुरली अगर मिल जाता, तो वह बहुत प्रसन्न मुद्रा में अपने गुरु से कहता, "गुड मॉर्निंग, सर।" फिर दोनों एक साथ जाते तो जरूर, पर चुप भी रहते। वे दोनों चीड़ के पेड़ से आती हवाओं का शोर और पहाड़ी चिड़ियों की कान को चुभनेवाली आवाज सुनते और फिर कहीं जंगल के बीचोबीच से कोई आवाज लगाता सुनाई देता—'काफल पको, म्यैल नि चखो', इसका अर्थ है कि काफल फल पक गया, पर मैंने अभी तक नहीं चखा। फिर वे दोनों सफेद धब्बों वाली आवाज करती चिड़ियों की ऊँचाई से आवाज सुनते और दूर से धौलाधार श्रेणी की पहाड़ियों को देखते, जो किसी साफ दिन सूरज की किरणों के साथ रंग बदलती हैं।

साँसों की कमी और ठंड में सुबह-सुबह नाक लाल करके, अपने अंग्रेजी शिक्षक को मुरली अगर मिल जाता, तो वह बहुत प्रसन्न मुद्रा में अपने गुरु से कहता, "गुड मॉर्निंग, सर।" फिर दोनों एक साथ जाते तो जरूर, पर चुप भी रहते। वे दोनों चीड़ के पेड़ से आती हवाओं का शोर और"

कभी-कभार मुरली फर्न के पेड़ के सफेद बीजाणु को उठा लेता, जो रोड के किनारे गिरे होते और फिर उसे अपनी कलाई पर छाप लेता। उसकी सूखी त्वचा पर क्रिसमस का पेड़ बन जाता, जिसे देखकर गुरुजी मुसकराने लगते। इसके अलावा कभी-कभार उन्हें जंगली डेजी के पैच मिलते, मुरली उनकी ओर प्यार से इशारा करता, जिसे देख गुरुजी के मुँह से बरबस निकल आता—

मैं बादलों की तरह अकेला घूमता रहा,
जो वादियों और पहाड़ियों पर बहते हैं,
जैसे ही मैंने भीड़ देखी,
तो उसमें मुझे सुनहरे डैफोडिल दिखे।

मुरली को यह तो नहीं पता था कि डैफोडिल कैसे दिखते हैं, फिर उसने गुरुजी से पूछा, पर गुरुजी ने कभी खुद से डैफोडिल नहीं देखे थे। उन्होंने मुरली से कहा, "मुरली, डैफोडिल इंग्लैंड में खिलते हैं। जब तुम बड़े हो जाओगे और अगर तुम वहाँ जाओगे तो फिर वहाँ डैफोडिल देख पाओगे। मुझे पता है कि मैं वहाँ कभी नहीं जा पाऊँगा, पर इससे कुछ फर्क नहीं पड़ता। मुझे पक्का विश्वास है कि वे हमारे शहर में खिलनेवाले पीले हजारी के फूलों की तरह सुंदर होंगे।"

मुरली चुपचाप उनकी बात मान लेता।

बहुत साल बीत गए। मुरली अपने पिता के साथ जयहरीखाल से चला गया था, उसने बहुत सारे कैंटोनमेंट में पढ़ाई की, अपनी ग्रैजुएशन पूरी की, फिर प्रशासनिक सेवा की परीक्षा एवं इंटरव्यू भी पास किया (वह भी अंग्रेजी में), फिर वह भारतीय विदेश सेवा में शामिल हुआ।

उसकी पहली पोस्टिंग यू.के. में हुई। जब उसकी एयर इंडिया की फ्लाइट हीथ्रो एयरपोर्ट में रुकी, उसने देखा कि कबूतर बहुत आराम से हवाई मार्ग में उतर रहे थे, जैसे कि उन्हें जहाजों के बारे में कोई मतलब ही न हो। वह वहाँ मिल रहे भारतीय चेहरों को देखकर आश्चर्यचकित था, वह खासकर एक बूढ़े व्यक्ति को व्हीलचेयर में बैठा देख स्तब्ध था।

उसकी पहली पोस्टिंग यू.के. में हुई। जब उसकी एयर इंडिया की फ्लाइट हीथ्रो एयरपोर्ट में रुकी, उसने देखा कि कबूतर बहुत आराम से हवाई मार्ग में उतर रहे थे, जैसे कि उन्हें जहाजों के बारे में कोई मतलब ही न हो। वह वहाँ मिल रहे भारतीय चेहरों को देखकर आश्चर्यचकित था, वह खासकर एक बूढ़े व्यक्ति को व्हीलचेयर में बैठा देख स्तब्ध था। उस व्यक्ति की सफेद दाढ़ी थी, उसने सफेद कुरता-पायजामा पहना था, शॉल ओढ़े था और वह भी जाते हुए मुरली को देखे जा रहा था। वे आँखें सीधे मुरली की आत्मा में प्रवेश कर गईं, पर अचानक उन पैरों की ओर मुरली का ध्यान चला गया। उसके पैर नंगे, भूरे, लंबी उँगलियों वाले, वे बहुत पतले और उनमें पतली-पतली नसें दिख रही थीं

और वे पैर व्हीलचेयर पर बहुत अच्छे से रखे हुए थे। उसका ध्यान वहाँ से तभी हटा, जब मुरली के सिर में एक घंटी बजी, "एम.एफ. हुसैन! वह एम.एफ. हुसैन थे।" वह जोर से चिल्लाया, उसके बगल में खड़ी एक अंग्रेज महिला ने उसकी ओर देखा, जो कनवेयर बेल्ट पर अपने सामान का इंतजार कर रही थी।

मुरली ने बर्मिंघम के लिए कैब ली, जो उसकी पहली विदेश पोस्टिंग थी। उसे मिले सुंदर डुप्लेक्स हाउस में व्यवस्थित होने में मुरली को कुछ दिन लग गए। इस बीच उसने रंग-बिरंगे थैलों में अलग-अलग तरह से कूड़ा रखना सीख लिया था, उसने सीख लिया था कि कैसे सेंट्रल हीटिंग को ऑन-ऑफ करते हैं और बिना फायर अलार्म का इस्तेमाल किए प्रेशर कूकर का इस्तेमाल किया जा सकता है।

कुछ दिनों के बाद, उसने अपना सारा सामान खोला, फिर उसने अपने चारों ओर ऐजबस्टन रिजरवॉयर घूमने की सोची, जो उसके घर से कुछ ही दूरी में पैदल जाया जा सकता था। उस चमकती झील को चारों ओर अच्छी तरह से देखते हुए, उसने जॉगर्स को शॉर्ट्स में घूमते देखा, पिताओं को बच्चों से बात करते हुए देखा, उसने पीले फूलों का एक पैच देखा, जो झील के किनारे उगा हुआ था। उसके बगल में एक साइनबोर्ड था, जिसमें लिखा हुआ था—'कृपया डैफोडिल्स न तोड़ें।' मुरली ने उस संकेत को गौर से देखा और फिर उन फूलों की ओर देखा, तो उसे ऐसा लगा कि सबकुछ पा लिया।

उसने आसपास के ठहरे हुए नीले पानी के परे मिट्टी के संकीर्ण ट्रैक को देखा, जो झील के किनारे पर था। उसे लगा कि वह एक जानी-पहचानी चाल वाले व्यक्ति को जानता है, जो बूढ़े से थे और मैरून स्वेटर पहने हुए थे और उनकी पीठ की तरह स्वेटर के कुछ फंदे अलग रंग में बुने थे।

उसने आसपास के ठहरे हुए नीले पानी के परे मिट्टी के संकीर्ण ट्रैक को देखा, जो झील के किनारे पर था। उसे लगा कि वह एक जानी-पहचानी चाल वाले व्यक्ति को जानता है, जो बूढ़े से थे और मैरून स्वेटर पहने हुए थे और उनकी पीठ की तरह स्वेटर के कुछ फंदे अलग रंग में बुने थे। अगर मुरली के वश में होता तो वह उस दूर जाती छवि के पीछे भागकर चला जाता और उनकी

कोहनी पकड़ लेता, जहाँ उनके आस्तीन झूल रहे होते। वह उन्हें उस जगह पर लेकर आता, जहाँ वह अभी खड़ा था और उन फूलों की ओर इशारा करता और उन्हें देखकर उस दोपहरी में प्रसन्नता के साथ मुसकराता।

पर इसके बदले मुरली ने अपना चश्मा उतारा और अपनी आँखों के गीलेपन को साफ किया, जिसके कारण उसे थोड़ा धुँधला दिख रहा था। उसने डैफोडिल्स की पीली पंखुड़ियों के पास धीरे से पहुँचकर उसे छूकर कहा, "गुरुजी देखिए, डैफोडिल्स।"

नैथानीजी बहुत साल पहले गुजर चुके थे और अंतिम यात्रा उन्होंने अपने बेटों के कंधों पर की थी। उनकी अंतिम यात्रा में उनका पूरा शरीर सफेद चादर से ढका था, जिसके ऊपर पीले हजारी के फूल बिखरे हुए थे।

□

दिल और दिमाग

सुबह के पाँच बजे थे, जब करीब साढ़े छह फीट लंबा और डरावना-सा लगने वाला सूबेदार भीमसिंह रायजादा कंपनी कमांडर मेजर सोमनाथ बटब्याल के कार्यालय में हँगामा करने लगा। बटब्याल, या बैटबॉल और उनकी कंपनी 2IC (सेकेंड-इन-कमांड) के कैप्टन अमित डोगरा, सारी रात जागते रहे और बत्तीस सैनिकों के सेक्शन की रिपोर्ट का इंतजार करते रहे, जिसका नेतृत्व रायजादा कर रहा था, जिसने पूरे गाँव को घेर लिया था। यूनिट को इंटेलिजेंस से यह रिपोर्ट मिली थी कि दो सशस्त्र आतंकवादियों ने एक घर में शरण ले रखी है और बैटबॉल को बहुत सारे लोगों की गिरफ्तारी की उम्मीद थी। पर किसी ने रायजादा को देखकर यह कहा कि उसे कोई भी अच्छी खबर नहीं मिलनेवाली है।

"एस.एच.ओ. साहब ने इस बार भी हमारे साथ आदमी भेजने से मना कर दिया साहब," कहकर रायजादा चिल्लाया। आर्मी के कपड़ों और बुलेटप्रूफ जैकेट पहने, वह अपने हाथ में हेलमेट लिया हुआ था और गुस्से में आग-बबूला हो रहा था। "हमने उन उग्रवादियों को उनकी गरदन से पकड़ लिया होता, पर हमारी सारी मेहनत बेकार चली गई। कॉर्डन एंड सर्च ऑपरेशन को वापस लेने के आदेश दे दिए गए।"

बटब्याल अपनी कुरसी पर पीछे टेक लगाए हुए थे, उनके गहरे घुँघराले बाल उनके माथे पर गिरे जा रहे थे, उन्होंने अपनी दाढ़ी पर हाथ फेरा, किसी खास चीज को तो नहीं पर अँधेरे में वे किसी चीज को देख रहे थे। उन्होंने और उनके अधिकांश साथियों ने बाल और दाढ़ी बढ़ा रखी थी और वरदी पहनने के बदले फिरन पहन रखी थी कि वे सब भेस बदलकर उन जैसे ही लगें। सरकार

का यह कानून था कि सेना किसी भी गाँव में बिना किसी स्थानीय पुलिस प्रतिनिधि के बिना खोजबीन नहीं कर सकती और उनके लिए तब से यह एक बहुत बड़ी समस्या हो गई थी, जब से नए एस.एच.ओ. ने उनके इलाके का पदभार सँभाला था। डोगरा भी फिरन पहने हुए था और वह अपने नाखून चबा रहा था और यह बैटबॉल के लिए अच्छे संकेत थे, क्योंकि इसका अर्थ यह हुआ कि 'डॉगी' के दिमाग में कुछ चल रहा था।

ऐसा उस महीने में दूसरी बार हुआ था, जब कॉरडन-एंड-सर्च ऑपरेशन को वापस बुला लिया गया था। रायजादा, जो सारी रात जंगल में अपने आदमियों के साथ था, उसने गुस्से में कहा, "हर बार जब भी हमने एस.एच.ओ. साहब को उनके आदमियों को साथ भेजने के लिए कहा, तो वह कह देते कि वह इतने छोटे नोटिस में लोगों को उनके साथ नहीं भेजते। सहायक सब-इंस्पेक्टर ने पुलिस चौकी में कहा कि एस.एच.ओ. साहब को सेना से तब से घृणा है, जबसे उन्हें सर्विस सेलेक्शन बोर्ड इंटरव्यू से निकाला गया। उनका एक सपना था कि वे सेना में शामिल हों, पर वह हो नहीं पाए।"

बैटबॉल ने बड़बड़ाते हुए कहा, "आर्मी ने उसको नहीं लिया, तो वह हमारी ले रहा है? बहुत नाइनसाफी है, कुछ तो करना पड़ेगा।" उसने डोगरा की ओर बहुत उम्मीद से देखा, डोगरा की आँखें उसके चश्मे के पीछे चमक रही थीं और उसके पैर डर के मारे काँप रहे थे। बैटबॉल ने उसके सामने कुरसी खिसकाकर बैठने का इशारा करते हुए कहा, "तुम बैठ क्यों नहीं जाते, डॉगी? बैठकर तुम अच्छा सोचोगे।"

बैटबॉल ने बड़बड़ाते हुए कहा, "आर्मी ने उसको नहीं लिया, तो वह हमारी ले रहा है? बहुत नाइनसाफी है, कुछ तो करना पड़ेगा।" उसने डोगरा की ओर बहुत उम्मीद से देखा, डोगरा की आँखें उसके चश्मे के पीछे चमक रही थीं और उसके पैर डर के मारे काँप रहे थे।

डॉगी ने उस ऑफर को अनसुना कर दिया, उसने अपने नीचे के होंठों से पाऊट बनाया, जिससे वह ह्यूमन गोल्डफिश लग रहा था, डॉगी ने कहा कि उसके बड़े से दिमाग में एक विचार आ रहा है। रायजादा और बैटबॉल अचानक से शांत हो गए। "ओ.के. सर, मुझे समझ आ गया।" डॉगी ने फिर अपना सिर

झुकाकर कंपनी कमांडर के पास जाकर फुसफुसाते हुए धीमी आवाज में कहा, जिसे देख रायजादा भी उस साजिश रचनेवाले के पास जाकर बातें सुनने के लिए झुका।

डोगरा की छोटी और संक्षिप्त वार्त्ता को सुन बटब्याल ने भावुक होकर कहा, "शाबाश डॉगी!" और रायजादा ने कहा, "क्या दिमाग पाया है, साहब," उसके बाद कंपनी कमांडर के ऑफिस का माहौल पूरी तरह से बदल गया।

डोगरा की छोटी और संक्षिप्त वार्त्ता को सुन बटब्याल ने भावुक होकर कहा, "शाबाश डॉगी!" और रायजादा ने कहा, "क्या दिमाग पाया है, साहब," उसके बाद कंपनी कमांडर के ऑफिस का माहौल पूरी तरह से बदल गया।

बैटबॉल डॉगी को इस तरह देख रहा था, जैसे कृपालु भगवान् विष्णु अपने प्रिय भक्त को मुसकराकर देख रहे हों। डोगरा ने अपनी छाती फुलाई और वह फिरन में एक गर्वित पेंग्विन की तरह दिख रहा था। रायजादा के भाव मुसकराते हुए और दुष्ट की तरह लग रहे थे, जिससे वह काले रंग का इनसान सामान्य से और ज्यादा डरावना लग रहा था।

पार्टी नाश्ते के लिए तैयार हुई और उन तीनों ने लंगर में पूरियाँ और मसालेदार आलू की सब्जी खाईं और फिर गरमागरम चाय का प्याला लिया—रायजादा अपने आदमियों के साथ रसोई में था—और डॉगी और बैटबॉल एक-दूसरे के आमने-सामने कंपनी कमांडर के ऑफिस में बैठे हुए थे।

उस रात लारनू पुलिस चौकी, दक्षिण कश्मीर के एस.एच.ओ. रफीक अहमद डार, ने रम के दो बड़े पैग पिए थे और चिकन करी और रोटी रात के खाने में खाई थी। खाना खाकर उसने अपनी वरदी उतारकर फलालेन का पाजामा पहना और अपने कंबल के भीतर घुस गया और साथ में गरम पानी वाली बोतल भी अपने पैरों के नीचे रखी ही थी कि उसे लगा कि उसने गोलीबारी की आवाज सुनी।

उसने खुद में सोचा कि हो सकता है कि वह···बटब्याल अपने आदमियों को नाइट फायरिंग की प्रैक्टिस करवा रहा हो और अपने सिर के ऊपर एक

तकिया रखा, आँखें बंद कीं और उसके पैर हॉट वाटर बोतल पर आराम से रखे हुए थे। फिर गोलीबारी तेज हो गई और ऐसा लगा कि फायरिंग पुलिस चौकी के पास हो रही है।

डार अपने बिस्तर से उठा और बेडरूम के परदों को हटाकर देखने लगा तो उसने देखा कि दो ग्रेनेड पुलिस स्टेशन के दाईं ओर फट गए और चारों ओर गहरे धुएँ के बादल छा गए। गुस्से में उसने ड्यूटी कॉन्स्टेबल को बुलाया, जिसे देख ऐसा लग रहा था कि वह तभी जगा हो। उसने चीखते हुए कहा, "साहब, चौकी पर आतंकवादी हमला हो रहा है।" जिससे रफीक की रीढ़ की हड्डी डर के मारे काँपने लगी।

पुलिस स्टेशन से दो फर्लांग दूर अपने दो कमरे वाले क्वार्टर की बैठक में जाकर डार चिल्लाया, "अंदर ही रहो। खिड़की से फायर करो।" अपने सिटिंग रूम की खिड़की से बाहर झाँककर, वह उस स्थान की स्ट्रीटलाइट में स्पष्ट रूप से तीन आदमियों की छाया को देख सकता था। वह सारे पुलिस स्टेशन के दूसरी ओर रोड के उस पार थे और बुरी तरह से फायर किए जा रहे थे। डार वहाँ कमरे में परदे में पूरी तरह से लिपटा हुआ था और उन्हें शांति से देखे जा रहा था और उसके नंगे पाँव खाली जमीन में खड़े रहने से जम रहे थे।

डार अपने बिस्तर से उठा और बेडरूम के परदों को हटाकर देखने लगा तो उसने देखा कि दो ग्रेनेड पुलिस स्टेशन के दाईं ओर फट गए और चारों ओर गहरे धुएँ के बादल छा गए। गुस्से में उसने ड्यूटी कॉन्स्टेबल को बुलाया, जिसे देख ऐसा लग रहा था कि वह तभी जगा हो।

दस मिनट की लगातार फायरिंग के बाद, पुलिस स्टेशन से जवाबी फायरिंग हुई, जिसमें तीन व्यक्ति फिरन पहने हुए थे—उनके चेहरे स्कार्फ से ढके हुए थे और उनके हाथों में ए.के.-47 की राइफलें थीं—ने हाथ उठाकर 'अल्लाह-हू-अकबर' और 'जैश जिंदाबाद' के नारे लगाए। पुलिस स्टेशन के अंदर कुछ और ग्रेनेड फेंकने के बाद वे मुड़े और रोड की दूसरी ओर भाग गए और घने जंगल की ओर चले गए।

डार ने एक मोटा सा जैकेट अपने नाइट सूट के ऊपर डाला, अपने पैरों में बूट्स पहने, अपनी राइफल तक पहुँचा और फिर पुलिस स्टेशन की ओर चला

गया। नाइट ड्यूटी में तैनात दो कॉन्स्टेबल एस.एच.ओ. की टेबल की ओर बैठे हुए थे, अंदर में जलती बुखारी के कारण उनके डरे हुए चेहरे दिखाई दे रहे थे। उन्होंने एस.एच.ओ. को बताया कि उन्होंने भी साहब से ज्यादा कुछ और नहीं देखा। तीनों आक्रमणकारी जंगल के भीतर से निकलकर आए और फिर वापस जंगल की ओर ही गायब हो गए। कॉन्स्टेबल ने डार को बताया कि 'वे जैश के आतंकवादी थे, साहब।' उनमें से एक तो पक्का लंबा-चौड़ा अफगान था।

तुम बेकार मूर्ख आदमी! वह युद्ध दिल और दिमाग का है। अभी समय है कि तुम गोलियों से खेलनेवाले रॉबिन हुड की तरह व्यवहार करना बंद करो। तुम लोग अपना रोब झाड़ना भी बंद करो। मैं तुम लोगों को चेतावनी देता हूँ कि अपना व्यवहार बदलना शुरू कर दो।

अगले दिन करीब सुबह ग्यारह बजे, बैटबॉल अपने ऑफिस में बैठा था और गरमागरम सेवईं खा रहा था। वह अभी अपने कमांडिंग ऑफिसर कर्नल जंगबीर सिंह, वीरचक्र के साथ सुबह की कॉन्फ्रेंस कॉल से खाली हुए ही थे, कमांडिंग ऑफिसर को बिना किसी कारण के क्रूरसिंह कहा जाता था। उन्होंने अपने शब्दों के साथ बिना खेले बटब्याल को बताया कि एक महीने में दो कॉर्डन और सर्च ऑपरेशन को वापस ले लिये जाने के बाद, वह अपने कंपनी कमांडर के बारे में सोच रहे थे। बटब्याल की सारी दलीलें कि पुलिस ने किसी प्रकार से सहयोग नहीं किया और यह किसी प्रकार से दोनों के बीच की जमा बर्फ को पिघला नहीं पा रही थी।

"तुम बेकार मूर्ख आदमी! वह युद्ध दिल और दिमाग का है। अभी समय है कि तुम गोलियों से खेलनेवाले रॉबिन हुड की तरह व्यवहार करना बंद करो। तुम लोग अपना रोब झाड़ना भी बंद करो। मैं तुम लोगों को चेतावनी देता हूँ कि अपना व्यवहार बदलना शुरू कर दो। तुम लोगों को दिखाओ कि तुम्हें उनकी चिंता है। स्थानीय पुलिस को अपना दोस्त बनाओ। उन्हें प्यार एवं सहृदयता के साथ जीतो। उनके दिल और दिमाग को जीतो।" क्रूरसिंह ने गरजते हुए कहा, जिस कारण बैटबॉल ने रेडियो सेट अपने कान से हटा लिया और फिर वह कहने

लगा, "बुड्ढा बिदक गया है।" और उसकी बातें सुनकर डोगरा चुपचाप अपना सिर हिलाए जा रहा था।

सी.ओ. ने अंतत: बातें खत्म कर दीं और कहा, "अब मैं तुम्हारे इलाके से कुछ परिणाम देखना चाहता हूँ। मैं तुम लोगों से परेशान हो गया हूँ, अब बाहर निकलो।" उसने बहुत रूखेपन के साथ बैटबॉल को बातचीत के दौरान डाँटते हुए कहा, जबकि बैटबॉल अभी बता ही रहा था, "सर, वह नया एस.एच.ओ. है, जो मुश्किलें पैदा कर रहा है···"

"साहब, लारनू पुलिस चौकी के एस.एच.ओ. साहब आ गए हैं।" बटब्याल के रनर ने अंदर घुसते हुए उसे सूचित किया।

बटब्याल ने अपनी कटोरी से सेवईं को अंतिम बार खाने के लिए अपना मुँह खोला और फिर अपने होंठ चाटते हुए मुँह को फिरन की बाँह से पोंछते हुए कहा, "उन्हें अंदर लेकर आओ।"

सब-इंस्पेक्टर रफीक अहमद डार नामक एक लंबा, सुंदर, गोरा पुलिस अधिकारी अपने हाथ में कार्डबोर्ड के कार्टन के साथ अंदर आया। बटब्याल अपनी कुरसी से उठा और उससे हाथ मिलाने के लिए आगे बढ़ा। उसने अपने रनर को चिल्लाकर कहा, "ओय, एस.एच.ओ. साहब के लिए सेवईं लाओ" और फिर डार का मुसकान के साथ स्वागत किया अपनी गर्लफ्रेंड द्वारा गिफ्ट की गई शेर-ओ-शायरी की किताब में से एक शेर याद करने की कोशिश करते हुए कहा, "वो आए घर हमारे खुदा की जहमत है, कभी हम खुद को, कभी अपने घर को देखते हैं।"

सब-इंस्पेक्टर रफीक अहमद डार नामक एक लंबा, सुंदर, गोरा पुलिस अधिकारी अपने हाथ में कार्डबोर्ड के कार्टन के साथ अंदर आया। बटब्याल अपनी कुरसी से उठा और उससे हाथ मिलाने के लिए आगे बढ़ा। उसने अपने रनर को चिल्लाकर कहा, "ओय, एस.एच.ओ. साहब के लिए सेवईं लाओ"

एस.एच.ओ. ने शिष्टता से खाँसते हुए कहा, "वह लफ्ज 'कुदरत' है सर, 'जहमत' नहीं। जहमत माने चिढ़ना।"

"मुझे माफ कीजिए, एस.एच.ओ. साहब। मेरा वही मतलब था। आप बताइए, कैसे आना हुआ?" बैटबॉल ने सीधे उसकी ओर देखते हुए कहा।

डार ने उसके सामने वह कार्टन खोलना शुरू किया, जो वह लेकर आया था और बटब्याल की मेज पर दर्जनों खाली ए.के.-47 के खोखे रखे। उनमें से सभी में पाकिस्तान ऑर्डिनेंस फैक्टरी के लोगो लगे हुए थे। उसने फिर बटब्याल को एक रात पहले चौकी में हुए आतंकवादी आक्रमण की हर एक गतिविधि के बारे में बताया।

सबकुछ सुनने के बाद बैटबॉल ने अंत में कहा, "मैं बहुत हैरान हूँ।" उसने अपने रनर के लिए घंटी बजाई और उसने डोगरा और रायजादा को अपने कार्यालय में प्रस्तुत होने को कहा और साथ में पूछा, "अभी तक सेवईं क्यों नहीं आई? क्या रसोइया गाय दुहने गया है? चाय भी ले आओ एस.एच.ओ. साहब के लिए और मेरे लिए भी।"

सबकुछ सुनने के बाद बैटबॉल ने अंत में कहा, "मैं बहुत हैरान हूँ।" उसने अपने रनर के लिए घंटी बजाई और उसने डोगरा और रायजादा को अपने कार्यालय में प्रस्तुत होने को कहा और साथ में पूछा, "अभी तक सेवईं क्यों नहीं आई? क्या रसोइया गाय दुहने गया है? चाय भी ले आओ एस.एच.ओ. साहब के लिए और मेरे लिए भी।"

"सेवईं, चाय, डोगरा और रायजादा" सब एक साथ जल्दी-जल्दी आएँ। जहाँ एस.एच.ओ. मीठा खाने में व्यस्त रहे, वहीं बटब्याल ने कमरे में आए दो नए लोगों को पिछली रात उनकी कंपनी से पाँच कि.मी. दूर हुई घटना के बारे में बताया। उसने डोगरा से कहा, "यह बहुत शर्मनाक है। यह आतंकवादी अपनी सीमा से अधिक ही कर रहे हैं। वह हमारे इलाके के पुलिस पोस्ट में कैसे आक्रमण कर सकते हैं? मैं इसे कभी बर्दाश्त नहीं करूँगा।" वह बहुत खिन्न दिखे। एस.एच.ओ. ने प्रसन्न होकर ऊपर देखा।

डोगरा के माथे में चिंता की लकीरें खिंच गईं। "सर, यह बहुत ही हैरानी की बात है। हमें तुरंत ही गाँव में खोजबीन शुरू करनी चाहिए। उन लोगों ने गाँव में ही शरण ली हुई होगी।"

"रायजादा साहब, आप तो गाँवों में बहुत खोज करते रहते हैं। आप किसी भी आतंकवादी को क्यों नहीं पकड़ पा रहे?" बटब्याल ने अपनी नाराजगी लंबे-

चौड़े भीमसिंह पर जाहिर की और उसे देखा, जिससे एस.एच.ओ. को थोड़ी तसल्ली मिले।

"साहब, लरकू पुलिस चौकी अपने आदमियों को हमारे साथ नहीं भेजती है। हमें अपना ऑपरेशन पिछली बार वापस लेना पड़ा।" रायजादा ने धीरे से गंभीरता के साथ कहा।

एस.एच.ओ. की आवाज में पछतावा एवं पश्चात्ताप था, उन्होंने कहा, "अब आपको ऐसी परिस्थिति का सामना नहीं करना होगा।" उसने रायजादा की घूमी हुई मूँछों और गुर्राये हुए चेहरे को देखकर आगे कहा, "इन आतंकवादियों ने अब अपनी सीमा पार कर ली है। मैं आपको आश्वासन देता हूँ, मेजर साहब कि अब आगे से स्थानीय पुलिस की सहायता से आप अपना ऑपरेशन पूरा करेंगे। आपको जब भी जरूरत होगी, हम लोग ठीक आधे घंटे के नोटिस में आपकी पार्टी के साथ अपने आदमी भेजेंगे।"

बटब्याल बहुत गंभीर दिखे और उन्होंने कहा, "जाइए और अपना काम इत्मीनान से करिए। मैं आपसे वादा करता हूँ कि आपकी पुलिस चौकी में अब कोई और आक्रमण नहीं होगा।"

तीनों शिष्टता के साथ अपनी कुरसी से उठे और एस.एच.ओ. भी उठा और जाते हुए उनसे कहा, "खुदा हाफिज।" कंपनी के मुख्य द्वार तक एस.एच.ओ. के साथ सुरक्षा गार्ड बाहर गए, जहाँ उसकी जीप उसका इंतजार कर रही थी और तीनों अफसर भी उसे जाते हुए देखते रहे।

तीनों शिष्टता के साथ अपनी कुरसी से उठे और एस.एच.ओ. भी उठा और जाते हुए उनसे कहा, "खुदा हाफिज।" कंपनी के मुख्य द्वार तक एस.एच.ओ. के साथ सुरक्षा गार्ड बाहर गए, जहाँ उसकी जीप उसका इंतजार कर रही थी और तीनों अफसर भी उसे जाते हुए देखते रहे। बटब्याल ने मुड़कर रायजादा और डॉगी के चेहरों की ओर देखा, जो स्तब्ध होकर देख रहे थे। बैटबॉल ने गंभीर आवाज में कहा, "रायजादा साहब, अब उनकी चौकी में कोई और आक्रमण नहीं होना चाहिए।"

"ठीक है साहब, नहीं करेंगे।" रायजादा ने जवाब दिया और फिर डोगरा और बटब्याल दोनों ही साथ में खिलखिलाकर हँसने लगे।

बटब्याल ने घोषणा करते हुए कहा, "मुझे लगता है कि अंततः हमने उनका दिल जीत लिया है। इसके साथ ही यह सुनिश्चित करना कि पाकिस्तानी आतंकवादियों के ऑर्डिनेंस फैक्टरी से पकड़े गए गोला-बारूदों का हम अपने यहाँ रिकॉर्ड्स बदल दें, जिसका हमने पिछली रात उपयोग किया।"

"पहले ही कर दिया है, सर।" कुशल डॉगी ने जवाब दिया। अपने कंपनी कमांडर को कड़क सलामी देकर डॉगी और रायजादा पीछे मुड़े और अपने चेहरों में मुसकराहट लिये वे कार्यालय से बाहर निकल गए।

□

रहस्य

"भैंस की आँख!" मेजर सोमनाथ बटब्याल या बैटबॉल ने अपने कार्यालय में जोर से अपने संतरी से चिल्लाकर कहा, जो अभी थोड़ी देर के लिए शांतिपूर्ण तरीके से सोया था और दिन की शुरुआत के लिए उठा था।

अपनी काँपती उँगलियों से लंगर की गरमागरम चाय के मग को गिरने से रोकते हुए 13, पैरा ब्रेवो कंपनी के कमांडर ने उस कप को बहुत सावधानी से मेज पर रखा। कश्मीर की सर्दी में भी, उसे अपने माथे पर पसीने की बूँदें टपकती सी लगी। उसने रेडियो एक्सचेंज में बात कर गुस्से में कहा, "मुझे विश्वास नहीं हो रहा। उसे अभी के अभी कैंप पर वापस लेकर आओ, ओवर एंड आउट।"

परेशान कश्मीर में जिस तरह अधिकांश सैनिक भेष बदलकर जिस तरह रहते हैं, उसी तरह मैले-धूसर लंबे फिरन में बैटबॉल के लंबे घुँघराले बाल उसके चेहरे पर गिर रहे थे, वायरलैस सेट अभी भी उसके हाथ में था। उसकी लंबी पलकों वाली आँखें चमकते हुए बुखारी को देखे जा रही थीं, जिसने कमरे का तापमान करीब छब्बीस डिग्री कर दिया था। पर उसके आसपास कोई गरमी नहीं आ रही थी और उसे ऐसा लग रहा था कि उसकी उँगलियाँ धीरे-धीरे ठंडी होती जा रही हैं।

कुछ ही घंटे पहले, उनकी कंपनी को इंटेल से एक खबर मिली थी कि चार सशस्त्र आतंकवादी करीब चार कि.मी. दूर एक निर्जन से 'ढोक' (जानवरों के रहने के स्थल) में छुपे हुए हैं। अफसरों की अनुमति लेने से पूर्व ही, उसने बारह पैराट्रूपर्स की एक टीम को सख्त आदेश के साथ भेज दिया कि वे उस

झोंपड़ी को घेर लें और आतंकवादियों से कहे कि वे आत्मसमर्पण कर दें। उसने पेट्रोलिंग करनेवाले अपने जूनियर कमिश्नड ऑफिसर को यह निर्देश दिए कि 'अगर वे तुम पर फायरिंग करना शुरू करेंगे, तो रॉकेट लॉन्चर का इस्तेमाल कर ढोक को उड़ा देना। मैं किसी प्रकार की कोई जनहानि बरदाश्त नहीं करूँगा।' यह सुनकर लंबे-चौड़े डरावने से लगनेवाले सूबेदार भीमसिंह रायजादा ने आगे बढ़कर कहा, "हो जाएगा, साहब।"

अँधेरा होते जा रहा था, पर वे उस इलाके को बहुत अच्छी तरह से जानते थे और उन्हें वह स्थान भी पता था, जहाँ उस ढोक के बारे में संशय किया जा रहा था—एक बड़ी सी लकड़ी और उसके ऊपर पत्तियाँ उगी हुई थीं—ऐसा माना जा रहा था कि आतंकवादियों ने वहीं पर शरण ले रखी है।

शस्त्रागार से हथियार निकाल और अपने-अपने हेलमेट और बुलेटप्रूफ वेस्टस पहनकर पार्टी चली गई। अँधेरा होते जा रहा था, पर वे उस इलाके को बहुत अच्छी तरह से जानते थे और उन्हें वह स्थान भी पता था, जहाँ उस ढोक के बारे में संशय किया जा रहा था—एक बड़ी सी लकड़ी और उसके ऊपर पत्तियाँ उगी हुई थीं—ऐसा माना जा रहा था कि आतंकवादियों ने वहीं पर शरण ले रखी है। जब वे उस संदिग्ध स्थल पर पहुँचे तो रायजादा ने बैटबॉल को सूचित किया कि उन्होंने तीन टीमों की कॉर्डन बनाई है, जिसमें हर टीम में चार आदमी हैं और उन्होंने तीन दिशाओं से झोंपड़ी को घेर लिया है। उसने कहा कि वहाँ तो उन्हें किसी के भी होने के संकेत नहीं दिख रहे।

बटब्याल को रायजादा साहब के अनुभव पर विश्वास था और उन्होंने उससे कहा कि वह यूनिट की वापसी करने से पहले एक बार और जाँच कर ले। बैटबॉल ने अपने सहायक से कहा कि वह मैस से उसके लिए भोजन ले आए, क्योंकि उन्होंने यह निश्चित किया था कि वह अपने ऑफिस टेबल में ही खाएँगे। कार्यालय की दीवार घड़ी बता रही थी कि आधी रात हो चुकी थी। जब तक उसके आदमी सकुशल वापस नहीं आ जाते, तब तक बटब्याल का भी अपने कमरे में जाने का कोई इरादा नहीं था।

मोटी-मोटी रोटी और बेस्वाद सी लौकी की सब्जी को किसी तरह खाकर,

बटब्याल ने अपने साथी से रसोईघर से एक कप अच्छी सी अदरक की चाय लेकर आने को कहा। "चीनी थोक के, दूध रोक के", उसने इस बारे में स्पष्ट निर्देश दिए और साथ में रसोइए को इसके लिए चेताया भी। बनवारी लाल से कहना कि कल मुझसे मिले। बैटबॉल ने गुस्साते हुए कहा, "आजकल वह बहुत बेकार खाना बना रहा है। लगता है कि उसे कुछ लंबी रेंज की पेट्रोलिंग में जाना चाहिए।"

मोटी-मोटी रोटी और बेस्वाद सी लौकी की सब्जी को किसी तरह खाकर, बटब्याल ने अपने साथी से रसोईघर से एक कप अच्छी सी अदरक की चाय लेकर आने को कहा। "चीनी थोक के, दूध रोक के", उसने इस बारे में स्पष्ट निर्देश दिए और साथ में रसोइए को इसके लिए चेताया भी।

चाय भी झट से आ गई और उसने अभी उस चाय की एक चुस्की ली ही होगी कि तभी रेडियो बजने लगा। रायजादा साहब लाइन पर थे, "थोड़ा बैड न्यूज है साहब और थोड़ा गुड न्यूज", उसने बताया, "राम चंदर को गोली लग गई है और बच्ची सिंह भी जख्मी है, पर अच्छी खबर यह है कि दोनों खतरे से बाहर हैं।"

बैटबॉल ने अपना साहस बटोरते हुए कहा, "कोई बात नहीं, साहब। होता है ऑपरेशंस में।" उसने पूछा कि ऑपरेशन में कितने आतंकवादी ढोक के अंदर थे?

वहाँ से एक लंबी चुप्पी के बाद रायजादा ने शरमाते हुए कहा, "एक भी नहीं था, साहब।"

बटब्याल ने इस बात पर विश्वास न करते हुए कहा, "फिर हमारे आदमियों को गोली कैसे लगी?"

"आई.एफ.एफ. में थोड़ी गड़बड़ हो गई साहब।" रायजादा ने जवाब दिया, उसने मिलिटरी की भाषा में संक्षिप्त रूप में यह कहा, जिसका अर्थ होता है—'आईडेंटिफिकेशन फ्रेंड ऑर फो'। बहुत घना अँधेरा था, हमने चार सशस्त्र आदमियों को फिरन पहने झोंपड़ी के पीछे घूमते देखा और उन्हें आतंकी समझकर गोलाबारी शुरू कर दी। फिर पता चला कि वे हमारी ही टीम के सदस्य थे, जिन्होंने हमें बिना सूचना दिए ही अपनी लोकेशन बदल ली थी। रायजादा ने फिर बहुत प्यार से कहा, "गलती से मिस्टेक हो गया, साहब।"

बटब्याल को अपनी आँखों के सामने सबकुछ घूमता सा नजर आ रहा था। उसे पता था कि वह एक मुजरिम-सा हो गया है। पहला, क्योंकि उसने अपनी एंटी-मिलिटेंट ऑपरेशन के लिए अपनी टीम को कमांडिंग ऑफिसर को सूचित किए बिना भेजा था। जब उसके कमांडिंग ऑफिसर कर्नल जंगबीर सिंह, वीरचक्र उर्फ क्रूरसिंह को यह सूचना मिलेगी, उसे सोचकर ही बैटबॉल के कान गरम हो गए।

छह फीट से भी ज्यादा लंबा, चौड़े कंधे, बड़ी-बड़ी गुस्सैल आँखें, तीखी मूँछें, भारी आवाज वाले क्रूरसिंह धाराप्रवाह अंग्रेजी के साथ-साथ जबरदस्त उर्दू का इस्तेमाल करते थे और साथ ही उनकी जीभ से ऐसे-ऐसे अपशब्द निकलते थे कि जैसे उन्हें यह बोलकर कुछ फर्क ही नहीं पड़ता। उनकी उपस्थिति के विपरीत वह एक बेहद अच्छे, शांति के समय बहुत सामाजिक, जवानों को सबसे अच्छे रेस्टोरेंट में ले जाते और खुद से बिल देने की पहल करते। या वह सप्ताहांत में उन्हें अपने घर में आमंत्रित करते और उन्हें खुद अपने हाथों से घी में बना मटन लबाबदार खिलाते और रसोई में आते-जाते अपने हाथ में बर्फ डाली हुई डबल स्कॉच पीते रहते और उनके इतना पीने पर जब सुंदर सी श्रीमती सिंह गुस्सा होती तो वह उनकी शिकायतों को दरकिनार कर देते। पीकर कर्नल अपनी पत्नी से कहते, "अरे! क्या बात कर रही हो! अभी तो यह दूसरा गिलास ही है। तुम इन लड़कों से पूछ सकती हो। उन लड़कों को पहले से ही सिर हिलाने की ट्रेनिंग दी हुई थी।"

बटब्याल को अपनी आँखों के सामने सबकुछ घूमता सा नजर आ रहा था। उसे पता था कि वह एक मुजरिम-सा हो गया है। पहला, क्योंकि उसने अपनी एंटी-मिलिटेंट ऑपरेशन के लिए अपनी टीम को कमांडिंग ऑफिसर को सूचित किए बिना भेजा था।

श्रीमती सिंह के साथ मि. सिंह ने सत्रह साल पहले भागकर शादी की थी, उनकी बेटी गुन्नू पेरिस में फैशन डिजाइनिंग पढ़ रही थी और साथ ही अभी हाल ही में उनकी मारुति 800, रेंज रोवर की अपेक्षा पहले स्थान पर आई, उनके तीन डबल कोटेड जर्मन शेफर्ड जिन्हें वह हर सुबह अपने साथ घुमाने ले जाते थे और उनकी लीश पकड़े होते, वह साथ में यह भी सुनिश्चित करते कि माल रोड

में शाम को 5-6 बजे के बीच लोगों की भीड़ न दिखे। हालाँकि वे उन्हें प्यारे बच्चे कहते, क्योंकि वह मक्खी को भी परेशान नहीं करते, पर सारा कैंटोनमेंट उन डरावने कुत्तों और उनसे खौफ खाए रहता था।

पर सच्चाई यही थी कि कर्नल जंगबीर सिंह एक अच्छे व्यक्ति थे। पर जैसे ही वे अपनी वरदी में आ जाते, तो वे पूरी तरह से परिवर्तित हो जाते और क्रूरसिंह का अवतार ले लेते। उनके कॉलर पर लाल तमगे, सिर पर मैरून रंग की टोपी और उनके हाथ में सी.ओ. की बेंत को देखकर ऐसा लगता कि दुष्ट को इतना सजाया गया हो और उनकी डिक्शनरी में किसी भी प्रकार की अक्षमता या कमी के लिए कोई जगह नहीं थी। वे एक बहादुर, मेहनतकश व्यक्ति थे और वे अपनी बटालियन से भी यही उम्मीद करते थे। अब जब उनकी यूनिट कश्मीर में नॉन-फैमिली स्टेशन चली गई थी, तो उनकी सहनशीलता भी और नीचे चली गई थी। अपने आदमियों के लिए उन्होंने जो नियम बनाए थे, वे थे, "कोई भी झूठ नहीं बोलेगा। कोई भी तेज बनने की कोशिश नहीं करेगा। मेरी जानकारी के बिना एक पत्ता भी नहीं हिलेगा। साथ ही सी.ओ. से लेकर सैनिक तक सभी को हर चार महीने में छुट्टी में घर जाने दिया जाएगा। बैटबॉल को यह डर था कि उन्हें अब घर बिना किसी पेंशन के डिसमिस कर भेज दिया जाएगा।"

अब जब उनकी यूनिट कश्मीर में नॉन-फैमिली स्टेशन चली गई थी, तो उनकी सहनशीलता भी और नीचे चली गई थी। अपने आदमियों के लिए उन्होंने जो नियम बनाए थे, वे थे, "कोई भी झूठ नहीं बोलेगा। कोई भी तेज बनने की कोशिश नहीं करेगा। मेरी जानकारी के बिना एक पत्ता भी नहीं हिलेगा।

आधे घंटे के बाद, क्रेक टीम दो घायल लोगों को लेकर वापस आ गई, पैराट्रूपर बच्चीसिंह को कंधे के पैलेट्स पर चोट लगी थी और पैराट्रूपर रामचंदर की जाँघ पर गोली लगी थी और उसे मेकशिफ्ट स्ट्रैचर पर लेकर आए, दो राइफलों के बीच में वाटरप्रूफ तिरपाल बिछाया हुआ था।

पंजाब के मोगा प्रांत से नर्सिंग एसिस्टेंट नायक दिलबाग सिंह, जो एक कर्तव्यनिष्ठ जवान थे, ने दर्द में कराहते रामचंदर को एक ड्रिप लगाया, जिसमें एक मजबूत पेनकिलर था और एक टिटनेस शॉट था। चिंतित बटब्याल एम.आई. रूम के बाहर इंतजार कर रहे थे, उन्हें यह सुनकर बहुत तसल्ली हुई कि जो गोली रामचंदर सिंह की जाँघ को पार कर गई थी, उसने हड्डी को नहीं छुआ और उससे जो छेद हुआ था, उसे भरने में करीब एक-दो महीने का समय लगेगा। उन्होंने कहा, "बच्चीसिंह को थोड़ी सी चोट लगी है और वह कुछ ही दिनों में ठीक हो जाएगा।"

❖

बैटबॉल ने डोगरा के अभिवादन 'गुड ईवनिंग सर' को स्वीकारा और दीवार घड़ी की ओर सुबह के साढ़े चार बजे का समय दिखाकर फिर कहा, "मॉर्निंग हो गई है डॉगी। इसके अलावा इस सुबह में कुछ अच्छा नहीं है। कांड हो गया है कंपनी में।"

अपने कार्यालय में वापस आकर बैटबॉल को चिड़ियों की आवाज सुनाई दे रही थी और शाम होने को थी, पर अँधेरा हो चुका था।

उन्होंने अपने हाथों में अपना चेहरा रखा हुआ था और सोच रहे थे कि मैं कैसे इस खबर को सी.ओ. साहब को सुनाऊँ। उस अवस्था में उन्हें कंपनी के सेकेंड-इन-कमांड और बुद्धिमान कैप्टन अमित डोगरा ने देखा, वह तुरंत बैटबॉल के ऑफिस फिरन में पहुँचे और झटपट अपना नाइट सूट उतारकर फेंका। उन्हें किसी विश्वस्त सूत्रों से खबर मिली थी कि कंपनी के साथ इस बार भी बुरा हुआ है, पर इस बार थोड़ा ज्यादा ही बुरा हुआ है।

बैटबॉल ने डोगरा के अभिवादन 'गुड ईवनिंग सर' को स्वीकारा और दीवार घड़ी की ओर सुबह के साढ़े चार बजे का समय दिखाकर फिर कहा, "मॉर्निंग हो गई है डॉगी। इसके अलावा इस सुबह में कुछ अच्छा नहीं है। कांड हो गया है कंपनी में।"

डोगरा ने सहानुभूति में अपना सिर हिलाया।

बटब्याल ने मायूसी के साथ कहा, "क्रूरसिंह जिंदा ही मेरी खाल उतरवा देगा।"

डॉगी ने कहा, "अगर उसे पता चलेगा, तब ही तो।"

बैटबॉल ने ऊपर देखा तो डॉगी का चश्मा चमक रहा था और फिर कहा, "डॉगी, क्या तुम मुझे यह सलाह दे रहे हो कि मैं फायरिंग के बारे में उन्हें न बताऊँ?"

डोगरा अपने उँगलियों के नाखून खा रहा था, इसका मतलब यह था कि उसका दिमाग जबरदस्त तरीके से काम कर रहा था, "सर, मेरी नर्सिंग असिस्टेंट से बात हुई थी। उसका घाव ऊपर-ऊपर ही है, जो दो महीनों में ठीक हो जाएगा। सी.ओ. को उस समय तक रामचंदर को देखने की जरूरत नहीं है। जो चीज वे नहीं जानते, उन्हें जानने की जरूरत भी नहीं है।" डॉगी का दिमाग तेजी से चल रहा था।

यह सुनकर खुश होकर बैटबॉल का मुँह खुला का खुला रह गया।

डोगरा ने सहानुभूति में अपना सिर हिलाया। ***बटब्याल ने मायूसी के साथ कहा, "क्रूरसिंह जिंदा ही मेरी खाल उतरवा देगा।" डॉगी ने कहा, "अगर उसे पता चलेगा, तब ही तो।" बैटबॉल ने ऊपर देखा तो डॉगी का चश्मा चमक रहा था और फिर कहा, "डॉगी, क्या तुम मुझे यह सलाह दे रहे हो कि मैं फायरिंग के बारे में उन्हें न बताऊँ?"***

नीचे की रैंक के लोगों को निर्देश दे दिए गए और यह बता दिया गया कि डेली इवेंट रजिस्टर में एवं इस शूटिंग की घटना के बारे में मिटा दिया जाए तथा कंपनी के बाहर भी कोई इस घटना के बारे में बात नहीं करेगा। सैनिक ऑपरेशन कवरअप में शामिल होने के कारण खुश थे, उन्हें जरूरत के समय अपनी कंपनी के हित में खड़े होने पर गर्व की अनुभूति हो रही थी।

उस सुबह कंपनी के कमांडिंग ऑफिसर के साथ बातचीत करीब दस मिनट तक चली और बैटबॉल ने उस चुपचाप हुए ऑपरेशन के बारे में कुछ नहीं बताया। फिर वह दिन में रामचंदर के पास गया, जो जाड़े की दोपहर में घास में बैठकर धूप सेंक रहा था और वॉलीबॉल मैच खेल रहे अपने अन्य साथियों की हौसला अफजाई कर रहा था। उसका चेहरा गुलाबी हो चला था और उसके

बैंडेज लगे पैर के अलावा (उसका ट्राउजर जाँघ के पास कटा हुआ था), वह बहुत तसल्ली से खुश होकर बैठा हुआ था। दिलबाग ने उसे हाई-कैल्सियम और प्रोटीन डाइट लेने को कहा था और रामचंदर को सबसे जूसी चिकन और सबसे अच्छी क्वालिटी के अंडे खिलाए जा रहे थे, साथ ही दही और कंडेंसड दूध का सबसे बड़ा गिलास भी दिया जा रहा था। उसे दूध बाँटने की किसी प्रकार की ड्यूटी भी नहीं दी गई थी और उसे देखकर कोई भी कह सकता था कि जिंदगी इससे बेहतर कुछ हो ही नहीं सकती।

❖

जल्दी-जल्दी दिन बीतने लगे। ब्रेवो कंपनी के सारे लोग जंगलों में आतंकवादियों को खोजने में लग गए, रामचंदर पहले से कहीं अधिक सवैतनिक छुट्टियों का आनंद उठा रहा था। अब उसके शरीर में, उस चोट की एक सिक्के के आकार के बराबर का निशान रह गया था। बैटबॉल ने दिलबाग के इस काम की भूरि-भूरि प्रशंसा की और रामचंदर को दो महीने पहले ही घर जाने के लिए छुट्टी देकर खुश कर दिया।

जल्दी-जल्दी दिन बीतने लगे। ब्रेवो कंपनी के सारे लोग जंगलों में आतंकवादियों को खोजने में लग गए, रामचंदर पहले से कहीं अधिक सवैतनिक छुट्टियों का आनंद उठा रहा था। अब उसके शरीर में, उस चोट की एक सिक्के के आकार के बराबर का निशान रह गया था।

अगली सुबह, रामचंदर ने अपना बैग पैक किया और लोकल बस में बैठ गया। दो और जवान छुट्टी पर जा रहे थे और उसी के साथ थे। वे तीनों फिरन पहने हुए थे और स्थानीय लोगों के साथ ही बैठे हुए थे। उस इलाके में सेना के वाहन का इस्तेमाल नहीं होता था, क्योंकि वह इलाका आई.ई.डी. ब्लास्ट के लिए कुख्यात था। आतंकवादी स्थानीय बसों पर हमला करने से बचते, क्योंकि दोनों तरफ से कोई नुकसान न हो, इसलिए सेना के लोग भी यात्रा करने के लिए इसी का इस्तेमाल करना पसंद करते थे।

बस उमड़ते-घुमड़ते जा रही था और मिट्टी के ट्रैक पर मुड़ रही थी, वह बस सैनिकों को बटालियन हेडक्वार्टर पर ले जा रही थी, जो अभी करीब अस्सी

किमी दूर था, आगे की घटना से अनजान एक अन्य कहानी उनका इंतजार कर रही थी।

कर्नल जंगबीर सिंह एक ईमानदार आदमी थे, वे स्टैंडर्ड यूनिट ड्रिल के बारे में बहुत सख्त थे, उसे सेना की भाषा में 'सी.ओ. इंटरव्यू' कहते हैं, जहाँ सेना में आने और जानेवाले सैनिकों को सीओ ऑफिस में आपस की बातचीत के लिए आमंत्रित किया जाता था। उस सुबह उन्होंने बहुत अच्छे से सलामी दे रहे पैराट्रूपर रामचंदर के कागजात अपनी मेज के सामने रखे देख उससे पूछा, "कैसा है, रामचंदर? कोई दिक्कत तो नहीं?"

रामचंदर ने खूब मुसकान बिखेरते हुए जवाब दिया, "ठीक है, साहब।"

कर्नल जंगबीर सिंह को यह देखकर आश्चर्य हुआ कि रामचंदर अपने घर छह महीने पहले ही गया था। उन्होंने बहुत आत्मीयता के साथ मुसकराते हुए उससे पूछा, "अभी चार महीने में ही छुट्टी लेने की जरूरत क्यों पड़ गई, बीवी से कहीं झगड़ा तो नहीं हो गया?"

सी.ओ. को अपने साथ मजाक करते हुए देख रामचंदर ने भी भाव-विभोर होकर जवाब दिया, "गोली लग गई थी ना, साहब इसलिए नहीं जा पाया।" जैसे ही रामचंदर के मुँह से यह वाक्य निकले, उसे तुरंत यह महसूस हुआ कि उससे कितनी बड़ी गलती हो गई है।

सी.ओ. को अपने साथ मजाक करते हुए देख रामचंदर ने भी भाव-विभोर होकर जवाब दिया, "गोली लग गई थी ना, साहब इसलिए नहीं जा पाया।" जैसे ही रामचंदर के मुँह से यह वाक्य निकले, उसे तुरंत यह महसूस हुआ कि उससे कितनी बड़ी गलती हो गई है।

क्रूरसिंह की बड़ी-बड़ी आँखें अचानक से सिकुड़कर छोटी हो गईं और उन्होंने भी आश्चर्य में बहुत प्यार से जानने के लिए पूछा, "गोली! कहाँ गोली लगी बेटा?"

रामचंदर के पास कोई विकल्प नहीं था, उसने घबराते हुए और हकलाते

हुए, फिर सारी सच्चाई उगल दी।

कर्नल ने सारी बातें बहुत तसल्ली से सुनीं और अपने दिमाग में सारी बातें अच्छे से बैठा लीं और उसे जाने का निर्देश देकर बाहर भेज दिया कि वह अपने पैर की रेजिमेंटलल मेडिकल ऑफिसर से जाँच कराए। रामचंदर ने आराम से सी.ओ. को सैल्यूट किया और वहाँ से चला गया।

बटब्याल ने दोपहर के भोजन में खूब अच्छे से मटन करी और चावल खाए और फिर एक बड़ी कटोरी भर के सेवईं की खीर खाई। जंगल में तीन दिन की सजा खाकर, रसोइए को अपनी पाक कला की सारी सिद्धियाँ वापस आ गईं और वह अब एक-से-बढ़कर एक सुस्वादु भोजन बना रहा था, साथ ही बैटबॉल भी बहुत खुश था। वह दोपहर में बाहर धूप में हरी-भरी घास में लेटने की सोच रहा था कि तभी रेडियो बज उठा।

मेजर नवरंग आप्टे, बटालियन एडजुटेंट ने दूसरी तरफ से कहा, "ओय हीरो! तुम्हारी कंपनी में एक सैनिक को दो महीने पहले गोली लगी थी, तुमने सी.ओ. साहब को क्यों नहीं बताया? स्टार है तू साले! वह उसका मजाक उड़ाते हुए कह रहा था।"

मेजर नवरंग आप्टे, बटालियन एडजुटेंट ने दूसरी तरफ से कहा, "ओय हीरो! तुम्हारी कंपनी में एक सैनिक को दो महीने पहले गोली लगी थी, तुमने सी.ओ. साहब को क्यों नहीं बताया? स्टार है तू साले! वह उसका मजाक उड़ाते हुए कह रहा था।" माफ करना, पर सी.ओ. साहब को अब उसके बारे में पता चल चुका है और वह इस बारे में तुमसे बात करना चाहते हैं।"

रेडियो सेट कुछ सेकंड्स के लिए बंद हो गया और फिर वापस शुरू हो गया, वह फिर से लाइन में था और उसने अब कहा, "तुम तो गए, बैटबॉल।" बटब्याल ने लंबी, गहरी साँस में यह कहते हुए सुना, "ब्रेवो टाइगर फॉर वन फाइव, ओवर।" और फिर चुप हो गया।

"दोस्त!" क्रूरसिंह की आवाज के बारे में सोचकर ही बटब्याल की रीढ़, अस्सी कि.मी. दूर बैठे हुए काँप गई। "मेरे ऑफिस में कल सुबह रिपोर्ट करो।"

यह सुनकर बैटबॉल हिल गया और काँप गया। बैटबॉल ने रेडियो का रिसीवर फिर से वापस रख दिया।

अगली सुबह, चार बजे, बटब्याल नई-नई मिली टाटा सूमो में बैठा था और वह कंपनी के मुख्य गेट को क्रॉस कर रहा था। उसने एक साफ-सुथरा फिरन पहना था, अपने लंबे घुँघराले बालों में अच्छे से कंघी की थी और वह हथियारों से लैस दो सैनिकों के साथ जा रहा था, जो स्थानीय लोगों की तरह कपड़े पहने हुए थे। कार का कश्मीरी ड्राइवर रसोईघर में कुछ चाय-नाश्ते का मजा ले रहा था, पूरे दिन के लिए मिलनेवाला मेहनताना उसकी जेब में था, जबकि उसकी कार की चाबी लांस नायक मकबूल ने ले ली थी, जो उस कंपनी का सर्वोत्तम ड्राइवर था।

बैटबॉल ने जब एडज्यूटेंट के कार्यालय में रिपोर्ट किया, तब उसका दिल बहुत जोरों से धड़क रहा था। सुबह 9 बजे, कर्नल जंगबीर सिंह भी पहुँचे और 9:05 बजे बटब्याल को अंदर बुलाया गया। किसी को भी नहीं पता था कि 'शेर की माँद' में इतनी सुबह क्या हो रहा है, पर आप्टे को इस बारे में ज्यादा सोचने की जरूरत नहीं थी, क्योंकि उसे उस बारे में विस्तृत रूप से जानकारी थी। पूरे ऑफिस में क्रूरसिंह के मुँह से निकलनेवाले अपशब्द दोनों भाषाओं में सुनाई दे रहे थे। फिर बैटबॉल तीस मिनट के बाद बाहर निकला तो उसकी आँखें सफेद और कान एकदम लाल हो गए थे, वह अपने सफेद और नीले चैक वाले रुमाल से अपना पसीना पोंछ रहा था। बाहर खड़े गार्ड, अपने सबसे वीर

बैटबॉल ने जब एडज्यूटेंट के कार्यालय में रिपोर्ट किया, तब उसका दिल बहुत जोरों से धड़क रहा था। सुबह 9 बजे, कर्नल जंगबीर सिंह भी पहुँचे और 9:05 बजे बटब्याल को अंदर बुलाया गया। किसी को भी नहीं पता था कि 'शेर की माँद' में इतनी सुबह क्या हो रहा है, पर आप्टे को इस बारे में ज्यादा सोचने की जरूरत नहीं थी, क्योंकि उसे उस बारे में विस्तृत रूप से जानकारी थी।

कंपनी कमांडर को क्रूरसिंह के आगे पसीजे हुए से दिख रहे थे, उन गार्डस ने बैटबॉल को सलाम किया और फिर कहीं और देखने लग गए।

बैटबॉल ने अपने फिरन की जेब से धूप का चश्मा निकाला और उसे पहनकर कॉरिडोर में पहुँच पार्किंग के इलाके में मकबूल को खोजने लगा।

□

कर्नल गए बैंकॉक

सुवर्णभूमि एयरपोर्ट के सामान कलेक्शन वाली जगह पर खड़े हुए बीस मिनट गुजर चुके थे। अभी तक तीन दिन के लिए बैंकॉक घुमाने के लिए ऑनलाइन बुक किए हुए टैक्सीवाले के आने के कोई संकेत दिखाई नहीं दे रहे थे। मम्मी और उमा आंटी की चिंताएँ बढ़ती जा रही थीं। कर्नल वाई.एस. रावत, जिन्हें प्यार से परिवार के लोग 'लॉयन' कहकर गलत तरह से उच्चारित करते थे, वह हिंदी फिल्म विलेन के अजित की तरह (सारा शहर मुझे लॉयन के नाम से जानता है) ने चुप्पी साध ली थी और अंदर से ऐसे देख रहे थे, जैसे—'ये साले सब चोर हैं।' दस साल का सारांश इसलिए घुट रहा था, क्योंकि उसके पी.एस.पी. की बैटरी खत्म हो गई थी और ग्यारह साल की लेखिका बनने की महत्त्वाकांक्षा रखनेवाली ईशा भी हो रही घटनाओं से दु:खी और निराश थी, क्योंकि उसने सोचा था कि इससे उसे एक बेस्टसेलिंग उपन्यास लिखने की प्रेरणा मिलेगी। कजन तनु (मेरे माइक-कल का रा-बर्ट, जिसने लॉयन और परिवार को दक्षिण-पूर्व एशिया टूर कराने का जिम्मा लिया था) वह भी आँखें घुमाकर मुझे 'आराम से रहो' कह रहा था।

अभी मैं यह सोच ही रही थी कि मैंने अपनी पहचान के लिए अपने कान के पीछे लाल गुलाब नहीं लगाया या आसानी से पहचान के लिए अपनी ठुड्डी में कोई तिल पेंट नहीं किया। फिर मैंने बहुत से चेहरों को देखा, जो प्लेकॉर्ड लिये हुए थे, और उन प्लेकॉर्ड में एक में खुद से मिलता-जुलता नाम देखा, जो था, 'मि. रचना बीस्ट'। यह मेरी कल्पना हो सकती है या वह आधे मन से वह पकड़ा हुआ है और कुछ-कुछ अदनान सामी की तरह दिख रहा था (हो सकता है कि उसने पहले से थोड़ा वजन कम किया हो।)

पहाड़ जैसे सूटकेस को ट्रॉली में रख मैं उसकी तरफ आगे चली गई और एक लंबी मुसकान के साथ उसका स्वागत किया और कहा, "हाय! मैं रचना हूँ।"

उसने भी अविश्वास भरी नजरों से देखा और पूछा, "क्या आप मिस्टल बीस्ट हैं?"

मैंने भी सांस्कृतिक विरोधाभासों को नकारते हुए उसकी बातों में हामी भरते हुए 'हूँ...' कहते हुए अपना सिर हिलाया। मैं गलत नहीं थी। उसका शक भी तुरंत दूर हो गया।

बैंकॉक में आपका स्वागत है। उसने पलटकर कहा, "मैं मिस्टल बीग हूँ" और फिर उसने हाथ मिलाने के लिए आगे बढ़ाया और मुझे ऐसा लगा कि उसे किसी हड्डीरहित जैलीफिश ने खा लिया है। मैंने झट से अपनी उँगलियाँ यह देखने के लिए हटा लीं कि वह अपनी जगह पर हैं अथवा नहीं। मेरी माँ, जो मुझ पर गिद्ध-सी निगाह रखे हुए थीं, उन्हें किसी अनजान आदमी से मेरी यह मेलमिलाहट कतई पसंद नहीं आई। मैं उनके खयालों को अच्छे से समझ सकती थी कि 'अपने भारतीय संस्कार मत भूलो', हमारी बातें चलती रहीं और मैंने उन्हें कुछ समय के लिए नजरअंदाज कर दिया। इस बीच लॉयन भी आगे आ गया था और उन्होंने अपनी बाँहें फैला ली थीं। "मिस्टर बीग, ये हैं कर्नल रावत!" मैंने उन दोनों का परिचय करवाया और जब कर्नल ने उससे हाथ मिलाया और जो उसकी उँगलियों से चटक की आवाज आई तो उससे मि. बीग को पता चला होगा कि किसी मर्द से हाथ मिलाना क्या होता है?

बैंकॉक में आपका स्वागत है। उसने पलटकर कहा, "मैं मिस्टल बीग हूँ" और फिर उसने हाथ मिलाने के लिए आगे बढ़ाया और मुझे ऐसा लगा कि उसे किसी हड्डीरहित जैलीफिश ने खा लिया है। मैंने झट से अपनी उँगलियाँ यह देखने के लिए हटा लीं कि वह अपनी जगह पर हैं अथवा नहीं।

❖

मेरे दिमाग में यह खयाल आया कि हमारे जैसे सभ्य भारतीय परिवार के लोगों को ऐसी जगह पर घूमने क्यों जाना चाहिए, जिसके बारे में मेरे जैसे सुसंस्कृत लेखकगण किसी प्रकार की कहानियाँ लिखने से बचते हैं। ऐसा इसलिए मेरे प्यारे पाठकों, क्योंकि बाली जाने के रास्ते में हमारे साथ ऐसा ही कुछ हुआ था। हम फिर बाली की ओर बढ़ गए, और हमने बैंकॉक में अपना प्लान बदल लिया। सिर्फ इसलिए नहीं कि हमें सस्ती फ्लाइट्स मिलीं, पर इसके अलावा हमें कुछ जबरदस्त चार-सितारा होटल मिले, जहाँ हमें बुफे ब्रेकफास्ट मिल रहा था।

मि. बीग हमें अपनी लक्जरी वैन में बिठाकर होटल में ले गए और फिर शाम को सियाम निरामित शो दिखाने ले गए, जो अधिकांश लोग थाईलैंड के अन्य आकर्षणों को देखने के कारण मिस कर देते हैं। पर हमने कुछ मिस नहीं किया। जैसे-जैसे शो चलता रहा, वैसे-वैसे हम उस देश की संस्कृति और इतिहास के बारे में देखते रहें। ऐसा लग रहा था कि मंच पर नदियाँ उतर रही हों, ऐसा लग रहा था कि बड़े-बड़े मछली पकड़नेवाले जहाज सामने से आ रहे हों, बिजली जोरों से कड़क रही हो, आसमान से अप्सराएँ नीचे आ रही हैं और हमारी आँखों के सामने फसलें लहलहा रही हों। वहाँ पर मजाक, रोमांस, पौराणिक कथाएँ सब साथ चल रही थीं और साथ में कुछ अविश्वसनीय आवाजें और विशेष प्रभाव चल रहे थे।

मेरे दिमाग में यह खयाल आया कि हमारे जैसे सभ्य भारतीय परिवार के लोगों को ऐसी जगह पर घूमने क्यों जाना चाहिए, जिसके बारे में मेरे जैसे सुसंस्कृत लेखकगण किसी प्रकार की कहानियाँ लिखने से बचते हैं। ऐसा इसलिए मेरे प्यारे पाठकों, क्योंकि बाली जाने के रास्ते में हमारे साथ ऐसा ही कुछ हुआ था।

पूरा परिवार ये सब देखकर दाँतों तले उँगली दबा बैठा था और कुछ समय के लिए वे शैतान बच्चे भी शांत बैठे हुए थे। वे उन सुंदर से हाथियों को देखकर पूरी तरह से चकित थे, जो गलियारों में घूम रहे थे, उनका दरबार में

जुलूस, वह जादू, सुंदर 'क्राथोंग्स', जिसे दिखाने के लिए हमें आमंत्रित किया गया था, वे सब पानी में तैर रहे थे। वह शाम अच्छे से बीत गई। जेटलेग के कारण परिवार की अन्य थकी महिलाएँ मुसकरा रही थीं। दिन के अंत में लॉयन ने (रॉबर्ट और मुझे) हमारी पीठ थपथपाई और जोर से कहा, "बहुत अच्छा विकल्प रहा यह!" हमने अपनी ऐड़ियाँ उठाईं और मिलिटरी सैल्यूट दी।

अगली सुबह हमारे घर की रेजिमेंट को आदेश दिया गया कि वह बुफे ब्रेकफास्ट पर टूट पड़े और उस काम को पूरे जोश से करे। हमने नदी के किनारे बने इस रेस्टोरेंट में अपना पेट पूरी तरह से भर लिया और अपने पास कुछ स्थानीय उत्पाद रख लिये, जैसे—पेशन फ्रूट, स्नेक फ्रूट, अन्नानास, पपीता और रामबुथन (यह हमारे वहाँ की लीची की तरह ही होती है, पर इसमें लंबे बाल होते हैं)।

अगली सुबह हमारे घर की रेजिमेंट को आदेश दिया गया कि वह बुफे ब्रेकफास्ट पर टूट पड़े और उस काम को पूरे जोश से करे। हमने नदी के किनारे बने इस रेस्टोरेंट में अपना पेट पूरी तरह से भर लिया और अपने पास कुछ स्थानीय उत्पाद रख लिये, जैसे—पेशन फ्रूट, स्नेक फ्रूट, अन्नानास, पपीता और रामबुथन (यह हमारे वहाँ की लीची की तरह ही होती है, पर इसमें लंबे बाल होते हैं)।

जब हम होटल के स्वागत कक्ष में बैठ अपनी लक्जरी वैन के इंतजार में बैठे थे, तब अचानक कुछ और ही जादू हो गया। हमारा वह दिन पूरी तरह से बदल गया। उस दिन मि. बिग के बदले कोई और आ गया, जो मि. स्मॉल जैसा दिख रहा था। हमें जल्दी ही पता चला कि वह 'मिस्टल मीथ' है, जिसने हमें रिपोर्ट करते हुए कहा, कि 'वह अंग्रेजी नहीं जानता है।' मुझे उसे देखकर काफी खुशी हुई, क्योंकि मैं उसे नीचे की ओर झुककर देख रही थी और वह करीब पाँच फीट का था। पर मुझे पता था कि हमारे साथ धोखा हुआ है और कर्नल इसे बरदाश्त नहीं करेंगे।

चूँकि मि. मीथ हमें समझ नहीं पा रहे थे, इसलिए सारी बातचीत इशारों की

भाषा में हो रही थी। लॉयन भी जोर से चिल्लाकर बोल रहे थे, पर ऐसा लग नहीं रहा था कि उसे अंग्रेजी भाषा की कोई बहुत ज्यादा समझ है। मुझे बोला गया कि मैं बैंकॉक टैक्सी से बात कर इस मुद्दे को सुलझाऊँ, तभी हमारी रेजिमेंट आगे बढ़ेगी। जब तक अन्य लोग वैन में बैठकर मजे कर रहे थे, मैंने तब मि. सुवान (सी.ई.ओ., बैंकॉक टैक्सी) को फोन किया और उन्हें खरी-खरी सुना दी।

उसने भारत के बारे में अच्छी-अच्छी बातें कहीं कि वह देश सुंदरता और संस्कृति का देश है, वहाँ की स्त्रियाँ विश्व की खूबसूरत स्त्रियों में से एक हैं और वह उनके सर्वोत्तम ग्राहकों में से एक हैं, उसके बाद पूरी तरह से माफी माँगते हुए कहा, "यू नो गेट एंग्ली माई फ्लान (मेरी दोस्त तुम गुस्सा मत हो)।" उन्होंने मुझे फिर स्पेशल रेट्स दिए (मैं दूसरों को यह ऑफर कम देता हूँ), स्पेशल ऑफर दिया कि मैं अपनी टैक्सी बदल लूँ, ड्राइवर बदल लूँ, यहाँ तक कि वह खुद ड्राइवर बनकर आने को तैयार था। उसने मुझे पूरी तरह से समझाने की कोशिश की कि उनकी सेवाओं से असंतुष्ट होने के कारण वह बुरी तरह से परेशान है। उसकी बातें सुनकर मेरा दिल पिघल गया और मैं लॉयन का गुस्सा झेलने के लिए भी तैयार थी।

बच्चे वापस अपने पी.एस.पी. में लग गए, घर की स्त्रियाँ नाश्ते के बाद सो गईं और कर्नल अपने थर्ड-डिग्री का इस्तेमाल कर मि. मीथ से सूचना निकालने में लगे रहे। वे बार-बार पैसेंजर सीट से उतरकर आते और मि. मीथ के सामने शुद्ध हिंदी, जिसमें थोड़ी गढ़वाली मिली हो, उसमें बात करते।

आपकी जानकारी के लिए मैं आपको बता दूँ कि हम फिर उसी टैक्सी में गए और पूरी यात्रा के दौरान जब भी मैं मि. सुआन से शिकायत करने की बात करती, वह मुझसे उतने ही प्यार से बात करता रहा।

बच्चे वापस अपने पी.एस.पी. में लग गए, घर की स्त्रियाँ नाश्ते के बाद सो गईं और कर्नल अपने थर्ड-डिग्री का इस्तेमाल कर मि. मीथ से सूचना निकालने में लगे रहे। वे बार-बार पैसेंजर सीट से उतरकर आते और मि. मीथ के सामने शुद्ध हिंदी, जिसमें थोड़ी गढ़वाली मिली हो, उसमें बात करते। जब मैंने और राबर्ट ने उन्हें कहा कि 'क्या कर रहे हो, बस करो,' तो कर्नल ने हमारे

लिए त्योरियाँ चढ़ा लीं, उन्होंने बताया कि झूठ पकड़ने के उनके अपने तरीके हैं। अगर मि. मीथ हिंदी या गढ़वाली में से कुछ भी अच्छे से समझता है तो यह दिखाने का बहुत अच्छी तरह से दिखावा कर रहा है कि वे इन भाषाओं को नहीं जानता।

हम डामेन सांजुक की तैरती मार्केट देखने के लिए गए, वहाँ क्वाई नदी पर एक सुंदर सा पुल बना हुआ था और कंचनबुरी पर टाइगर मंदिर था, जो बहुत बड़ा था, जहाँ पर सोए हुए चीतों को पालतू कुत्तों की तरह जंजीरों से बाँधा जाता था और वहाँ आनेवाले लोग उन्हें छू सकते थे और उनके साथ अपनी तसवीरें ले सकते थे। हम जैसे जानवर प्रेमियों को ऐसा देख बहुत बुरा लग रहा था, इसलिए हमने वहाँ से जल्दी निकलने का फैसला किया।

तीसरे दिन फिर हमने लेटे हुए बुद्धा मंदिर या वाट फो के दर्शन किए, जो हमें अपनी खूबसूरत वास्तुकला, आकर्षक रंगों और बुद्ध के मदर-ऑफ-पर्ल फीट से आकर्षित करता रहा। हमारे खूबसूरत गाइड सुचिन ने हमें बताया कि वह कैंसर से जंग जीतकर आया है और पूर्वसैनिक रहा है...

तीसरे दिन फिर हमने लेटे हुए बुद्धा मंदिर या वाट फो के दर्शन किए, जो हमें अपनी खूबसूरत वास्तुकला, आकर्षक रंगों और बुद्ध के मदर-ऑफ-पर्ल फीट से आकर्षित करता रहा। हमारे खूबसूरत गाइड सुचिन ने हमें बताया कि वह कैंसर से जंग जीतकर आया है और पूर्वसैनिक रहा है और साथ ही वह कर्नल से हर बातचीत के बाद उन्हें सलामी देता रहा, जिससे लॉयन की छाती थोड़ी और चौड़ी हो जाती।

अब इसके बाद मॉल जाने की बारी आई—एम.बी.के. सेंटर या मेहब्रूँकरोंग—में कुछ नकली डिजाइनर घड़ियों को हमने देखा, कुछ टी-शर्ट्स उठाईं और स्ट्रैप वाले धूप के चश्मे उठाए। सारांश एक कीचैन को देखकर पूरी तरह से चकित हो गया, जिसका डिजाइन कुत्ते के मल की तरह लग रहा था। दुकानदार ने उसे निगलने का नाटक किया और फिर जोर से डकार मारी। सारांश, जो इसे देखकर बहुत प्रभावित हुआ, उसने उस कीचैन

को लेने के लिए एड़ी-चोटी का जोर लगा दिया। मैंने बहुत जोर से उसे अपने पास खींचा।

फिर शाम को हमने चो फ्राय्या नदी के एक क्रूज में खाना खाया, जहाँ हमने बैंकॉक के रिवरसाइड साइट देखें, जो बहुत ही सुंदर तरीके से जल रहे थे। वहाँ लाइव बैंड अब्बा नंबर बजा रहे थे। बुफे डिनर हमारा इंतजार कर रहा था। कर्नल ने अपनी सेनावाला स्वरूप दिखाया और थाई सुंदर लड़कियों के साथ नाचने लग गए और वह उन बड़े पेटवाले ऑस्ट्रेलियाई और जापानी सैलानियों के बीच में चमक रहे थे, जो उन लड़कियों को टिप्स में डॉलर दे रहे थे। जब वह अपने चेहरे में इस लुक के साथ वापस आए कि 'मैंने अपने दुश्मनों को पराजित कर दिया है' तो हमारे घर की रेजिमेंट खड़ी हो गई और उनके लिए ताली बजाने लग गई।

होटल वापस जाते हुए हम एक ऐसे इलाके से गुजरे, जहाँ रोड के किनारे दरियाँ बिछी हुई थीं और वहाँ कुछ नीचतापूर्ण काम हो रहा था। मैंने अपने चारों ओर देखा कि कहीं किसी बच्चे ने इस बात को नोटिस किया कि नहीं, तब पी.एस.पी. से जुड़े मेरे उस बच्चे ने कार की खिड़की पर अपनी नाक चिपका रखी थी और वह फिर बार-बार पूछने लगा कि 'वे क्या कर रहे हैं? वे क्या कर रहे हैं?'

होटल वापस जाते हुए हम एक ऐसे इलाके से गुजरे, जहाँ रोड के किनारे दरियाँ बिछी हुई थीं और वहाँ कुछ नीचतापूर्ण काम हो रहा था। मैंने अपने चारों ओर देखा कि कहीं किसी बच्चे ने इस बात को नोटिस किया कि नहीं, तब पी.एस.पी. से जुड़े मेरे उस बच्चे ने कार की खिड़की पर अपनी नाक चिपका रखी थी और वह फिर बार-बार पूछने लगा कि 'वे क्या कर रहे हैं? वे क्या कर रहे हैं?'

ईशा भी खिड़की से बाहर देखने लग गई और फिर लिखने लग गई, जिसका अर्थ यह था कि वह अपनी किताब में उसे एक पाठ के रूप में लिखेगी। जिसे देखकर मेरी माँ ने तभी कहा, "हे भगवान्।" उमा आंटी तो सोई हुई थीं, इसलिए भाग्यवश वह इस तरह की घटना से दो-चार नहीं हुई।

मि. मिथ को यह लगा कि उस दृश्य की ओर हमारा ध्यान आकर्षित हो

रहा है, इसलिए एक मोटे आदमी और एक युवा लड़की, जो अजीब सी हरकत कर रहे थे, के सामने अपनी गाड़ी धीमी करते हुए कहा, "आप चाहते हो कि मैं रुक जाऊँ?"

क्या वह मेरी कल्पना थी या लॉयन ड्राइवर के कान की ओर लपक गए और कहा और जोर से कहा, "अबे, आगे बढ़।" साथ में उन्होंने उसे हिंदी में कुछ कहा भी। भौचक्के ड्राइवर ने अपनी गाड़ी गैस पर डाली और फिर तेजी से कार भगायी। लॉयन ने कहा, "मैं नहीं कह रहा था कि इसे हिंदी समझ में आती है।" और साथ ही वह मेरे और राबर्ट की ओर विजयी भाव से देख रहे थे।

सारांश तो अभी भी कह रहा था, "रुको, गाड़ी रोको, मुझे देखना है।"

राबर्ट ने बेहद चालाकी से बच्चे का वहाँ से उसका ध्यान भटकाते हुए कहा, "बेबी, वह तो थाई मसाज था।"

उमा आंटी, जो अभी-अभी उठी थीं, ने भी कहा कि उन्हें वह मसाज करवानी है। ईशा ने अन्य प्रश्न के लिए अपना हाथ उठाया, पर राबर्ट ने यह कहकर सबका ध्यान भटका दिया कि अब हम सबको वापस होटल चलना चाहिए और सो जाना चाहिए, क्योंकि हमें आधी रात के बाद उठना होगा, क्योंकि बाली के लिए हमें अगली सुबह की फ्लाइट पकड़नी है। राबर्ट ने कहा, "हम वहाँ समुद्र के किनारे जाएँगे। हम स्नोरक्लिंग करेंगे। हम डॉलफिन के साथ तैरेंगे। बाली में हम बहुत अच्छा समय बिताएँगे।"

उमा आंटी, जो अभी-अभी उठी थीं, ने भी कहा कि उन्हें वह मसाज करवानी है। ईशा ने अन्य प्रश्न के लिए अपना हाथ उठाया, पर राबर्ट ने यह कहकर सबका ध्यान भटका दिया कि अब हम सबको वापस होटल चलना चाहिए और सो जाना चाहिए, क्योंकि हमें आधी रात के बाद उठना होगा, क्योंकि बाली के लिए हमें अगली सुबह की फ्लाइट पकड़नी है।

तो क्या हम होटल वापस जा रहे हैं? अगर उन बातों का या अन्य प्रश्नों का उत्तर चाहते हैं—जैसे, 'क्या सारांश को बाली में अपने पी.एस.पी. से ज्यादा कुछ रोचक मिलेगा?', 'क्या ईशा को अपने उपन्यास के लिए कोई रोचक प्लॉट मिला है?', 'क्या माँ को कोई ऐसा शाकाहारी भोजन मिला है, जो समुद्री घास

की तरह नहीं लगता?', 'क्या कर्नल किसी बॉडी मसाज के लिए जाएँगे?', 'क्या रेजिमेंट बाली से भाग जाएगी', ऐसे सवालों का जवाब जानने के लिए अब आप मेरी अगली किताब का इंतजार कीजिए। पर हाँ, यह भी तब ही होगा, जब प्रकाशक की इस किताब की अच्छी बिक्री हुई होगी।

□

स्वीकृतियाँ

मैं अपने पति कर्नल मनोज रावत और हमारे बेटे सारांश का धन्यवाद देना चाहूँगी कि उन दोनों ने मुझे दिमागी रूप से शांति व सुख प्रदान किया, क्योंकि शांत दिमाग में ही कहानियाँ पनप सकती हैं। मेरे भाई कर्नल समीर बिष्ट, एस.एम., वी.एस.एम. का भी धन्यवाद, जिन्होंने मुझे पैराट्रूपरों के बारे में मनोहारी कहानियाँ सुनाईं, जिसे सुन मैं कभी भौचक्की हुई, तो कभी मुसकराई, तो कभी मैं जोर-जोर से खिलखिलाई, इस कारण मैं किताब में इतनी सारी कहानियाँ लिख पाई। उन्होंने मुझे दक्षिण कश्मीर और सियाचिन ग्लेशियर के बारे में इतने करीब से जीवंत रूप में बताया, जिससे मुझे उन स्थानों, व्यक्तियों के बारे में जानने को मिला, जिन्हें मैंने अपने खयालों से पहले कभी नहीं देखा था।

मैं अपने दोस्त पृथ्वीराज बनर्जी उर्फ अर्थ मैन, जो सेंट जॉन्स कॉलेज, आगरा में मेरे सहपाठी रहे हैं और साथ ही मैसाचुसेट्स इंस्टीट्यूट ऑफ टेक्नोलॉजी के एक स्कॉलर रहे हैं—मैं उनका बहुत शुक्रिया अदा करना चाहूँगी, जिन्होंने मेरी एक कहानी के कई प्रारूपों का बहुत धैर्य के साथ पठन किया और उस बारे में अपना फीडबैक बोस्टन से बैठे-बैठे दिया।

मैं अपने किताब की संपादक गुरवीन चड्ढा की भी बहुत आभारी हूँ, जिन्होंने मुझे अपना बेहिचक सहयोग दिया और मेरे साथ कई दौर की वार्त्ताओं में मुझे यह समझाने की कोशिश की कि मुझे अपनी किताब को किस तरह से आगे ले जाना चाहिए और उसमें किस प्रकार की कहानियों को शामिल करना चाहिए और साथ में पाठकों के बारे में यह आशंकाएँ न रखें कि वे सिर्फ हीरोगीरी की कहानियाँ ही पढ़ना चाहते हैं। वैसे तो लेखक ही यह निर्धारित करता है कि उसे किस प्रकार की कहानियाँ बनानी हैं।

अंत में मैं विनीत गिल को भी धन्यवाद देना चाहूँगी, जिनके सुंदर संपादन और निजी रूप से इस पुस्तक से जुड़ने के कारण, कहानियाँ अपने पहले प्रारूप के बाद इतनी अच्छी एवं दिलचस्प रूप से प्रस्तुत हो पाईं। विनीत, तुम्हारा खास धन्यवाद क्योंकि अपने मुहावरों और लोकोक्तियों से तुमने कहानियों को मलमली बना दिया।

हालाँकि किताब के मुखपृष्ठ पर आप सिर्फ मेरा ही नाम पढ़ पा रहे हैं, पर यह किताब हम सबकी है।

□□□